Detrás de la sonrisa

Emma Nandez

A Normann:
gracias por existir en mi vida y llenarla de momentos felices.

Un agradecimiento especial a mi hermana América,
por su valiosa colaboración en este libro.

Corrección de textos: Correcciones Ramos

Portada: Normann Ask

La felicidad también consiste en lo
que dejas ir por tu propio bien.
Coco Chanel

1

—¿Rolf? ¿Rolf? ¿Rooolf? —preguntó Carla en la oscuridad al tiempo que palpaba, cuidadosamente, el lado de la cama que él ocupaba. No hubo respuesta, lo que significaba que su esposo ya había salido a trabajar. Entreabrió los ojos y se enderezó para ver el reloj de su mesa de noche, que marcaba las diez y cinco de la mañana. Estiró los brazos para desperezarse y retiró la colcha.

—¡Ay! —gritó al levantarse y sentir el frío sobre el cuerpo semidesnudo. De inmediato, agarró el edredón y se cubrió de nuevo completamente.

Permaneció bajo la colcha, se frotaba los brazos y las piernas para calentarse. Un poco más tranquila, cerró los ojos y se quedó inmóvil. A medida que su temperatura se normalizaba, comenzó a reflexionar, una vez más, sobre lo que últimamente tanto la preocupaba.

Sabía que es difícil conocerse a uno mismo, y aún más a los demás, pero no comprendía por qué somos incapaces de ver la verdad frente a nosotros. Vivimos una vida aparentemente estable y, después de muchos años, descubrimos otra verdad completamente diferente. Nos empeñamos en creer que conocemos a nuestros padres, nuestra pareja, nuestros hijos, y la realidad es que no sabemos nada unos de otros.

Se talló los ojos y decidió no darle más vueltas al asunto, era mejor levantarse. No había nadie más en casa, como de costumbre cuando Rolf trabajaba, solo estaban ella y Drago, su fiel acompañante, que dormía en su mullida cama, en el corredor de la entrada. No sentía el más mínimo deseo de levantarse, algo que se estaba convirtiendo en una costumbre. Últimamente se encontraba muy desanimada. Rolf lo notaba e insistía en que le explicara lo que le sucedía.

—Es solo que estoy cansada —respondía invariablemente.

Y él alegaba que era normal durante el frío y oscuro invierno y de inmediato volvía a lo que estaba haciendo: leer el periódico, comer o ver la televisión.

Carla no quería preocuparlo, no quería decirle que en realidad se sentía completamente defraudada y desilusionada por la mentira que había sido su vida. Callaba y evitaba entrar en detalles, después de todo, era su problema y solo ella debía afrontarlo y superarlo. Los últimos dos años habían sido una pesadilla para ella. Notaba que todas las catástrofes se acumulaban y que no tenían fin.

Rolf le propuso pasar un tiempo en la cabaña, tal vez un par de semanas, y ella aceptó. Seguramente, escapar un poco de la rutina y alejarse de la ciudad serviría de algo. Carla y Rolf vivían habitualmente en Tananger, a unos minutos de la oficina donde él trabajaba, era una casa de dos pisos, bastante pequeña, pero con suficiente espacio para ellos dos. Así que prepararon todo porque el jueves en la tarde saldrían.

La llamaban cabaña, aunque en realidad era la casa en la que vivía la madre de Rolf y que este heredó el día que ella falleció. La cabaña —o casa de su madre—, estaba próxima a Mortavika, era un área donde no había vecinos cerca y donde ella se sentía completamente aislada de todo lo urbano. Lo que más le gustaba de la cabaña era que estaba bastante escondida y alejada de la carretera, su vecino más cercano estaba a casi dos kilómetros de distancia. Ahí imaginaba ser la única sobreviviente del planeta.

Muchas veces se preguntaba cómo era posible que una mujer de avanzada edad hubiera decidido vivir tan aislada y sola. Rolf aseguraba que su madre se había acostumbrado a una vida independiente, ya que él abandonó el hogar muy joven y, al poco tiempo, su padre falleció. Había pasado tantos años sin compañía que le costaba trabajo habituarse a tener a otras personas alrededor, y eso se debía respetar. Pero, de todas formas, Carla no lograba entenderlo.

Era viernes, apenas habían llegado la tarde anterior y ocuparon casi todo el día en llenar la despensa y meter suficiente leña para la estufa de la sala, donde pasaban la mayor parte del tiempo.

Siempre viajaban en un solo auto, pero esta vez ella propuso llevar los dos, por si le daba ganas de manejar hasta la ciudad mientras él estaba en la oficina. Los camiones tomaban demasiado tiempo y no pasaban tan seguido. Además, en pleno invierno, no se le antojaba pararse a la intemperie y sufrir las inclemencias del tiempo.

Carla se levantó de la cama y se vistió. Bajó a la cocina y metió leña en la estufa, que en realidad era un aparato de metal cerrado herméticamente, usado para calentar habitaciones. Rolf le aseguraba que era mucho más eficiente que una chimenea abierta. Miró a través de la ventana y se desanimó un poco al ver que nevaba nuevamente. Puso a tostar unas rebanadas de pan, sacó mantequilla y mermelada y preparó café. Se sentó a la mesa para desayunar y comenzó a leer una revista sobre decoración, Drago se acomodó a los pies

Al terminar, se dio cuenta de que la nieve había cesado. Decidió dar un paseo con Drago, quien también parecía disfrutar de este lugar tanto como ella. Se puso la chaqueta, las botas, la gorra, los guantes y se echó una bufanda al cuello. Se colocó los audífonos para escuchar música con su reproductor portátil y salieron a caminar.

El aire frío le despejaba la mente y, después de unos minutos, olvidó sus preocupaciones y sus pensamientos negativos. La nieve le llegaba arriba de los tobillos. Se alegró de ver venir a Kevin, con su enorme camioneta, despejando el camino. Se detuvo junto a ella y bajó la ventanilla.

—¡Hola, Carla! Hoy tuve un examen muy importante, por eso ando trabajando tan tarde —se disculpó un tanto apenado—. Lo bueno es que, según mi madre, empezó a nevar después de las nueve.

Ella comprendió lo que quiso decir.

—No te apures, si hubiera habido algún problema, Rolf te habría llamado de inmediato para que vinieras a despejar el camino —Intentó no hacerlo sentir mal—. Tengo que seguir caminando, si no, ¡me congelo!

Él le sonrió y se despidió, ella continuó su marcha, lo que Drago pareció agradecer.

Después de treinta minutos de caminar sin rumbo definido, decidió regresar a la casa. A pesar de que ya no caía nieve, estaba bastante nublado, por lo que el aire llegaba más helado.

Se dirigió a la sala y se sentó en su sillón preferido, un sillón individual que al inclinarlo hacia atrás levantaba las piernas. Era un mueble viejo, pero muy cómodo. Tenía una mesita al lado con periódicos, revistas y su tableta.

Estaba muy entretenida leyendo las noticias cuando sonó su móvil, avisándola de que tenía un mensaje nuevo y fue entonces cuando se percató de que lo había olvidado sobre la mesa. Lo levantó y se dio cuenta de que tenía dos llamadas perdidas y cinco mensajes de Rolf. Decidió llamarle enseguida.

—¿Carla? ¿Sucede algo? —Fueron sus primeras palabras al contestar, su preocupación era evidente.

—Lo siento, salí a caminar y olvidé el móvil sobre la mesa. ¿Todo bien?

—Sí, solo que salgo para Trondheim mañana. Tal vez una semana, por eso te llamé. ¿Quieres acompañarme? —Su voz cambió de tono, estaba emocionado.

Ella no titubeó al contestar:

—No. Prefiero quedarme aquí y poner orden, tal vez cambiar las cortinas del baño también.

Él tardó un poco en responder, pues se había figurado otra respuesta.

—Bien. Entonces salgo mañana temprano. —Pareció un poco desilusionado. Imaginó que ella se alegraría de hacer un viaje corto. Sabía que le gustaba mucho esa ciudad.

Carla recapacitó de inmediato.

—Pero si quieres puedo viajar contigo, no hay problema.

—No, está bien, voy por cuestión de trabajo, tal vez sea aburrido para ti. Nos vemos más tarde.

—Bien, hablamos. ¡Adiós! —contestó con algo de culpa y colgó.

No entendía por qué esa necesidad de estar sola, siempre había disfrutado de la compañía de su esposo. Anteriormente, platicaba con Rolf absolutamente sobre todo lo que le sucedía y lo que le preocupaba. No le gustaba esconderle secretos, mucho menos, mentirle. Se dirigió de nuevo al sillón y se dejó caer pesadamente. Miró por la ventana y vio que la nieve había cesado, lo que levantó un poco su ánimo.

Cogió su móvil y le mandó un mensaje a Julio.

—¿Todo bien por allá?

Él no tardó en contestar.

—Sí, mamá, contento de casi terminar la semana. ¿Y ustedes?

—Todo bien. Tu papá sale para Trondheim mañana y yo, en la cabaña, necesito poner algo de orden.

La respuesta de Julio tardó un poco.

—Me alegro de que todo esté bien. Hablamos pronto, un beso.

Carla lo leyó con una sonrisa. Julio tenía diecinueve años y estudiaba en Bergen. Ella no opuso resistencia cuando les comunicó su deseo de irse a estudiar para allá. Al contrario, se alegró de que estuviera tan cerca y no se fuera a otro país. Y además no estaba solo, compartía el departamento con su novia Elin, una chica muy responsable y con metas bastante definidas, muy madura para su edad. En verdad, la apreciaba y se alegraba de que Julio estuviera con ella. Julio era el único hijo que Carla y Rolf tenían. Cuando conoció a Rolf, estaba divorciado. Alexander era el resultado de su anterior matrimonio, el cual acabó en muy malos términos.

Alexander, al que llamaban Alex, tenía treinta y dos años. Era un joven bastante apacible y con un carácter muy débil, parecía no tener absolutamente nada de voluntad propia. Carla lo atribuía a su madre, Bente, una mujer muy problemática, dominante —no era la única que lo pensaba— y bastante neurótica.

Era difícil comprender cómo Rolf terminó casado con Bente y, más que eso, que hubiese durado tanto tiempo con ella. Rolf era un hombre tranquilo y de buen corazón, Carla se sentía afortunada de haberlo conocido y de tenerlo como esposo.

Carla se dirigió a la cocina para preparar algo de comer, eran casi las cuatro de la tarde y pronto llegaría Rolf. No tenía hambre en realidad, así que cogió un poco de ensalada de atún y unas galletas.

Los débiles rayos de sol habían desaparecido y la nieve no se hizo esperar. Preparó una taza de té, cogió sus revistas y se sentó en el sillón. Drago se echó a los pies.

—Pronto cumplirás cinco años, ya te estás haciendo viejo — le dijo al perro, que bajó la cabeza y dio un gemido, como si se abochornara por lo que acababa de oír.

Drago era un husky siberiano, de pelaje negro y los ojos celestes. Se lo regaló Julio en uno de sus cumpleaños asegurando que necesitaban un guardián, ya que se había enterado de algunos robos en el vecindario. Carla sabía que lo hacía más por él mismo que por ella, pues siempre había dicho que quería tener un perro. Al mismo tiempo, pensó en que su hijo pronto se iría a estudiar fuera y no estaba mal tener un compañero. Nunca imaginó que fuera a encariñarse tanto con el pequeño animal, de apenas dos meses cuando llegó a la casa.

Drago se levantó y empezó a ladrar mientras corría hacia la puerta. Carla se estremeció y también se dirigió para recibir a Rolf. Esperó a que se quitara la chaqueta y los zapatos para abrazarlo y besarlo cariñosamente.

—¡Hola, guapa! —la saludó acariciándole la mejilla.

—¡Qué frías manos tienes! Ven, siéntate en el sillón mientras te preparo un té.

Él la siguió sin oponer resistencia; Drago, detrás de ellos.

Mientras el agua hervía, Carla sacó una lasaña del congelador y una bolsa de ensalada del refrigerador. Prendió el horno y preparó el té.

—¿En verdad no quieres acompañarme? —volvió a preguntarle, tal vez con la esperanza de hacerle cambiar de opinión.

Ella le ofreció la taza y se sentó a su lado.

—Sí que me gustaría, pero al mismo tiempo necesito hacer algunas cosas aquí. Cuanto menos lo pensamos, más se acerca la primavera y quiero que la cabaña esté lista para cuando vengan Julio y Elin en la Pascua.

Rolf asintió con la cabeza.

—Sí, tienes razón, últimamente no hemos trabajado tanto aquí, es buen momento para empezar. ¡Te voy a extrañar! —le aseguró, acariciándole el cabello.

Ella recargó la cabeza sobre el hombro de su marido.

—Y yo a ti, bastante. Pero cada noche podemos videochatear, siempre que tengas tiempo libre, ¿verdad?

—No creo que vaya a tener mucho tiempo para mí, por eso quería que fueras, así por las noches podría al menos verte durante unas horas. Tendremos muchas juntas y comidas con los ejecutivos. Por eso necesitamos viajar mañana, para ponernos al corriente durante el fin de semana —Le acarició la cara y la besó en la frente—. ¡Uf! ¡Cómo te voy a extrañar!

Ella lo miró y lo besó, tratando de demostrarle cuánto lo amaba.

Después de cenar, mientras limpiaban la mesa, Rolf comentó que era mejor dormir en Tananger, ya que necesitaba empacar y así estaría más cerca del aeropuerto.

—¿Quieres que te acompañe? Mañana puedo regresarme sin problema —sugirió ella.

—No, no es necesario —contestó viendo por la ventana la nieve que no dejaba de caer—, ha nevado demasiado y puede ser peligroso en algunas partes.

Ella se sentó en el sillón y prendió la televisión. Él dijo que traería suficiente leña para que no batallara en su ausencia. Así era Rolf, siempre pensando en ella y en su bienestar. Algo que ella apreciaba y devolvía de la misma manera, recordaba las palabras de su madre: "Da siempre lo mejor de ti, pues la vida te regresa solo aquello que tú das".

Al acordarse de Suyan, su madre, se le hizo un nudo en la garganta y no pudo contener las lágrimas. Aprovechó que Rolf andaba afuera y fue al baño para echarse agua en la cara. No quería que la viera triste antes de partir, solo lo preocuparía. Frente al espejo respiró hondo y sonrió, intentando levantarse el ánimo. Se arregló el largo cabello, negro y lustroso, en una cola de caballo.

Carla era una mujer muy hermosa, a sus cuarenta y ocho años se conservaba muy bien, ella lo atribuía a la sangre indígena que le corría por las venas. No tenía un tono definido, era de piel cobriza, parecía traer siempre un bronceado perfecto que le resaltaba los grandes ojos de color verde aceituna. La nariz era pequeña y con la punta levantada; la boca, de labios gruesos; y el cabello, negro, liso y brillante.

Carla miró a su esposo con coquetería cuando lo vio sentado en la sala de nuevo.

—¿Ya terminaste? —preguntó sentándose a su lado.

Él sonrió.

—Eso depende de lo que tengas en mente.

Carla no contestó, lo abrazó y lo besó apasionadamente. Rolf respondió a cada una de sus caricias y besos. Se levantó, la tomó de la mano y la condujo a la habitación.

2

Carla no tenía sueño. Afuera seguía nevando y no encontraba ningún programa que le gustara en la televisión. Ya no tenía ganas de leer. Cogió su tableta y se puso a jugar mahjong. Después de una hora, sintió los ojos cansados y empezó a tener problemas para concentrarse. Era medianoche, decidió irse a acostar, aunque sabía que tardaría un par de horas en quedarse dormida. Cuando Rolf no estaba en casa, a ella le costaba mucho conciliar el sueño.

Los ladridos de Drago la despertaron. De inmediato se levantó y se asomó por la ventana para ver qué era lo que alteraba tanto al perro. Era Kevin, que despejaba el camino hacia el garaje. Carla se frotó los ojos y pensó un poco en qué hacer. Tenía ganas de volverse a meter en la cama o de andar en pijama todo el día y dedicarse a leer o ver la televisión. Pero decidió ducharse y empezar el día.

Mientras desayunaba, encendió su móvil y vio que tenía un mensaje de Alexander: «¡Hola, Carla! Para avisarte de que pasaremos el fin de semana en la cabaña. Que tengas buen día».

Sintió que le temblaban las manos. Lo que menos deseaba era tener que pasar algunos días con ellos. No por él ni por las niñas, sino por su esposa, Tuva, que, junto con Bente, intentaba hacerle la vida imposible. No se le ocurría alguna excusa creíble. Pensó en decirle que era un mal momento, ya que se ocuparía de hacer algunas remodelaciones en las habitaciones y el baño.

Un segundo mensaje entró: «Tuva no se siente bien, será en otra ocasión. Saludos». Experimentó un gran alivio al leerlo. «No hay problema, Alex. Que se mejore. Saludos a la familia», contestó.

Puso el móvil sobre la mesa, sintiendo lástima por Alexander. Le daba coraje ver cómo Tuva y Bente lo manipulaban. Él, siempre callado, aceptando y haciendo la voluntad de ellas. Estaba segura de que un buen día tendría suficiente y, entonces, se levantaría y les diría que lo dejaran en paz y no dispusieran su vida. Un buen día, que tal vez tardaría muchísimo en llegar.

Su móvil timbró, era Rolf. Se secó un par de lágrimas en las mejillas y aclaró la voz.

—¡Hola, cariño! ¿Ya llegaste? —Luchó por sonar alegre.

—Sí, un poco de retraso por el mal tiempo, pero nada más. Voy en el taxi. ¿Y tú?, ¿cómo estás? ¿Te desperté?

—No, no me creas tan floja —contestó sonriente—. Kevin llegó a las siete y media de la mañana y Drago no dejaba de ladrar al oírlo afuera.

Rolf soltó una risotada.

—Kevin, Kevin. Parece no descansar nunca. Bueno, guapa, ya llegué al hotel, solo quería oír tu voz, te llamo en la noche.

—Que tengas buen día. ¡Te amo! —Colgó y sintió que una lanza le atravesó el corazón.

Se culpó por no haberle dicho la verdad de lo que pasó durante la última visita que le hizo a su madre. No significaba que no confiara en él, sencillamente no acababa de digerir la historia. Su historia real. Además, la ausencia de su madre la entristecía. Había fallecido hacía nueve meses y todavía no aceptaba su pérdida. Rolf decía que le llevaría tiempo, que el duelo se trataba de algo muy personal, que llorara e hiciera luto cuanto fuera necesario, pues era la única forma de seguir adelante.

—No reprimas el llanto ni evites la tristeza, desahógate, es mejor así que evadir algo que, más tarde, tendrás que enfrentar de todos modos —le recordaba cuando la veía intentando esconder su dolor.

Pero no podía contarle que no era solo su muerte lo que la agobiaba, sino también lo que le confesó Suyan poco antes, algo que sacudió su existencia como nunca había experimentado.

Carla se creyó siempre con una gran capacidad de resiliencia, pero después de la muerte de Suyan parecía haber perdido el rumbo, no sabía qué hacer o hacia dónde dirigirse, era como si su vida hubiera perdido sentido. Y todo esto, aunado a las intrigas de Tuva y Bente, la dejaba sin fuerza para continuar.

Cuando Carla empezó a tener uso de razón, le preguntaba a Suyan dónde estaba su papá y cuándo llegaría. Y ella le contestaba que andaba trabajando, que, cuando menos lo esperara, regresaría. Ella confiaba en su respuesta y seguía deseando su llegada.

En ciertas ocasiones, la falta de su padre se hacía más intensa. No se explicaba por qué no tenía ni una foto, ni una carta, ni nada que le perteneciera. Al ver a sus compañeros de clase cuando sus padres los recogían, sentía tristeza e imaginaba cómo sería que su padre llegara al colegio por ella.

—Tu padre trabaja mucho, no tiene tiempo para esas cosas, ten paciencia que, cuando menos lo esperes, llegará. Tú ocúpate de la escuela para que cuando venga se sienta muy orgulloso de ti —contestaba Suyan invariablemente. Y Carla se aferraba a la mentira, deseando que fuera verdad.

Sabía que Suyan era de Bolivia y que su madre la envió a Lima (Perú), con una tía. Después, su tía la llevó a Bogotá porque intuía que allí podría conseguir un buen trabajo. Su madre empezó a trabajar en casa de Will Parker y su esposa, Jenny. Más tarde, se mudaron a Estados Unidos, cuando Suyan llevaba casi dos meses de embarazo. Siguió trabajando con esa familia hasta que Carla cumplió cinco años, entonces se mudaron a un departamento que quedaba cerca de su escuela y su madre encontró otro trabajo.

Cuando Carla tenía doce años, la llevó al parque que frecuentaban los domingos y se sentaron en una banca mientras comían un helado. Notaba que Suyan estaba muy nerviosa y le preguntó qué era lo que la preocupaba.

Su madre se armó de valor y, mirándola a los ojos, le contestó:

—Hija, tú ya no eres una niña y mereces saber la verdad. Cuando salí de mi pueblo yo era muy inocente y bastante tonta. Tuve mucha suerte de encontrarme con Will y Jenny, allá en Bogotá, porque me dieron trabajo y me acogieron en su casa, los considero mi familia. Un día andaba de fiesta y conocí a un turista, imagino que era americano, para el caso es lo mismo, no entendía lo que decía, pero me gustó mucho y seguimos bailando y él bebía, así estuvimos toda la noche en la plaza. De repente, me tomó de la mano y yo lo seguí. Llegamos a su hotel y..., bueno, pasé el resto de la noche con él.

Carla no decía nada, ni siquiera siguió comiendo el helado, que ya le escurría por toda la mano, goteando sobre su vestido nuevo. Suyan tomó la servilleta e intentó limpiar el vestido. Al ver que solo hacía más grande la mancha de chocolate, desistió y continuó:

—Al día siguiente me desperté, me vestí y salí corriendo de la habitación, mientras él todavía dormía. No supe más de él. En unos meses me di cuenta de que estaba embarazada, ya te llevaba en mis entrañas. Doña Jenny me ofreció ayuda para darte en adopción o para cualquier otra cosa, pero yo me negué. Decidí tenerte y no me arrepiento. —Dejó de hablar y esperó la reacción de su hija.

—¿Qué? —La miraba con los ojos muy abiertos—. Pero ¿quién es mi padre? ¿Cuándo lo voy a ver? —Parecía no haber entendido lo que acababa de escuchar.

—No lo sé. Nunca más lo volví a ver. Ni siquiera averigüé su nombre —contestó con la vista perdida en el horizonte, no se atrevió a mirarla.

—¿Y nunca lo buscaste? —Más que una pregunta se trataba de una recriminación.

—Sí, pregunté en el hotel, pero al parecer la habitación estaba a nombre de uno de los amigos con los que viajaba. Era un grupo de muchachos que andaba de vacaciones, de esos que vienen y van sin dejar rastro.

—Pero tal vez podemos buscarlo y encontrarlo. Tal vez si contactamos al amigo que pagó por el cuarto...

—¡No, Carla! ¡No! Lo intenté en su momento, ahora ya no queda nada por hacer —contestó su madre, tajante.

Carla no insistió, pero percibía el coraje que crecía en su interior. Sintió rabia hacia su madre, mucha rabia, y se prometió que no la perdonaría jamás. ¿Por qué la había engañado todos aquellos años haciéndole creer que su padre volvería? Quiso decirle que hubiera preferido que la diera en adopción, pero calló, el llanto le impedía hablar.

Suyan también calló. Permaneció a su lado, esperando hasta que se calmara y dejara de llorar. Comprendía que debía de ser muy duro para su hija oír lo que le acababa de confesar.

—Ya es tarde, es mejor que regresemos —sugirió su madre al ver que el cielo empezaba a oscurecerse. Se puso de pie y le tendió la mano.

Carla se hizo a un lado, no quería tocarla ni hablarle. En silencio tomaron el camión de vuelta, en silencio llegaron y en silencio se acostaron. Tardó tres semanas en dirigirle la palabra a su madre. Suyan no la presionaba, le daba espacio, segura de que tarde o temprano la furia desaparecería. La conocía bastante bien, sabía que era una chica sensata y de buen corazón. Así que ella le comentaba cosas todos los días, esperando pacientemente por la respuesta.

Un lunes en la mañana, sin esperar contestación, Suyan le informó que no había cereal, que le prepararía un emparedado de jamón y Carla, sonriente, le contestó que prefería un par de huevos revueltos. Suyan reprimió la emoción y, sin añadir más, se dispuso a hacer lo que había pedido, feliz de que la ley del hielo hubiese terminado.

Carla no volvió a tocar el tema de su padre, nunca más. Al comprender que su madre no conocía ni su nombre, supuso que sería inútil intentar contactarlo. Años después, sus amigas, Mónica y Jetta, le sugirieron que tal vez lo podría encontrar por las redes sociales, pero ella se negó. No tenía caso ya. Había crecido con su madre y ya estaba acostumbrada a esa vida. Imaginaba que su padre tendría otra familia, que tal vez no se alegraría mucho de saber que contaba con otra hija.

Jetta insistía en que lo hiciera, pues probablemente podría ser un hombre soltero con muchísimo dinero que se alegraría demasiado al saber que tenía una hija, su única heredera. Por el contrario, Mónica opinaba que debían respetar su decisión. Con el tiempo, ese deseo de conocerlo fue disminuyendo, hasta quedar en el olvido.

Eran casi las cinco de la tarde y no había recibido ningún mensaje de Rolf, lo que resultaba extraño. Decidió no darle importancia, pues sabía que su esposo era un hombre fiel y leal. Al ver que la nieve había cesado, decidió pasear con Drago.

El viento estaba helado, pero no le importó y siguió caminando en la oscuridad. De pronto, recordó lo que su madre le repetía una y otra vez: «En la confianza está el peligro». Así que se detuvo y le envió un texto a su esposo: «Te extraño, xoxo». No tardó en recibir respuesta: «Igual, xoxo ;)». Es increíble como unas cuantas letras tienen el poder de levantarnos el ánimo hasta los cielos. Puso de nuevo su móvil en el bolsillo de su pantalón y continuó la marcha.

Recordó la primera vez que vio a Rolf. Fue en Londres, ella andaba de paseo y él, por cuestión de negocios. Estaban hospedados en el mismo hotel, pero no se habían

22

encontrado. Una noche, Carla salió del teatro y él, de uno de los bares. Sin darse cuenta, hicieron al mismo tiempo la señal a un taxi para que parara. Llovía copiosamente y, cuando él intentó abrir la puerta, ella lo miró con disgusto, pues no había visto que él también le había hecho señal al chofer.

Rolf le informó que no había problema, que podían compartirlo, a fin de cuentas, no iba muy lejos, porque llovía demasiado y él no llevaba paraguas ni impermeable. Ella aceptó, sintió lástima por el pobre hombre, que escurría agua por todos lados, y no quería esperar bajo ese terrible aguacero por otro taxi, que podría tardar horas en aparecer.

Cuando Carla le dio la dirección al conductor, Rolf dijo que iba al mismo hotel. Al principio, ella pensó que bromeaba, pero se bajó con ella y él pagó por el viaje.

Al entrar en el recibidor, la invitó a tomar algo. A pesar de su deplorable estado, Carla lo encontró bastante atractivo y, dado que ya estaba en el hotel, pensó que no había peligro. Ella aceptó, pero quería cambiar sus ropas por otras más secas. Él estuvo de acuerdo y, después de veinte minutos, se encontraron en el bar.

La pasaron tan bien que ninguno de los dos se atrevía a dar por terminada la noche, sin embargo, los dos estaban cansados y decidieron ir a dormir y desayunar juntos al día siguiente. Tiempo después se enteró de que Rolf iba a abandonar el hotel esa misma mañana, pero que canceló el vuelo y se quedó tres días más para estar con ella. Carla no recordaba haberse sentido tan a gusto con ningún otro hombre. Y él hacía mucho tiempo que no había deseado tanto la compañía de una mujer.

Después de los tres días, él regresó a Noruega y ella a Estados Unidos, pero siguieron en contacto, se vieron en el verano y pasaron la Navidad juntos, en casa de ella. A Suyan le pareció un buen hombre y, al siguiente año, se casaron. Los dos estaban un poco nerviosos, pues les recriminaban que no se conocían lo suficiente, pero ellos estaban seguros de lo que sentían el uno por el otro. Hasta el presente, después de tantos años, seguían enamorados y ella no se imaginaba la vida sin él, ni él concebía una vida sin ella.

El ruido de la camioneta de Kevin la distrajo de sus evocaciones, venía despejando la nieve del camino. Esta vez no se detuvo, solo la saludó y siguió su trayecto. Carla sentía la cara helada, ya había caminado mucho y decidió regresar a la casa.

3

Desde que Alexander se casó con Tuva, ella comenzó a interrogar a Carla con constantes preguntas referentes a sus casas y el dinero que tenían en el banco. Era un interés excesivo en sus finanzas. Algo que le pareció de muy mal gusto, le enfadó y protestó que no tenía por qué discutir su situación económica con ella. Tuva se molestó y contestó que sí debería, pues era la herencia a la que Alexander tenía derecho.

—En ese caso, discútelo directamente con Rolf, no conmigo —aclaró Carla.

Pero su intención era incomodarla y hacerle saber que estaría al pendiente de sus finanzas. Y, aunque intentó no darle importancia, seguían los comentarios viperinos de

Tuva, que no desperdiciaba ninguna ocasión que se le presentaba.

En cada reunión o visita, hacía comentarios ofensivos. Si compraba algo para ella misma, le reprochaba el gastar tanto en cosas innecesarias; si compraba algo para las niñas, le señalaba la mala calidad del obsequio; y, cuando le regalaba algo a Rolf, le decía que se trataba de su dinero y que era como si lo hubiera comprado él mismo. Carla callaba y no se defendía, sentía que no valía la pena seguirle el juego. Alexander no reaccionaba, Carla se preguntaba si en realidad no se daba cuenta o, simplemente, no tenía el valor de enfrentarla.

Cierto día no aguantó más y, con lágrimas, le platicó a Suyan el comentario tan hiriente que le había hecho el día que Rolf cumplió cincuenta años. Carla los invitó a cenar a todos: Julio y Elin, Alexander, Tuva y las niñas. Unas semanas antes habían decidido comprar un comedor nuevo porque la mesa estaba maltratada —el barniz estaba levantado en varias partes de la superficie—. Tuva preguntó si las cortinas de la sala eran nuevas también y Rolf afirmó.

Al despedirse, Tuva se acercó a Carla y le susurró al oído:
—No deberías ser tan derrochadora, gastas lo que les corresponde a los hijos de Rolf, los dejarás sin nada.

Carla sintió un cubetazo de agua helada al oír semejante tontería.
—Pero ¡qué sabe ella! ¿Cree acaso que yo no tengo dinero? Parece que solo espera a que muera Rolf para ver qué le corresponde. ¡Me tiene hasta la coronilla! Tengo que hablar con Rolf. ¡Ya no la soporto! —se quejaba amargamente con su madre.

Suyan la dejó desahogarse y le aconsejó que hiciera lo que creía necesario, que en esos asuntos no quería entrometerse. Y decidió contárselo a Rolf. Él no lo tomó a mal, aseguró que Tuva debía de estar aconsejada por Bente y que no dudaba que esta enardecía su codicia. Le recordó que, al divorciarse, Bente le exigía una gran suma mensual de dinero, más vacaciones, casa y auto, pero se habían casado por bienes separados y, como compartían la custodia de Alexander, no procedía. Eso aumentó su amargura y resentimiento hacia él, que ahora canalizaba hacia Carla.

—¿Y qué voy a hacer? ¿Acaso le debo enseñar mis estados financieros para que sepa lo que me heredó Will? ¿Debo darle un resumen detallado de lo que gasto cada mes? Esta situación ha existido desde que se casaron, pero ¡ya no aguanto más! —explicaba Carla angustiada.

Rolf la abrazó y le acarició la espalda.

—No, no, no, nada de eso. Haces bien en ignorarla y, al ver que no te molestan sus comentarios, dejará de hacerlo. No tienes por qué darle explicaciones de nada. A ella le molesta el que gastes tu dinero y disfrutes la vida, sigue haciéndolo. Alguien dijo que la mejor venganza contra los que nos envidian es ser felices —la tranquilizó.

Carla lo abrazó. Tenía razón.

Carla cavilaba sobre lo que Rolf le aconsejó e intentó ignorar los comentarios de Tuva. Cuando se reunían, le pedía que estuviera al pendiente y que saliera al rescate, en caso de que ella lanzara sus habituales críticas. No tardó mucho en aceptar que sus reproches no hacían mella en Carla como ella esperaba y, al poco tiempo, terminaron.

Pero en los últimos dos años sus ataques se habían intensificado. Carla y Rolf no se explicaban el porqué, pues Alexander no decía nada y seguía con su actitud taciturna.

Cierto día, un viernes en la tarde, Carla y Rolf estaban trabajando en el jardín, podando los rosales y haciendo espacio para unas plantas que acababan de comprar. Algo que hacían cada año al empezar la primavera. Estaban entretenidos, deliberando cuál era el mejor lugar para plantarlas, cuando vieron el carro de Alexander estacionarse frente a la casa. Les sorprendió que llegara sin avisar. Las niñas lo acompañaban. Solía preguntar si estaban en casa y si podía visitarlos. Carla y Rolf buscaban algo que hacer los fines de semana. Les gustaba ir al cine y a cenar, dar viajes cortos en el auto o, simplemente, salir y dar largas caminatas por el lago acompañados de Drago.

Además, Julio no vivía con ellos, a los dieciséis años se independizó y se fue a vivir a su propio departamento.

Alexander se bajó del auto y ayudó a las niñas. Rolf se acercó para abrir la puerta de la reja y Carla recogió las herramientas antes de acercarse a saludarlos.

—¿Está bien si nos quedamos un rato? —preguntó Alexander un poco apenado.

—Por supuesto, pasen —contestó Carla mientras abrazaba a las niñas.

Rolf y Alex se sentaron en las sillas del jardín, Carla entró a preparar algo de beber y las niñas consultaron si podían ver la televisión. Carla hizo más tiempo del necesario en la cocina al ver por la ventana que los dos hablaban y tenían una expresión seria en los rostros. Elise se acercó a ella y le preguntó si tenía soda o dulces. No tenía dulces, así que les preparó un recipiente grande con rosetas de maíz y les sirvió soda.

Dejó a las niñas en la sala y salió con una charola con vasos y una jarra de té helado. Los dos callaron cuando ella llegó. Carla se sintió incómoda y prefirió retirarse a la sala, sabía que algo ocurría entre Alex y Tuva, no quiso entrometerse.

Cuando la visita se fue, Rolf le pidió a Carla que se sentara y le explicó que Alexander sospechaba que su matrimonio estaba pasando por un mal momento. Tuva era muy demandante y parecía que nada de lo que hacía la complacía. Se quejaba por todo, insistiendo en que el dinero no era suficiente, que la casa no era suficientemente grande o que estaba bastante deteriorada, que el auto era demasiado pequeño para la familia, en fin, todo parecía ser inadecuado.

Carla comprendió de inmediato de dónde venía toda esa provocación. Sabía que Alexander no tenía un gran sueldo. Tuva trabajaba medio tiempo como recepcionista de un tío que era dentista. Entre lo que los dos ganaban no alcanzaban para darse los lujos que ella tanto deseaba.

Le gustaba ir cada verano a alguna playa del sur de Europa con la familia. En la Pascua, lo mismo. Aparte, hacía una escapada cada año con sus amigas y, además, realizaba un corto viaje con Alexander. Defendía que no se trataba de un lujo, sino de una necesidad.

Le apasionaba comprar en línea y todo debía ser de marcas exclusivas. Para las niñas, igual, y ella le elegía toda la ropa a Alexander, porque opinaba que él no tenía buen gusto para vestir.

Alexander proponía que pasaran algunas semanas en la cabaña, pero ella se quejaba de que eso era como estar en casa, que no eran verdaderas vacaciones. Argumentaba que las vacaciones servían para alejarse de lo cotidiano: cocinar, limpiar y lavar vasijas, entre otras cosas.

El motivo era que sus amigas, a las que conocía desde que eran pequeñas, trabajaban en compañías grandes y tenían puestos de alto rango, por lo tanto, recibían sueldos bastante elevados, además, sus esposos estaban en la misma categoría.

Alexander le pedía que no se comparara con ellas, que su realidad y su situación eran muy diferentes, pero ella se negaba y le aseguraba que no iba a dejar que la sacaran del círculo al que ella quería pertenecer.

Y, esa mañana, la discusión se originó porque tenían que pagar las cuentas de las tarjetas de crédito y todas rebasaban por mucho el límite. Él explicó que no podía liquidar ni la mínima deuda. Entonces, Tuva se enfureció porque necesitaba hacerlo para poder reservar los vuelos y el hotel para la Pascua. Alex le aconsejó que tal vez era mejor pasarla en la cabaña y empezar a bajar el ritmo económico que llevaban. Ella se negó rotundamente y explotó.

Carla sintió pena por él.

—Y entonces, ¿qué piensan hacer?, ¿vender todo para pagar las deudas? —Ella no entendía cómo algunas personas gastaban dinero que no tenían.

Rolf negó con la cabeza y la miró con ojos de suplicio.

—Tuva le exigió que hablara conmigo y me convenciera de que es mejor que herede en vida. Quiere que le dé lo que le corresponde de todos mis bienes, incluyendo nuestros ahorros.

—¿Qué? Pero, ¿hasta dónde quiere llegar esta mujer? ¿Se ha vuelto loca? —Carla no podía creerlo.

—Le dije a Alex que no contara con eso, que no podía vender nuestra casa y la cabaña para que ellos pagaran sus deudas, que tus propiedades y dinero son cosa aparte y que, además, no tengo tanto dinero en el banco como Tuva piensa. Le sugerí que lo mejor es administrarse y gastar solo lo que pueden, no lo que no tienen. Pero está desesperado —Bajó la mirada—. Me comprometí a ayudarle a pagar los mínimos de las tarjetas, pero que más no puedo hacer.

—¿Y de qué sirve? Al rato va a estar igual. ¡O peor! Necesitan administrarse y él debe de ponerle un alto. Que cancele las tarjetas o que la deje a ella pagar. ¡No lo puedo creer! —Carla estaba alterada. Tenía ganas de añadir más, pero decidió callar, ya estaba él bastante preocupado por la situación de su hijo.

Rolf ya no quiso seguir trabajando en el jardín. Ella comprendió y le dijo que no se preocupara, ella terminaría de plantar las matas que faltaban.

Mientras trabajaba, intentaba buscar una solución para ayudar a Alexander, pero entendió que no era asunto suyo, que era mejor no inmiscuirse en asuntos ajenos y, además, tan delicados.

Y así continuó el matrimonio de Alex y Tuva, con fuertes problemas financieros y con Tuva negándose a ajustarse a un presupuesto real.

Había un programa de televisión en el que ayudaban a parejas con grandes deudas y gastos desmedidos a poner orden en su situación económica. Rolf le sugirió a Alexander que solicitaran esa ayuda, pero, por supuesto, él se opuso, intuía que eso solo enojaría más a Tuva.

Después de algunos meses, Rolf rechazó darle más dinero, pues era una situación que no tenía fin. Lo que le molestaba era que no buscaban soluciones ni hacían nada para resolver su problema. Bente los ayudaba cada mes con cierta cantidad de dinero y se comprometió a invitarlos cada verano a alguna playa de Grecia o Croacia.

Rolf sentía pena por Alex, pero no estaba dispuesto a seguir fomentando algo en lo que no estaba de acuerdo. Carla temía que la decisión de Rolf estropeara la relación con su hijo, pero no fue así. El muchacho necesitaba salir del yugo de Bente y Tuva de vez en cuando, así que, él y las niñas pasaban algunos fines de semana en la cabaña junto con ellos. Lejos de molestar a Tuva, a ella le gustaba tener esos días solo para sus amigas y ella.

Rolf y Carla seguían preocupados por Alexander y su familia. Él parecía estar acostumbrado a ello y no daba señales de querer actuar para solucionarlo. Carla aseguraba que tenía pavor de contradecir a Tuva o enojarla, así que optaba por mantener la calma y sobrellevar la situación.

Recordó el día en el que, muchos años atrás, visitó a Mónica un jueves. Estudiaban en la universidad todavía, antes de compartir el departamento. Era su cumpleaños y llegó con Jetta a las diez de la mañana, como era costumbre. La llevarían a almorzar y, de ahí, irían de compras. Timbraron y se sorprendieron al ver a la festejada con la cara hinchada, el cabello despeinado y una bata sobre la pijama. Les pidió que la dejaran sola, pues no tenía intenciones de salir y, mucho menos, de festejar.

Cuando le preguntaron el porqué, les explicó que acababa de pelear con su novio en ese entonces, Jim, y no tenía ánimos de celebrar nada. Resultaba que Jim le propuso llevarla a cenar el sábado, pues tenía que estudiar para un difícil examen al siguiente día y Mónica se sintió desplazada.

Carla y Jetta intentaron levantarle los ánimos.

—Yo no lo veo mal. No es que no se haya acordado de ti, solo que quiere celebrarte un día después, por causas de fuerza mayor, ¿no?

Pero Mónica insistía en que eso demostraba lo poco que ella significaba para él, que ahora se daba cuenta de que solo perdía el tiempo con ese mequetrefe.

Después de varias horas y de mucho insistir, la convencieron y se arregló para salir. Le explicaron que no valía la pena pasar el día de su cumpleaños llorando por un tonto incidente.

31

Cuando estaban en el restaurante, se encontraron con otras chicas conocidas de Mónica y, después de saludarse, se sentaron en la misma mesa.

Carla se sorprendió de ver a su amiga tan feliz y tan sonriente. Hablaba sin cansancio del maravilloso Jim, al que ella insistió en que se pusiera a estudiar, porque no se perdonaría el saber que reprobó un examen solo por festejarla en su cumpleaños.

Al despedirse de ellas, Carla le preguntó el porqué de su actitud y Mónica contestó que no iba a darles el gusto de saber lo infeliz que Jim la había hecho sentirse el mismísimo día de su aniversario.

—¡Son unas lenguas sueltas! No quiero que hablen de mi desgracia y me traigan de boca en boca. ¡Que sepan que soy feliz y afortunada! —exclamaba Mónica, aparentando orgullo.

Carla comprendió la necesidad de ciertas personas de fingir una felicidad ficticia. Lo mismo pensaba de Alexander, que simulaba una tranquilidad que tal vez era inexistente en su vida. No era capaz de enfrentarlo, pero le gratificaba el hecho de que los demás pensaran que su vida estaba bien.

Al menos eso demostraban las fotografías que publicaban sin cesar en los diferentes medios sociales. Siempre abrazando o besando a Tuva, o sonrientes con las niñas, mostrando tener una vida plena y feliz, manifestando tener la familia perfecta.

Lo que más llamaba la atención de Carla era la actitud de las niñas, que podían estar enojadas o tristes, pero al momento de ver el móvil frente a ellas, esbozaban la más dichosa de las sonrisas, que desaparecía de inmediato al oír el clic de la cámara. Tuva las alentaba y les sonreía al enseñarles las hermosas poses que acababa de capturar y, por supuesto, de publicar.

Entendió que Tuva actuaba como Mónica, les demostraba a sus amigas, o a cualquiera, que su vida era tan perfecta como la que ellas, tal vez también, aparentaban tener.

4

El fin de semana transcurrió más rápido de lo que imaginó. Salía a caminar con Drago, leía, veía la televisión, se ponía a cocinar y, sobre todo, a ordenar la cabaña.

Arregló las cajoneras de su recámara y las de la que ocupaban Julio y Elin cuando los visitaban. Lavó sábanas y toallas y hasta bañó a Drago. No pudo hablar tanto con Rolf como hubiera querido, pero le enviaba mensajes para recordarle cuánto lo amaba y lo extrañaba.

El lunes en la mañana el despertador sonó a las ocho. Quería bañarse y salir a comprar algo de despensa. Desayunó avena, porque ya no le quedaba el pan que le gustaba tostar. Le sirvió a Drago su comida y se sentó frente a la ventana que daba al patio. Ya no nevaba, el sol brillaba y la nieve casi había desaparecido, al menos en el tramo del camino que Kevin despejaba. Paseó a Drago un rato antes de subir al coche.

Decidió manejar hasta Randaberg, caminaría por las tiendas y tal vez iría a la biblioteca a sacar algunos libros. Al salir del túnel, cuando pasaba frente a la gasolinera, vio un carro rojo, como el que tenía Tuva, y una muchacha muy parecida a ella cargando gasolina. Le extrañó que pudiera ser ella. ¿Qué andaría haciendo por esos rumbos? Tal vez se equivocó y confundió a otra chica con ella, era lo más seguro. Decidió no darle importancia y concentrarse en el camino.

Estaba en la biblioteca de Randaberg, en el segundo piso, buscando entre los libros algo que le interesara. Su móvil timbró y, como tenía las manos ocupadas, no alcanzó a ver quién llamaba antes de contestar, pero estaba segura de que era Rolf.

—¿Sí? —contestó Carla risueña.

—¿Por qué no me abres? —La voz de Tuva la dejó perpleja, no esperaba en lo absoluto que fuera ella—. Llevo más de quince minutos timbrando y tocando. ¡Abre la puerta! —exigió con tono brusco.

A Carla le tomó unos segundos reaccionar.

—¿No me oyes? —siguió Tuva con el mismo tono.

Carla cerró los ojos y trató de controlarse.

—No estoy en casa. Ando en el centro. —No cabía duda de que la chica que vio sí era ella. Le pareció adecuado decir que solo andaba en el centro, para que pensara que se hallaba en Stavanger y no en Randaberg. Así le sería más difícil encontrarla.

—¿Y a qué hora regresas? —continuó exasperada.

—No lo sé, voy llegando, tengo varias cosas por hacer. —Quería dar a entender que le llevaría mucho tiempo, que era mejor que se fuera a su casa o dejarlo para otro día.

—Entonces vengo en otra ocasión. Nos vemos —habló lentamente. Carla la imaginó levantando los ojos al cielo y gesticulando exageradamente.

—Avísame antes, por si tengo que salir, para que no des tantas vueltas en vano —sugirió. Esto le daría ventaja, pues así contestaría que saldría y evitaría verla.

Tuva no contestó y colgó.

A Carla le llevó unos minutos reponerse de la desagradable sorpresa. Por su cabeza pasaban preguntas que le causaron miedo. ¿Qué quería Tuva?, ¿por qué la visitó si sabía que Rolf no estaba?, ¿y por qué había ido ella sola?, ¿por qué ese tono tan agresivo?, ¿qué se traería entre manos?

Agitó la cabeza para despejar la mente. Decidió sacar prestados los libros que sostenía y salir lo más pronto posible. Se fue al café que estaba en la primera planta, pidió un capuchino grande y se sentó en una de las mesas frente a la ventana.

Cada momento que Tuva aparecía en su vida, la invadía el desasosiego. Carla era una mujer muy sensible, creía en la paz interior y en una existencia espiritual además de la material. Opinaba que nada la intranquilizaba tanto como la presencia de Tuva. Nunca había conocido a nadie con ese tipo de energía tan negativa. Como ella no era feliz, lógicamente, le costaba mucho ver felices a los demás. Siempre buscaba algo que criticar, constantemente trataba de menospreciar a las personas, nunca nada era suficiente, solo lo que ella hacía estaba correcto y solo lo que ella opinaba era lo acertado. Carla reconocía su falsa melosidad, su falsa sonrisa. Tal vez conseguía engañar a todos los demás, pero no a ella.

En la noche, cuando Rolf le llamó, no se atrevió a comentarle el incidente con Tuva. Sintió que era mejor esperar a que regresara, mientras tanto, buscaría excusas para no verla. Al mismo tiempo, le alegró oír que Rolf regresaba en dos días. Habían trabajado contrarreloj y habían conseguido lo que esperaban en menos tiempo del planeado.

Carla se ofreció para recogerlo en el aeropuerto, pero él le recordó que tenía el auto en el estacionamiento y que no era necesario. Le informó que tomaría el jueves y viernes libre para trabajar en la cabaña, lo que la animó aún más, pues así sabía que Tuva no volvería si ya no estaba sola.

Al despedirse y terminar la llamada, estaba entusiasmada. Metió en el microondas una bolsa de rosetas de maíz y se sentó en el sillón para ver una película.

Los días siguientes los pasó en la cabaña. No tenía necesidad de salir, pues había comprado suficientes provisiones y nevaba sin cesar. Solo daba paseos cortos con Drago y volvía a la casa. Leía, oía música, veía alguna película y, la mayor parte del tiempo, recordaba los últimos meses que convivió con Suyan. Lloraba, se desahogaba y ponía sus pensamientos en orden. Finalmente, había decidido platicar con Rolf sobre lo que tanto la abrumaba.

El miércoles en la tarde, Tuva le envió un mensaje preguntando si estaría al día siguiente en la cabaña. Le contestó que sí, sin anunciarle que Rolf estaría con ella. Y, como si lo adivinara, preguntó cuándo llegaba él. Carla contestó que esa misma noche. Tuva le informó que no estaba segura todavía de si le era posible visitarla, pero que mandaría un mensaje en caso de tener tiempo. Carla comprendió que no iría, pues no podría hablar a solas con ella sin que Rolf oyera lo que decía. Sintió un gran alivio y decidió olvidarse de ella.

A las seis de la tarde, Rolf llegó a la cabaña. Carla y Drago salieron a recibirlo. Ella lo abrazó y el perro saltaba alegre a su alrededor.

—¡Vaya, pero que efusivo recibimiento! —exclamó Rolf entusiasmado.

—¡Cómo te extrañé! —confesó Carla, estrechándolo con fuerza.

Entraron en la casa y se acomodaron en el sillón. Rolf mencionó que no tenía hambre porque había comido antes de tomar el vuelo junto con sus compañeros de trabajo. Ella tampoco tenía apetito, pero aseguró que una copa de vino le vendría bastante bien.

Mientras servía el vino tinto en las copas, Drago se levantó y corrió ladrando hacia la puerta principal. Después de un par de minutos oyeron la inconfundible camioneta de Kevin, que despejaba la entrada del garaje.

—Y tú que no querías contratarlo —bromeó Rolf.

Carla recordó el día en que Kevin llegó y timbró a la puerta para ofrecer sus servicios, un par de semanas después del fallecimiento de la madre de Rolf. Hacía de todo por una cantidad de dinero mensual: en invierno despejaba la entrada y el camino quitando la nieve; durante la primavera y el verano podaba el césped; en el otoño juntaba las hojas que caían de los árboles y se prestaba a cualquier otro tipo de reparación que necesitaran en el jardín.

Ella pensó que era un gasto innecesario pagarle cada mes por algo que ellos mismos podían hacer. Pero el primer año que tuvieron la cabaña y regresaron de vacaciones en el verano, el césped estaba bastante crecido y en tan mal estado que les supuso un arduo trabajo cortarlo y quitar las plantas indeseadas que crecían por todas partes.

Pero lo peor fue en el invierno. Tenían planeado pasar unos días y celebrar ahí la Navidad. Carla se adelantó y salió de compras, Rolf llegaría después del trabajo. Pero había nevado tanto en esos días que cuando llegó no pudo entrar debido a la gran cantidad de nieve acumulada en el camino. La nieve le llagaba arriba de las rodillas y resultaba bastante molesta, así que tuvo que manejar de regreso a casa.

Al siguiente día, Rolf la convenció de que era mejor quitarse de problemas y contratar a Kevin, el chico que vivía a tres kilómetros de distancia y que trabajaba sin cesar, pues quería ahorrar para poder comprar la granja en la que vivía con su madre y que pertenecía a un tío suyo. Carla no se arrepintió, era un chico bastante responsable y parecía incansable.

Siguieron sentados en el sillón platicando. Rolf le comentó que Alexander le había llamado para pedirle un préstamo, ya que necesitaba hacer unos pagos urgentes. Rolf le contestó que él también tenía pagos por hacer y que necesitaba hacer unas remodelaciones en la cabaña, que no era un buen momento para gastos extras.

Carla se molestó y supuso que Tuva quería hablar con ella para pedirle dinero, tal vez para exigírselo.

—¿Y por qué no piden un préstamo en el banco? —sugirió.

—¡Ya lo hicieron! Habían pedido cuatrocientas mil coronas para remodelar el baño y algunos detalles en la cocina y lo gastaron en otras cosas —contestó Rolf afligido.

Ella no podía creer la falta de sentido común de Alexander y Tuva, la irresponsabilidad de gastar sin medida en cosas superfluas. Siempre consideró a Alexander un chico sensato y maduro, ahora entendía que no lo conocía tanto como ella imaginaba. Carla no se explicaba por qué Alex no reaccionaba ni se atrevía a enfrentarse a su esposa y a su madre. ¿En verdad no se daba cuenta de que se comportaba como un títere en manos de su esposa?

—¿Y qué piensas hacer? —preguntó Carla.

—No lo sé... No lo sé. Cada día se hunden más. Sé que de nada sirve darle dinero, porque eso solo alivia por un momento su situación y, si no lo hago, es peor para él. El hoyo en el que está se agranda constantemente, en poco tiempo no va a poder salir de ahí.

—¡Pues que la deje! No creo que sea feliz a su lado, dudo que lo haya sido alguna vez. ¡Lo está destruyendo, Rolf! —exclamó ella enfurecida, ante la mirada incrédula de su esposo.

—¡Yo no puedo pedirle eso! ¿Y las niñas? No puedo deshacer una familia, no me digas eso, Carla, ¡por favor! —explicó apesadumbrado.

—¿Por qué siempre sales con la excusa de la familia? ¡Ellos no son una familia! Una verdadera familia se ayuda y se apoya, ella lo está despedazando. ¡Es una egoísta! Lo que pasa es que Alexander es un cobarde, le da terror enfrentarla y hacer valer su opinión.

Rolf la observaba perplejo. No supo qué contestar, porque comprendía que tenía razón. Él también evitaba los enfrentamientos, Carla advertía que Alexander se parecía mucho a él. En silencio, Rolf se puso de pie y salió de la sala. Carla lo veía alejarse con incredulidad. Siempre que tenían una discusión, para él era más fácil darse media vuelta y salir de la habitación que enfrentarla y argüir sobre el tema. No le gustaban las disputas, las evadía siempre.

Ella se sirvió más vino y se sentó en el sillón, sentía un poco de remordimiento por haber expresado su enojo con tal desparpajo. Era su primera noche juntos después de su viaje y, en lugar de pasar una velada amena, terminaron molestos. Quiso subir a la habitación y pedirle disculpas, pero todavía sentía coraje por la actitud de Alexander. Se mortificaba demasiado por el chico, que no hacía nada por salir de esa situación. Y estaba bien, si así quería seguir, pero el hecho de que angustiara a Rolf con sus problemas económicos era inaceptable.

Tenía que platicar con él y pedirle que hablara con Alex y le pusiera un alto. Era lo mejor, ya que esto estaba afectando también a su relación. Ellos solos se metieron en esa situación, les daban soluciones, pero no hacían nada por remediarlo, no le hallaba caso a desgastarse por sus problemas. Sí, hablaría con él, pero no esa noche, ni tampoco al siguiente día, primero necesitaba discutir con él sobre lo que más le interesaba, sobre su pasado viaje a Charleston.

Después de un par de horas, Rolf bajó y se sentó a su lado. Le pasó el brazo por los hombros y la besó en la cabeza.

—Lo siento —murmuró.

Ella lo miró con ternura.

—Yo también lo siento. Me dejé llevar por el enojo, no era mi intención molestarte de esa manera.

Rolf la abrazó.

—Lo sé. Pero comprende que me duele mucho ver a Alex en esta situación. Casi no lo reconozco, parece que no piensa en lo absoluto. No imagino cómo piensa salir de ese problema si no hace nada por remediarlo. Que Tuva insista en seguir gastando cuando ve que no tienen dinero suficiente para pagar lo que deben me exaspera. No puedo ir y discutir con ella, solo empeoraría las cosas, aunque lo he pensado muchas veces.

Carla no contestó, decidió que era mejor callar y no empezar otra discusión. Él tampoco dijo más, entendió que ella quería dejar el tema por la paz y decidió hablar de otra cosa.

—Tal vez sea buena idea ir mañana al centro y comprar las cortinas para el baño —sugirió Rolf.

Carla se entusiasmó con la proposición.

—Sí, por supuesto. Creo que un color crema les vendría bastante bien a las paredes. ¿Te apetece ver una película?

Él pareció desilusionado.

—Yo tenía en mente algo más romántico. Algo que ha revoloteado en mi mente desde el instante en que abordé el avión —sugirió sonriente.

Carla no resistía su sonrisa. Le rodeó el cuello con los brazos y lo besó. Amaba a su esposo inmensamente. Se sentía afortunada de estar con un hombre inteligente al que admiraba y, además, que le atrajera tanto físicamente. Disfrutaba estar junto a él, sentir el cuerpo junto al suyo y se deleitaba con sus besos y caricias.

Desde el primer momento en que lo vio, quedó prendada de él. Se parecía mucho al actor Liam Neeson, pero tenía la nariz más pequeña y fina. Suyan bromeaba diciendo que podría hacerse pasar por un hijo del afamado actor. Era muy alto y, aunque no le gustaba mucho ir al gimnasio, le encantaba caminar y correr, lo que lo mantenía en buena forma.

Carla no podía negarse a las insinuaciones de su esposo, jamás. Rolf se puso de pie y ella lo siguió, apagaron las luces de la planta baja y caminaron a la habitación.

5

Un año antes, exactamente, a principios de enero, Carla sentía que su madre le ocultaba algo, pero no sabía con precisión qué. La percibía esquiva y recelosa en las conversaciones. Acostumbraban a comunicarse casi a diario, ya fuera por Viber o Skype. Algunas veces tenían largas conversaciones, otras, solo cortas llamadas para comprobar que se encontraban bien. Cuando ambas tenían tiempo, hacían videollamadas en las que charlaban placenteramente mientras tomaban café.

Meses atrás, Suyan le reveló que sentía dolor en la espalda y Carla la presionó para que pidiera cita con su doctor y se hiciera una revisión médica. Suyan la calmó garantizándole que no era nada insoportable, pero que, de todos modos, iría al médico, solo para tranquilizarla.

Después de unos días, aseguraba sentirse mejor, mencionó que el doctor confirmó que no tenía nada grave, solo una influenza mal cuidada. Eso relajó a Carla un poco, pero veía que su aspecto no mejoraba, a veces la sentía cansada, incluso, parecía fatigarse al hablar. Pero Suyan la convencía de que estaba bien y, de inmediato, cambiaba de tema.

Carla y Rolf viajaron a Estados Unidos para pasar la Navidad con ella. Parecía exhausta, pero ignoraban que frente a ellos se sobreponía, fingiendo para no preocuparlos. Les explicaba que se hacía vieja y que no esperaran verla con la energía de una quinceañera.

—Ya me comprenderán en unos años, las fuerzas disminuyen con el tiempo —les avisaba.

Decidieron dejarla en paz y no molestarla con las mismas preguntas y comentarios una y otra vez. Se dedicaron a disfrutar del tiempo que estuvieran de visita.

A finales de enero solo fueron llamadas, que se volvieron cada vez más cortas. Carla le pedía tener una videollamada, pero Suyan buscaba excusas, evitándolo todo el tiempo.

Le comentaba a Rolf lo extraña que le parecía la actitud de su madre y él la excusaba proponiéndole que tuviera paciencia.

—No creo que sea algo de lo que debas preocuparte. A la gente mayor no le gusta mucho eso de los teléfonos celulares. Mi madre nunca quiso que le comprara uno y, cuando lo hice, lo desempacó, me dio las gracias y lo metió en un cajón del que nunca salió —platicaba Rolf entre risas.

Carla quería creer que así era e intentaba no forzar más a su madre.

Unas semanas después, Suyan le confesó que estaba enferma y que tal vez era tiempo de encontrarse. Carla se alarmó y le dijo que partiría cuanto antes. En tres días ya estaba viajando hacia Estados Unidos. Se instaló en casa de Suyan y, la misma tarde que llegó, se dirigió de inmediato al hospital haciendo a un lado el cansancio del largo viaje. Su aspecto la sobrecogió cuando la vio en la cama en el estado en que se encontraba, se sobrepuso y la abrazó, reprimiendo las lágrimas. Le llevó tiempo reponerse del impacto.

Pidió hablar con el médico que la atendía y tuvo la fortuna de que andaba por el hospital visitando a un par de pacientes. La llevó a la sala de juntas y la puso al corriente de la situación de su madre. Se enteró de que tenía cáncer en los pulmones, bastante avanzado, y que desafortunadamente ya no había nada por hacer. Se trataba de tres tumores que la quimioterapia y el resto de los medicamentos habían logrado controlar, sin embargo, le aseguró que era una mejoría temporal.

—¿Cuánto tiempo le queda, doctor? —quiso saber de inmediato.

Y él le contestó que era cuestión de días, con suerte, tal vez, de algunas semanas.

Carla se disgustó con su madre, con los doctores y la señora que la cuidaba, por no haberle informado su enfermedad.

—Su madre decidió no alarmarla —contestó el médico.

Y los demás dijeron que Suyan les había prohibido mencionárselo.

Como era de esperarse, pasaba las noches llorando y arreglando las cosas de la casa. Suyan no estaba triste ni eludía su estado, afirmaba no tenerle miedo a la muerte. Carla tenía que revestirse de fortaleza para hablar de la enfermedad y del deceso con su madre. Le hizo prometer que no le haría ningún funeral ni nada parecido, pues ella simplemente quería que incinerara su cuerpo y que regara el mar con sus cenizas.

—No quiero que estés triste cuando me vaya de tu lado, tuve una existencia mejor de la que esperaba. Me considero afortunada por lo que viví. No te pido que no llores, pero no quiero que te pases años y años llorando y añorando mi presencia, la vida sigue y ahora tú tienes una familia que te necesita, por la que debes resistir —le rogó con su apagada voz.

Carla asentía con la cabeza, con lágrimas en los ojos. Le costaba trabajo aceptar que la vida de su madre se acababa. Siempre la consideró una mujer fuerte e inagotable por lo que nunca se le ocurrió llegar a esa situación, al menos, no tan pronto.

Los primeros días la pasaron hablando de lo inevitable, le explicaba a Carla lo que le gustaría que hiciera con el dinero, las casas y todas sus pertenencias. Eran conversaciones desagradables para ella, pero entendía que su madre necesitaba darle instrucciones para dejar las cosas en orden.

Una tarde, reían mientras Carla le enseñaba un álbum con fotos de su época en la universidad; Suyan tosió, tomó un poco de agua y la miró con seriedad.

—Necesito hablar contigo, quiero que conozcas mi pasado. Por favor, no me juzgues y no te enojes conmigo, cometí demasiadas tonterías, pero intenté hacer lo mejor por ti y por mí.

Una enfermera las interrumpió cuando entró en la habitación.

—Hora de las tabletas, señora. ¿Cómo se siente? Ah, muy contenta porque tiene visita, ¿eh? —hablaba continuamente, le tomaba la temperatura con el termómetro y le medía la presión arterial mientras le sonreía a Carla—. Todo bien, todo normal, ahora sus tabletas. ¿Quiere un poco de agua o de jugo? Agua, ¿verdad? Usted siempre las toma con agua. Muy bonito día tenemos hoy, aunque tal vez mañana llueva, como siempre en esta época del año. Mucha lluvia, ya estamos acostumbrados, ¿verdad? ¿Qué le vamos a hacer?

Mientras Suyan terminaba con sus tabletas, le informó a Carla que la hora de visitas ya había acabado y que era mejor que la dejara descansar y regresara al siguiente día. La chica se despidió y salió del cuarto.

Carla seguía sorprendida por el torbellino que acaba de pasar.

—Así es esta chica, no para de hablar y parece que está recitando, ni siquiera escucha si le digo algo —comentó Suyan entre risas.

Carla se levantó y le indicó que era mejor obedecer y no meterse en problemas. Se despidió y le preguntó si necesitaba algo de la casa o de la tienda.

—No, estoy bien, hija. Tal vez una bata más decente —contestó y le mostró un agujero que traía en la axila—. Fue la primera que agarré al salir de casa.

La besó en la frente y se despidió.

Al llegar a casa se alegró de que Jacinta, la señora que cuidaba de su madre, la esperara y que todavía se quedara por las noches. Jacinta le ofreció cenar, pero Carla no tenía apetito. De todos modos, se levantó y le preparó un emparedado de jamón y queso.

—Tiene que comer, señorita, no quiero que se vaya a enfermar. Necesita agarrar fuerzas porque va a tener días más pesados.

Carla comprendió que tenía razón y aceptó. Se sentaron a la mesa y, después, se fueron a la sala, donde vieron la televisión.

Al día siguiente se levantó y, en cuanto se bañó, Jacinta preguntó si quería algo para desayunar. Ella contestó que no, que lo haría en el hospital, que no quería perder tiempo.

Llamó un taxi y se dirigió al hospital. Rolf le aconsejó que rentara un auto, ella estuvo de acuerdo y decidió hacerlo ese mismo día más tarde. Cuando llegó a la habitación, se sorprendió al ver a su madre sentada en el sillón, muy bien peinada y desayunando. Parecía que había rejuvenecido durante la noche.

Carla había comprado un emparedado, unas galletas de avena y un café en el quiosco que estaba en el primer piso. Se sentó y comió junto a ella, mientras, comentaba lo que había hecho en la casa y le informó que le llevaba dos batas, para que tuviera una de repuesto.

Al terminar de comer, su madre le pidió que la acompañara al jardín, que el día estaba hermoso y quería sentarse un rato bajo el sol. Carla estuvo de acuerdo con ella y la ayudó a acomodarse en la silla de ruedas.

—Qué bien que tienes un cuarto para ti sola, así tenemos un poco más de privacidad —comentó Carla.

—Sí, tuve suerte, al parecer era el último que quedaba en esta área.

Carla la sacó de la habitación y la condujo por el pasillo hasta el elevador, bajaron al primer piso, Suyan le explicó por dónde y la dirigió hasta el jardín. Era un amplio y bien cuidado espacio, con pasto verde y grandes jardineras con flores de alegres colores. Había algunos árboles y arbustos con las copas frondosas y caminos de concreto con bancas esparcidas estratégicamente, de forma que quedaran bajo la sombra.

Carla la puso al día sobre Rolf y Julio, le mencionó que Jacinta le mandaba muchos saludos y que esperaba poder visitarla pronto.

Suyan asentía con la cabeza y sonreía mientras oía lo que le comentaba, con los ojos cerrados.

—¿Te sientes bien? ¿Necesitas o quieres algo? —preguntó Carla.

—Tal vez un poco de agua, cuando hablo mucho se me seca la garganta y quiero hablarte sobre algo que quería contarte desde hace mucho tiempo.

Carla se levantó y fue al quiosco para comprar botellas de agua. Al regresar, abrió una de las botellas y se la ofreció. Ella le agradeció y la tomó entre las manos.

—Es una larga historia, hija, nos llevará algunos días. Te pido que seas paciente y que intentes no enojarte, ni mucho menos, juzgarme. Es el pasado, algo que ya quedó en el ayer.

Ella no contestó y la observó con seriedad. No creía que fuera a haber algo que la enojara, ya conocía su historia y estaba segura de que no habría sorpresas ni misterios por descubrir.

—Últimamente, me he acordado mucho de mi madre. Tal vez porque pronto me reuniré con ella.

—¡No digas eso, por favor! —la interrumpió Carla al instante. Aunque sabía que era verdad, le costaba mucho hacerse a la idea de que su madre pronto moriría.

—Está bien, ¡discúlpame! No conoces todos los detalles de mi vida, siempre te los oculté. No sé si por hacerte un favor y evitarte sufrimiento innecesario o porque me dolía tanto recordarlo que prefería no hablar de ellos.

Carla se sorprendió al escuchar eso, pero decidió permanecer callada y no interrumpirla, advertía que le costaba demasiado trabajo hablar.

—Yo nací en Bolivia, mis padres eran de ascendencia indígena, muy orgullosos de sus raíces, me enseñaron a nunca negarlo y a sentirme honrada por mis orígenes.

«Hace bastante tiempo, muchos indígenas empezaron a cambiarse los apellidos por otros más sofisticados como Cárdenas, Platas, Ochoa, etc. Era como si representara una vergüenza mantener tus apellidos originales. Había mucha discriminación y pocas oportunidades para nosotros, así que, para tener un mejor futuro, algunos no dudaban en hacerlo. A muchos nos daba coraje. Cuando llegaron los conquistadores nos lo quitaron todo y, no siendo suficiente, nos menospreciaban.

Mis padres y sus antepasados no cambiaron sus apellidos. Mi padre, Tabaré Quispe, y mi madre, Huilén Mamani, se conocieron cuando ella tenía quince años y él, dieciocho. Asistieron a un baile del pueblo donde vivían. Tabaré la sacó a bailar y Huilén, de inmediato, dijo que sí. Desde esa primera canción, siguieron juntos. Se volvieron novios y, cuando ella cumplió dieciocho años, se casaron y se mudaron cerca de la ciudad. Rentaron una casa pequeñita, de esas que los constructores hacían en serie para gentes de escasos recursos. La componían dos recámaras, un baño bastante estrecho y un espacio que servía de cocina, comedor y sala.

Mi padre era cartero, pero no sabía manejar, así que era de los que andaban a pie entregando correspondencia. Mi madre trabajaba tres días a la semana haciendo el aseo en casas de familias pudientes. A los dos años de haberse casado, nació mi hermano Yacu y, dos años después, nací yo, Suyan Quispe.

Éramos pobres, pero muy felices. Mis padres se amaban y se respetaban. Bueno, al menos no recuerdo ninguna pelea. Los sábados y los domingos nos llevaban al parque o a pasear, siempre andábamos juntos. Yo era muy dichosa y no quería que nada cambiase. Todo era perfecto en nuestra pequeña familia, nuestro pequeño mundo. No teníamos lujos, pero comida y techo nunca nos faltaron. Yo nunca pensé en que nuestra vida se transformara, ni siquiera lo pensaba. Pero, ¡estaba tan equivocada!

Cuando tenía diez años, un martes en la tarde, estábamos esperando a que papá regresara del trabajo, bastante desesperados porque siempre cenábamos juntos y no empezábamos a comer hasta que todos estuviéramos sentados a la mesa.

Mamá ojeaba el reloj a cada instante, mi hermano y yo le pedíamos que comenzáramos a comer —cosa que hacíamos alrededor de las cinco de la tarde—, sin embargo, ya habían pasado dos horas, sentía que las tripas me gruñían por el hambre. Ella negaba con la cabeza, ni siquiera era capaz de hablar, imagino que presentía lo que se avecinaba. Estaba tensa. Todavía hoy en día puedo ver esa imagen, como si no hubiera pasado el tiempo. Yo le insistí en que ya no podía aguantar más y nos ofreció un pedazo de pan para calmarnos. Me percaté de que las lágrimas brotaban de sus ojos.

A las ocho de la noche le confesé que ya tenía sueño y que me iba a dormir porque al día siguiente tenía que ir a la escuela. Ella no contestó y siguió sentada en el viejo sillón. Cuando caminaba hacia mi cama, tocaron a la puerta y mi madre se apresuró a abrir.

—¿Vive aquí Tabaré Quispe? —preguntó un hombre con uniforme de policía.

Mamá no contestó, solo asintió.

—¿Es usted su esposa?

Ella volvió a asentir.

—Lamento informarle que su esposo tuvo un accidente, un camión lo atropelló y fue llevado al hospital, donde falleció hace unas horas —le comunicó el hombre solemnemente. Ten en cuenta que en ese entonces no teníamos teléfono.

Mamá empezó a llorar a grito abierto, mi hermano y yo corrimos a abrazarla y lloramos juntos. El pobre hombre no sabía qué hacer, preguntó si había algo en lo que podía ayudar, pero nadie le respondió y mejor se fue. No tardaron

48

en llegar los de las casas de al lado al ver al uniformado que partía y al oír nuestro inconsolable llanto. Mamá les explicó lo sucedido y todos empezaron a ayudar. Teníamos muy buenos vecinos.

Ahí aprendí que la vida te da una buena sacudida cuando menos lo esperas. Mamá decía que no era bueno aferrarse a las personas, que solos nacemos y solos morimos. Por el mismo motivo, lloró los primeros días hasta el funeral y después no la volví a ver derramar una lágrima más por papá. Sé que lo quiso mucho, pero sostenía que la vida no se detenía y que debíamos continuar. Era una mujer con mucho carácter y me alentaba a que así fuera yo también.

—No te quiebres por los golpes que te dé la vida, sóbate y cúrate las heridas, pero no te quedes tirada en el camino — insistía.

Y nos regresamos al pueblo, ella sola no podía pagar la renta y la pensión de papá no alcanzaba para todos los gastos. Nos fuimos a casa de su mamá. Mi abuela era más dura que mamá en cuanto a carácter. Yo más bien le tenía miedo. Poseía unos ojos muy oscuros y redondos, como los de una lechuza y, cada vez que me clavaba la mirada, me temblaban las piernas. Las cejas eran muy gruesas y oscuras, muy despeinadas, se parecían a esos gusanos negros y peludos que llaman azotadores. No me atrevía a contarle ni la más mínima mentira, temía que me sacara los sesos y los apretara hasta sacarme la verdad.

Era una anciana callada y lúgubre. Yo me quejaba a mamá y le pedía que nos fuéramos de ahí, porque no quería estar con la abuela. Ella me pedía que no la juzgara, porque había sufrido mucho en la vida a causa de sus nueve hijos, un marido borracho y días con largas horas de pesado trabajo.

Yacu, mi hermano, se aprovechaba de mi miedo y me amenazaba con delatarme a la abuela cada vez que no hacía lo que él me pedía. Me aseguraba que, en las noches de luna llena, la abuela se transformaba en una gran lechuza y salía a pescar a niños traviesos que no le hacían caso a sus padres y hermanos mayores para comérselos. ¡Y yo le creía!

—Hoy es noche de luna llena, huuu, huuu —me asustaba siempre. Y, esas noches, yo me tapaba completamente con la cobija y me resultaba difícil dormir».

Carla la interrumpió:

—Eso no lo sabía. Ni que tu hermano te asustara de ese modo, pero ¡qué bandido!

—¡Sí! La abuela casi no hablaba, parecía un fantasmita. Tenía la piel muy oscura, el cabello negro con algunas canas, largo hasta la cintura y siempre lo traía suelto. Se vestía siempre toda de negro, según mi madre porque llevaba luto por el abuelo. Nunca lo entendí, si la hizo tan infeliz.

«Yo me alegré mucho el día que mamá conoció a don Roberto, un hombre delgaducho, pero con un estómago abultado, de cara enjuta y nariz prominente. Yo tenía ya doce años cuando se casaron y me alegré de librarme al fin de la presencia de la abuela. Todos decían que Roberto era un buen hombre y que la ingrata de su mujer lo abandonó, salió de la casa sin avisar y no volvió jamás. Además, dejó a su hijo Pablo junto con el marido.

Nos mudamos a su casa, más espaciosa que la que tuvieron mis padres. Eran tres recámaras: una la ocupaban mamá y Roberto, otra Yacu y Pablo y la otra era completamente para mí sola. Mamá volvió a trabajar, lavaba trastos y ropa para la familia Flores. Trabajaba muy duro y tenía las manos bastante lastimadas por los jabones y detergentes con los que tallaba cada día. A veces veía cómo le salía sangre de las grietas y ella se ponía pomadas, yo le aseguraba que pronto trabajaría y le daría dinero para que ya no sufriera ni tuviera necesidad de trabajar. Ella me acariciaba la cabeza y me besaba la frente. Volví a sentir que la vida nos sonreía, pero no tardó mucho en cambiar mi sentir. Dos años me duró la alegría.

Un sábado en la mañana, me levanté contenta por no tener escuela y me preparé el desayuno. Hacía mucho calor y traía una falda muy corta y una camiseta de tirantes pegada al cuerpo. Le ofrecí a Roberto algo de comer, contestó que no y destapó una cerveza. Se sentó en el sillón y me contemplaba con una extraña mirada. Solo estábamos él y yo.

Agarró un cigarro y lo encendió. No sé cuánto había bebido, pero los ojos los tenía muy brillosos y sonreía al verme. Yo comía, muy quitada de la pena, y pensaba en lo que haría ese fin de semana. Tenía ganas de ir a la ciudad y pasear por la plaza para encontrarme con los chicos y chicas de la escuela, algo que era ya una costumbre.

Roberto se levantó, cogió otra cerveza y me pidió que, cuando terminara de comer, fuera con él, que tenía algo que enseñarme. Le sonreí y le respondí que ya casi acababa.

Terminé y lavé los trastos sucios. Me dirigí a la habitación y toqué a la puerta. Cuando abrió, lo miré sorprendida al ver que estaba completamente desnudo. Intenté alejarme de ahí, pero me agarró del brazo y me metió en el cuarto. Me tumbó en la cama y me arrancó la ropa. Yo le suplicaba que me dejara, lloraba y gritaba, pero él era más fuerte y mucho más pesado que yo. Me tenía aprisionada bajo su pestilente cuerpo.

—Este será nuestro secreto. No le puedes decir a nadie —me susurraba con su hediondo aliento.

Sentía dolor, pero mi rabia era más fuerte. Yo intentaba zafarme, pero me sostenía las piernas y me había colocado las manos bajo la espalda, todo su peso caía sobre mí. Sufría un dolor terrible, nunca había tenido sexo con nadie, ni siquiera me habían dado mi primer beso. Y ahí estaba ese hombre convertido en una bestia desenfrenada, lleno de lujuria. Cuando por fin me dejó libre, corrí a mi recámara y cerré la puerta con llave. No me molesté en recoger mi ropa. No sabía qué hacer. Me sentía tan desdichada y tan humillada... Lloraba sin poder parar.

—Aquí está tu ropa, Suy, recógela antes de que llegue tu mamá —dijo tocando a la puerta».

Carla la interrumpió de nuevo:

—Pero ¡cómo se atrevió! ¡Desgraciado! ¡Estúpido! —gritaba entre sollozos, bastante alterada.

Suyan lloraba, pero no perdió la compostura, siguió tranquila, con la vista fija en el suelo, esperando a que Carla se calmara para continuar.

—No puedo creer que te haya pasado tal cosa. ¿Por qué nunca me dijiste nada, mamá? —La miraba con incredulidad.

—Imagino que no quería recordarlo —contestó Suyan en voz baja—. Además, no era necesario que lo supieras, hay cosas que es mejor mantener en el olvido.

Carla no añadió más, se secó las lágrimas con la servilleta. Suyan continuó:

—Yo no quería abrir la puerta, sabía que los muchachos andaban jugando fútbol y que no llegarían pronto, tampoco mamá, porque los sábados regresaba más tarde, ya que la familia Flores siempre tenía fiestas los fines de semana.

«Me llené de valor, me vestí y salí corriendo lo más rápido que pude de la casa. De reojo, lo vi sentado en el sillón, fumando y tomando cerveza.

—¡No le puedes decir a nadie! —gritó al verme pasar frente a él.

Corrí a la casa de su hermana, la llamábamos tía Lola y vivía a dos cuadras de nosotros. Era muy buena y no tenía otro lugar a dónde ir. No toqué, solo entré y la saludé secándome las lágrimas, que no dejaban de correr. Estaba sola, como de costumbre. Su esposo, Juan, nunca parecía estar en casa, trabajaba en el turno de noche, así que dormía durante todo el día. Tenían tres hijos, todos adolescentes en ese entonces, y ella les pedía que salieran para que no hicieran ruido y lo dejaran descansar.

Se preocupó al verme en tal estado y me preguntó qué me pasaba. No supe qué contestar, le dije que me sentía sola y que extrañaba a mi mamá. Imagino que no la engañé, pienso que sabía la clase de hombre que era su hermano. Me preparó un té y me dijo que me quedara con ella hasta que mi madre regresara. Así lo hice. Y la vida continuó en la casa de Roberto. Yo no sabía cómo decírselo a mi madre y él me amenazaba asegurándome que me arrepentiría si lo revelaba.

—Si en verdad quieres a tu madre, te callarás el hocico y no dirás nada, ¿entiendes? —me advertía constantemente.

Algunos sábados me libraba. Le pedía a mi hermano que me llevara con él para verlo jugar y le proponía echarle porras para que ganaran. Pero algunas veces Roberto inventaba excusas para que me quedara en casa y hacer de las suyas. En ocasiones, al salir Yacu, me escondía detrás de él y me refugiaba con Lola, que no me interrogaba y me dejaba permanecer hasta que llegara mamá. Estaba segura de que Roberto no iría a sacarme de casa de Lola, lo que me convencía de que ella conocía lo que su hermano hacía conmigo.

Mamá le tenía confianza a Roberto, pues con ella era cariñoso y aparentaba serlo con nosotros en su presencia. Me llenaba de coraje el no poder desvelarle cómo era en realidad. Uno de los tantos sábados que pasé con Lola, le pregunté si pensaba que Roberto era un buen hombre.

—No me metas en líos, ya tengo suficiente con los míos —respondió sin contestar mi pregunta. Comprendí que mis deducciones eran acertadas, como dicen: el que calla otorga. Aunque no lo afirmó, tampoco lo negó.

Después de mucho batallar, convencí a mamá de que me consiguiera faena en la casa de los Flores, porque quería trabajar los fines de semana. Y lo logré, me libré de Roberto por un tiempo. No obstante, un día, al empezar el verano, nos informaron que solo precisaban de los empleados de planta, ya que pasarían las vacaciones en su casa de campo y no necesitarían a los demás. Aquello me angustió porque sabía lo que me esperaba. Mamá era de los de planta, así que ella continuaría trabajando sábados y domingos, pues dos de los muchachos estarían en casa y, lógicamente, había siempre trastos y ropa para lavar».

Suyan se detuvo y tomó un poco de agua. Carla seguía lloriqueando, sentía coraje al pensar en lo que ese hombre hizo con su madre. Continuó en silencio, dejando descansar un poco a su madre.

6

La enfermera se acercó para informarles que ya era la hora de la comida y les preguntó si querían pasar a la cafetería o a la habitación. Suyan prefirió subir a su cuarto. Entonces, la enfermera la llevó para que Carla pudiera ir a comprar algo de comida para ella misma. Cuando llegó a la habitación, su madre ya había empezado a comer. Había una mesita redonda con dos sillones individuales, así que las dos cabían perfectamente. Era una habitación amplia, con paredes color café muy claro y cortinas verde oscuro con motivos en color crema.

Le aconsejó a su madre que descansara un poco la garganta. Prendió la televisión, sabía que era la hora de su novela favorita. Suyan se alegró y le pidió que le subiera un poco más al volumen y que no hablara, pues no quería perder el hilo de la trama. Mientras su madre veía su programa, Carla aprovechó para llamar a Rolf. Él le aseguró que todo estaba en orden, que no se preocupara por nada y que disfrutara al máximo el tiempo con su madre. Ella le encargó que avisara a Julio de que su salud seguía sin cambios, pero que estaba tranquila.

Cuando terminó la novela, Carla se despidió de Rolf y le transmitió a Suyan sus saludos. Le preguntó si deseaba descansar o seguir platicando. Ella respondió que se quería recostar un poco y continuar con la conversación. La ayudó a quitarse la ropa y a ponerse una de las batas que había llevado. Suyan sugirió que tirara la que tenía agujeros, pues no pensaba ponérsela otra vez. La ayudó a acostarse y acercó un sillón a la cama.

—Creo que es mejor que cierres un poco la persiana, el sol me da directo a la cara y es muy molesto —solicitó su madre.

—Eso te iba a preguntar cuando te vi hacer gestos —contestó Carla. Se levantó y entrecerró un poco la persiana.

—Dijeron en las noticias de la mañana que viene una onda fría. Espero que hayas traído ropa adecuada y que no te vayas a enfermar.

Carla se sentó de nuevo en el sillón y sonrió.

—Si hay algo que tengo de sobra, es precisamente ropa de invierno. No sabes cómo he disfrutado estos momentos de sol. ¿Quieres que te acerque un vaso con agua?

Suyan asintió y ella se lo llevó.

—Te decía que mamá siguió trabajando en la casa de los Flores y que yo me quedé otra vez en la nuestra.

«El siguiente sábado me desperté tarde. Ya todos habían salido de casa y Roberto me esperaba sonriente, sentado en el sillón con una cerveza en una mano y con un cigarro en la otra.

—¡Al fin solos, querida! —me saludó con una risa burlona. Sentí que oía al mismísimo demonio.

Yo miraba para todos lados buscando un trayecto que me sirviera de escape y, como si adivinara mis pensamientos, se levantó y caminó hacia mí.

—¡No intentes escapar! Todas las ventanas están aseguradas y la puerta, con llave. Te creías muy lista, ¿no es así? —me susurraba al oído mientras me agarraba de un brazo y metía la otra mano debajo de mi blusa y me acariciaba los pechos.

Sentí ganas de vomitar al respirar su aliento y el olor que desprendía su sudoroso cuerpo. Con el brazo libre, le metí una gran bofetada, tan fuerte que sentí dolor en la mano. Solo lo hice enojar. Me cargó y me llevó a la habitación. ¡Estaba enfurecido!

—¡Déjeme! ¡Suélteme! —le suplicaba yo sin resultado.

Me tiró al suelo y se bajó los pantalones. Con una mano se sostenía el pito, o como le quieras llamar, y con la otra me agarró con tanta fuerza de los cabellos que sentí que me tronó el pescuezo».

Carla la interrumpió gritando:

—¡Imbécil! ¡Mal nacido! ¡Hijo de...!

Suyan la detuvo:

—¡No! ¡No! ¡No! No pasó nada, hija. En ese entonces yo no comprendí sus intenciones, ni lo que quería hacer, el muy cerdo.

«En ese mismo instante oí que mamá preguntaba si no había nadie en casa. Él se detuvo, se asustó al oírla. Me aventó con fuerza al suelo y se arregló la ropa. Me dolió mucho el golpanazo contra el cemento, pero me levanté y corrí hacia mamá. Me preguntó qué me ocurría y él se adelantó explicando que me tuvo que regañar porque me levanté muy tarde y no ayudaba en nada.

—Es sábado, Roberto, Suyan tiene derecho a descansar también —me defendió mi madre—. Además, ya son vacaciones de verano, no la presiones.

Yo me abracé fuertemente a ella, sentía ganas de confesarle lo que me hacía Roberto, pero no me atreví. El muy miserable tuvo las agallas de ir hacia mí, abrazarme y pedirme disculpas.

—Cierto, cierto. Discúlpame, Suy, por favor —suplicaba dándome palmaditas en la espalda—. Pero es que no puedo soportar que la pobre de mi mujer trabaje tanto y tú no ayudes en nada.

Yo sentí muchas ganas de darle otra bofetada, pero me detuve cuando mi madre lo besó en la frente y le agradeció que fuera tan cariñoso con ella. Me fui corriendo a mi habitación para llorar sin que ella me viera y para no soportar más a ese miserable. Oí que le decía a Roberto que no trabajaría durante toda la semana porque los muchachos también se iban de vacaciones. Me alegré bastante.

Sin embargo, la tensión en casa aumentaba. Yo guardaba un gran odio hacia Roberto y él me lanzaba sonrisas burlonas. Cuando mamá no lo miraba, pasaba por detrás y me sobaba las nalgas. Yo no podía gritar ni decir nada.

Esos días disfruté de la presencia de mamá en casa. No obstante, el miedo hacia Roberto no me abandonaba, pensaba en los días que mamá regresara al trabajo y volviera a salirse con la suya.

El miércoles, me levanté un poco tarde. Mamá estaba sentada en el sillón leyendo una de las revistas que la señora Flores le daba cuando terminaba, bueno, hojeándola, porque no sabía leer. Me acerqué y la besé en la frente dándole los buenos días.

—Te estaba esperando para desayunar, Suy. Quería hacer un Pique Macho, ¿se te antoja? —preguntó con una gran sonrisa. Ese era mi platillo favorito, sabía que no me iba a negar. Es un surtido de patatas fritas, salchichas, carne, huevo cocido, cebolla, tomate, pimiento, picante, aceitunas y otras especias.

Acepté y fuimos a la cocina para prepararlo. Ella estaba feliz por tener unos días libres y, sobre todo, porque los muchachos les dieron un bono para las vacaciones. Eran muy buenos con sus trabajadores.

Mientras comíamos, ella hablaba sin parar, yo casi no ponía atención a lo que decía, mi mente estaba ocupada en otras cosas.

—¿Qué tienes, Suyan? Últimamente has estado muy extraña, ya no eres la misma de antes —opinó tomando mi cara entre las manos—. Pareces triste y ausente todo el tiempo. ¿Qué te pasa, hija?

Yo ya no aguanté más y me arranqué llorando. Vi su cara llena de preocupación. No me atrevía a confiarle lo que ocurría. Pero ella insistía y yo ya no podía más. Le expliqué lo que pasaba, lo que me hizo Roberto. Ya imaginarás cómo se puso. Gritaba y lloraba. Yo me asusté y le pedía que no se enojara conmigo. Me abrazó y me aseguró que de ninguna manera se enfadaría. Le suplicaba que no le revelara que se lo había contado todo. Parecía devastada. Negaba con la cabeza y golpeaba la mesa con las palmas. Comprendí que se sentía culpable.

Oí que murmuraba:

—En la confianza está el peligro, hija. —Una y otra vez.

No supe qué hacer, seguí llorando en silencio, a su lado, esperando a que se tranquilizara.

—No se repetirá, hija —sentenció al fin, después de casi una hora.

Me pidió que me bañara y arreglara, ella hizo lo mismo. Salimos a la ciudad y nos metimos en el Banco Nacional. Yo no entendía nada ni imaginaba lo que sucedería. Esperaba sentada en una cómoda silla mientras ella hablaba con un señor tras uno de los escritorios y firmaba papeles. Nos marchamos y me anunció que iríamos de compras, pero antes pasamos por un restaurante y comimos. Era la más deliciosa comida que había probado en toda mi vida.

Pasamos por varias tiendas y salí con dos vestidos nuevos, un par de zapatos y ropa interior, más una pequeña maleta. Yo estaba feliz.

Regresamos a casa, ella se metió a mi habitación y llenó la maleta con mis pertenencias. Volvimos a salir y tomamos de nuevo el camión hacia el centro. Yo no preguntaba nada, solo la acompañaba y obedecía lo que me pedía. Llegamos a la central de autobuses y se dirigió a la ventanilla. Yo me emocioné. ¡Iríamos de viaje, solo ella y yo!

Me compró un paquete con galletas y otro, con caramelos. Yo no podía asimilar tanta fortuna. Ella observaba las pantallas sin perder detalle, aunque no sé por qué, no sabía leer. Preguntó a un señor de dónde partía el autobús hacia Lima, Perú, justificando que olvidó sus lentes y no alcanzaba a leer.

—Tienen que apurarse, señora, ya están abordando en la salida seis.

Ella le agradeció y me miró.

—Llegó la hora, Suyan —anunció dándome un fuerte abrazo—. Irás a Perú y, de ahí, continuarás hasta Colombia. Intenta llegar a los Estados Unidos, allá tendrás un gran porvenir.

Yo me aferré a ella. Lloraba y le suplicaba que no me abandonara, que se marchara conmigo o que me permitiera quedarme a su lado. ¿Cómo me iría sola? ¡Yo, que nunca había salido del pueblo!

Ella también lloraba.

—No tenemos tanto dinero. Me alegro de que tú lo puedas lograr. No descanses hasta llegar al norte. ¡Y jamás regreses! No te aferres a las personas y no confíes tanto en la gente, hija.

Yo no la quería soltar y le suplicaba que me dejara permanecer con ella.

—Es por tu bien, Suyan, aquí no hay un buen futuro para ti. Olvídate de nosotros y empieza tu vida. No vuelvas ni escribas, ¡nunca!

—Pero ¿qué le vas a decir a Roberto? ¡Se va a enojar contigo!

—Intentaba hacerle recapacitar.

—No te preocupes por mí, yo estaré bien. Le diré que escapaste y no me di cuenta. ¡No te preocupes por mí! Todos los días le pediré a Dios que mande sus ángeles para que te cuiden y te guíen.

Me llevó hacia el autobús, en el que los pasajeros subían. Yo no la soltaba y ella me repetía que era por mi bien. A empujones me subió al autobús y se alejó sin voltearse. Esa imagen de mi madre, dándome la espalda y desapareciendo entre la gente, me acompañó durante muchos años. Yo me quedé paralizada, quería correr detrás de ella, pero no pude. La puerta del camión se cerró frente a mí.

—Tiene que irse a sentar, señorita, no puede viajar ahí —ordenó el chofer de mala gana.

Una señora, que viajaba con un niño, se me acercó y me llevó a un asiento, también me ayudó con el equipaje. Yo seguía llorando, estaba inconsolable. ¿Qué iba a hacer? ¡No conocía a nadie! ¡Estaba sola completamente!

Después de varias horas, llegamos a Desaguadero. Ignoraba cómo reaccionar, todos se empezaron a bajar y la señora me informó que tenía que ir a migración a registrarme.

—Traes papeles, ¿verdad? —Me miró con recelo.

No supe qué contestar, no sabía si los traía o no, además, no me importaba, yo quería regresar a mi casa, junto a mi madre.   Ella hizo un gesto de desesperación, agarró mi maleta y buscó entre mis cosas. Traía una credencial de mi escuela y mi acta de nacimiento. Afortunadamente, la señora se apiadó de mí.

—Ven conmigo. Tú no hables y solo asiente o niega con la cabeza. Diré que eres mi sobrina. Yo me llamo Helena y él es Tomás.

Nos bajamos del autobús, yo la seguía sin soltar una palabra.   De reojo, vi que el camión avanzaba y la miré asustada.

—No te apures, nos espera al otro lado de la frontera.

No lo recuerdo muy bien. Hace ya tanto tiempo de eso. Yo no me separaba de ella. El oficial exigió mis papeles y ella aclaró que me iba a pasar el verano con ella.

—Sus padres acaban de fallecer y no tiene a nadie más, la pobre creatura. Me la llevo un tiempo conmigo, no pude dejarla sola —le explicó muy compungida.

Yo me tallé los hinchados ojos. El hombre me miró con compasión y me dio su más sentido pésame. Yo incliné la cabeza, solemnemente y le di las gracias.

—Que tengas unas felices vacaciones, niña —intentó alegrarme el buen hombre.

Yo le iba a dar las gracias, pero Helena me jaló y me dijo que me apurara porque ya casi cerraban. Eran las seis y media de la tarde.

—¡Ay! —me quejé del apretón.

De vuelta en el camión nos sentamos juntas, yo al lado de la ventana. Por su parte, Tomás estaba al otro lado del pasillo, estaba muy cansado y se acostó, ocupando los dos asientos. Helena intentaba charlar, pero yo le informé que no tenía ganas de platicar. Ella no insistió y se puso a leer una de sus revistas. Yo cerré los ojos, tratando de poner en orden mis pensamientos. Repasé una y otra vez lo que había ocurrido durante el insólito día. Extrañaba a mamá inmensamente.

En una gasolinera, después de muchas horas, —o al menos a mí me parecieron muchas—, el chofer nos avisó de que teníamos una hora para comer algo e ir al baño. Todos salieron detrás de él. Yo no quería bajar, no obstante, la misma señora me cogió de la mano y me forzó a salir.

—Ven, tienes que comer algo. Ya estamos en Arequipa y falta todavía mucho para Lima.

Yo la seguí y nos sentamos afuera, en una banca, para comer un emparedado, que no me sabía a nada, y una soda. Era de noche. No alcanzaba a distinguir nada, tal vez porque tenía los ojos muy hinchados. Helena trataba de conversar de nuevo; yo no tenía humor todavía. Me explicó que viajaban hacia Lima, Perú, donde vivían. Andaban de vacaciones visitando a su familia en La Paz. Yo simplemente le dije que me llamaba Suyan, aunque ella ya había visto mis papeles.

En cuanto me subí de nuevo al camión, me quedé dormida, otra vez. Era como si no quisiera despertar para no pensar. Prefería dormir y soñar que enfrentarme a la realidad. No tenía la cabeza preparada para pensar. Estaba llena de dolor y miedo, era mejor dormir.

Realizamos muchas paradas, yo solo seguía a Helena y cumplía lo que me pedía. Era como un robot, estaba completamente atontada y no tenía ganas de nada. Nunca me había sentido tan indiferente, tan sola. ¡Estaba totalmente sola en el mundo! Toda mi seguridad había desaparecido cuando la puerta del autobús se cerró frente a mí. Me negaba a aceptarlo. ¡No podía afrontarlo! Helena, pacientemente, continuaba intentando platicar conmigo, yo la evitaba. No quería hablar de lo que tanto daño me causaba, no podía comentarle lo que ni siquiera yo entendía. Así que cerraba los ojos y fingía dormir para que me dejara en paz.

—Suyan, ya casi llegamos —me despertó moviéndome suavemente.

Yo abrí los ojos, pues en verdad dormía.

—¿Eh? ¿Ya llegamos? —Miré asustada a mi alrededor.

—No, ya casi llegamos. Pero necesito que hables conmigo. Lima es una hermosa ciudad, pero también hay peligros, como en todos lados. ¿Conoces a alguien aquí? ¿Tienes familiares?

Yo negué con la cabeza y, de nuevo, el miedo se apoderó de mí.

—Yo voy a Estados Unidos, no puedo quedarme aquí —le aseguré.

—Es un larguísimo camino. Te aconsejo que te quedes unos días aquí. Luego puedes viajar hasta Colombia y desde ahí, al norte —explicaba observándome con mucha preocupación.

Las lágrimas volvieron a brotarme de los ojos, no supe qué añadir.

—Mira, si quieres, puedes vivir con nosotros algunos días, mi esposo es trailero, tal vez conozca a alguien de confianza que te ayude a continuar.

—Sí, está bien —la interrumpí. Ella sonrió y pareció aliviada.

Supongo que sintió mucha lástima por mí. Vio cómo mi madre me abandonaba en la central y cómo lloré desde entonces. Tal vez había escuchado muchas historias de niños y niñas que son enviados al extranjero en busca de una mejor vida y todas las penalidades que sufren en su camino. Tuve suerte de que ella me acogiera y me protegiera. A veces pienso qué hubiera sido de mí si Helena no hubiera ido en el mismo autobús».

Carla la contemplaba con los ojos anegados, haciendo un gran esfuerzo por no llorar a grito abierto. Soportaba una gran pena, nunca imaginó que la vida de su madre hubiera sido tan difícil. No la interrumpió, la siguió escuchando.

—Helena y su esposo vivían en una colonia de gente humilde. Durante los días que me hospedé con ella no me permitió pagar nada, me aseguraba que no era necesario, que comía muy poquito y que mejor guardara el dinero para mi viaje. Tobías, su esposo, era un hombre de baja estatura, muy moreno y muy gordo. Era muy bueno y Helena y Tomás eran lo más importante para él. Estuve dos semanas con ellos y, un lunes, me marché con Tobías en el tráiler, íbamos a Colombia.

«Helena nunca me preguntó el porqué de mi viaje y tampoco intenté contárselo. Me daba consejos siempre y, como no pronunciaba una palabra, me dedicaba a escucharla.

Tobías charlaba demasiado. Por un lado, era lo mejor para mí, aunque, por otro lado, hablaba tanto que a veces no ponía atención a lo que me decía y él repetía la pregunta, yo solo asentía con la cabeza y él se daba por satisfecho, sin comprender que yo ni siquiera sabía de lo que estaba platicando.

—No me estás escuchado, ¿verdad? —interrumpía la conversación.

—Es que es tan hermoso el paisaje que no puedo concentrarme en lo que me dice —me disculpaba yo.

—Tienes razón. Como yo ando por estos rumbos tanto ya no me impresiona la hermosa naturaleza de nuestros países —admitía comprensivo. Y callaba. Sin embargo, no aguantaba mucho y, a los cinco minutos, ya estaba parloteando otra vez.

Viajamos de Lima a Piura; luego salimos hacia Guayaquil y, de ahí, a Quito; nos dirigimos entonces a Tulcán; a continuación, Ipiales; después, Cali y, finalmente, Bogotá. Fueron muchos días, dormíamos en el tráiler y comíamos en los merenderos junto con otros traileros. Para no levantar sospechas, Tobías me presentaba siempre como la prima de su mujer. Todos se portaban muy bien conmigo.

Algunas veces, parábamos en un hotelucho para bañarnos y cambiarnos de ropas, pero nunca dormíamos ahí. Además, Tobías, a quien todos llamaban el Tobi, pagaba siempre por mí. Me apenaba y le proponía que me dejara invitarlo a una soda, pero se negaba.

—¡No, no, no! Helena me hizo prometerle que yo pagaría por todo. No puedo romper una promesa. ¡Yo soy hombre de palabra! —exclamaba golpeándose el pecho.

Consideraba que Helena era afortunada al tener un esposo tan honrado que la amaba tanto. Durante ese viaje aprendí que no todos los hombres son malos, que hay hombres muy buenos, aunque cuesta una barbaridad dar con ellos. Por un lado, todo el odio y el rencor que traía en mi corazón fue disminuyendo poco a poco. Notaba que volvía a ser la misma niña feliz que ya había olvidado. Tuve la mala suerte de caer en las manos de Roberto, pero estaba descubriendo que había también hombres que amaban a sus esposas y las respetaban. Por otro lado, el enorme resentimiento contra mi madre empezó a esfumarse. Me di cuenta del gran amor que me tenía, intuía que había sido muy difícil para ella abandonarme a la puerta del camión; sacó todos sus ahorros para que yo pudiera tener un mejor futuro y prefirió no volver a saber de mí que retenerme y arriesgarse a que Roberto siguiera maltratándome.

Cuando nos acercábamos a Bogotá, Tobías me comunicó que hasta ahí llegaba él. Me sugirió que lo pensara un poco y que descansara por un tiempo para agarrar fuerzas y seguir hacia el norte.

—Mira, allí en Bogotá hay muchas familias del norte que vienen a trabajar aquí por lo del petróleo. Tal vez tengas suerte y encuentres trabajo con alguna de ellas.

Yo no contesté, no sabía qué era lo mejor, sentía un miedo tremendo a lo desconocido. Nos detuvimos en un restaurante y nos unimos a los compañeros de Tobi. Mientras comíamos, algunos platicaban de lo bien que les iba a los que trabajaban en las casas de las gentes ricas. Me alegró saberlo, pues yo tenía experiencia al trabajar por un tiempo en casa de los Flores. Teodoro explicó que su abuela

Isabel era el ama de llaves de la familia Parker y que allí no se movía ni un solo dedo sin su autorización.

—Pues dale la mano a la prima de mi mujer y recomiéndala, ¿no? —rogó Tobías.

Teodoro se rascó la cabeza y lo pensó durante un momento.

—Pos no'más porque eres tú el que me lo pide, Tobi —contestó al fin. Agarró una servilleta y anotó una dirección.

—Toma, esta es la dirección. Dile que te manda su nieto, el Teo, y que eres una amiga muy querida para mí, que necesito que te ayude y que se lo agradeceré. Es una mujer muy dura, pero en el fondo tiene un gran corazón —me advirtió mirándome a los ojos.

Me tendió la servilleta y la tomé con la mano temblorosa. La guardé como mi más preciado tesoro. El corazón revoloteaba en mi pecho y no tenía palabras para darle las gracias. Nos subimos al tráiler y Tobi preguntó si estaba contenta. Le aseguré, con lágrimas en los ojos, que demasiado.

—Tú eres especial, Suy, no dejes que la adversidad te destruya. Siempre encontrarás gente buena y gente mala. Que los malvados no te derroten. Sigue así, no permitas que los demás vean tu debilidad porque de los débiles se aprovechan siempre.

—Yo no soy especial, ¡soy una burra! —lo corregí.

Me miró con incredulidad.

—¡No digas eso! ¡Mira dónde estás ya! Otra, en tu lugar, no hubiera llegado a ninguna parte. Helena me contó cómo tu madre te dejó en el autobús. Y tú continuaste tu camino, no corriste detrás de ella, tampoco tomaste el primer camión de vuelta. Yo le aseguraba a Helena que saldrías corriendo una noche y te regresarías a Bolivia, pero te quedaste. Eres valiente, Suyan, no te detengas.

Yo le escuché y comprendí que tenía razón. Roberto me hizo creer que no valía nada, pero estaba muy equivocada. Le agradecí a Tobi sus palabras y por levantarme los ánimos. Ya entrábamos a Bogotá. Me sequé las lágrimas y me prometí que seguiría adelante».

Carla la miraba sollozando. No podía hablar, sentía un gran dolor a causa de todo lo que su madre tuvo que sufrir. Comprendió por qué nunca le contó todo su pasado. De pronto, se levantó y la abrazó. Le agradecía enormemente la vida tan libre de obstáculos y penalidades que le había dado a pesar de haber vivido una infancia tan difícil.

7

Al siguiente día, sentadas en una banca del jardín del hospital, Suyan comentó que se sentía mejor, que tal vez el revelarle sus secretos, hasta cierto punto, significaba una liberación.

—Muchas veces tuve ganas de decírtelo, pero me ganó la cobardía. No quiero que me tengas lástima, no es eso lo que busco y, para ser sincera, eso también me contuvo de hacerlo.

—No, no es lástima, sino admiración por tu valentía y por no haber permitido que lo que te sucedió amargara tu existencia —contestó Carla con orgullo—. Tampoco te juzgo, bastante tuviste que lidiar para no quedar en el camino. Tú sola, sin nadie que te guiara o aconsejara. ¡En verdad te admiro mucho, mamá!

Suyan bajó la mirada, un tanto abochornada.

—Tampoco digo que estoy orgullosa de todo lo que hice, algunas decisiones que tomé me costaron mucho y, tal vez, no fueron las más acertadas. Pero eso ya no puedo cambiarlo y pagué por todos mis errores, de eso puedes estar segura. Siempre te enseñé, que todos tus actos tienen consecuencias, es algo que no podemos evitar y que a menudo tratamos de ignorar, como me repetía el padre Joe.

—Sí, nunca lo olvidé y, continuamente, pensaba más en las consecuencias que en lo que en realidad tenía ganas de hacer —admitió, recordando que todos sus compañeros y amigas le sugerían que no razonara tanto antes de actuar.

Suyan sonrió.

—Quizá exageré un poco, pero de algo sirvió, ¿no crees?

Carla se asustó al ver que, al intentar reír, una tremenda tos se lo impidió. Se puso de pie para ir a por una enfermera, pero Suyan la detuvo.

—Ya pasó, no te alarmes, el doctor me advirtió de que esto pasaría con más frecuencia cada vez. Bueno, y cuando llegamos al fin a Bogotá —continuó—, Tobi se dirigió al almacén donde descargaría la mercancía. Ahí detuvo un taxi y le pidió que me llevara a la dirección que nos había dado el Teo.

«Me despedí de él con un gran abrazo y le pedí que no cambiara, que era reconfortante contar con hombres como él. Casi lo hago llorar. Le prometí que les escribiría y los mantendría al tanto de mi vida, a cambio le rogué que no dejaran de contestarme. Me subí al carro y me fui.

Cuando llegué a la casa de los Parker, me quedé con la boca abierta. Era una casa muy amplia y elegante con grandes jardines de abundantes flores —rojas, malvas, amarillas y violetas—, muy bien cuidados. Dos hombres trabajaban, uno recortaba el césped con una podadora manual y el otro, las plantas, unas buganvilias hermosas. Cuando timbré, un hombre muy elegante abrió la puerta y me miró con repulsión.

—El servicio, por la puerta trasera —indicó despectivamente, sin darme oportunidad de hablar, y cerró la puerta en mis narices.

Cogí mi maleta y me dirigí al patio. Había una alberca y una gran palapa con mesas y sillas muy mullidas y agradables. Vi a otro hombre que regaba las plantas de unos maceteros enormes. Yo no sabía qué hacer. Me acerqué y le pregunté por la señora Isabel. Dejó la manguera y me pidió que lo siguiera. Nos metimos por una puerta y ahí estaba la señora, sentada, zurciendo un delantal.

—Aquí la buscan, doña Isabel —anunció el hombre y salió rápidamente.

Isabel era una mujer pequeña, de piel oscura y cabello recogido en un chongo, parecía traer mucho gel, no le distinguías ni un solo pelo fuera de lugar. Vestía toda de azul marino y tenía el ceño fruncido, parecía estar enojada.

—¿Qué se te ofrece? —preguntó mirándome de arriba abajo.

Yo me asusté, tenía la voz muy áspera. Me dieron ganas de salir corriendo, pero me quedé, ya había llegado hasta ahí, no me iba a echar para atrás, además, ¿a dónde iría?

—Su nieto, Teodoro, me dijo que usted me podía dar un trabajo. Soy una buena amiga de él y me aseguró que se lo agradecería mucho.

Volvió a mirarme de pies a cabeza.

—¿Estás embarazada? —aventuró con desprecio.

Instintivamente, me llevé las manos a la barriga, dejando caer mi maleta al suelo.

—¡No! —grité espantada.

—Estás muy chica. ¿Cuántos años tienes? —exigió mientras ponía el delantal sobre la mesa.

—Dieciséis. Necesito el trabajo. Tengo experiencia, ya he trabajado antes en otras casas —le aseguré envalentonada. En verdad, tenía quince años, en cuatro meses cumplía los dieciséis.

—Solo amiga, ¿eh?

—Sí, soy prima de la esposa del Tobi —me defendí.

—Yo no conozco a sus amigos. —Sacudió las manos en el aire y se puso de pie.

Ella me seguía observando; yo no me movía.

—Puedes empezar lavando trastes. Deberás levantarte a las seis de la mañana y poner la mesa para el desayuno. El señor, la señora y las niñas desayunan a las siete en punto. Trabajarás sábados y domingos, el lunes lo tendrás libre.

Empecé a temblar de la emoción y noté que me salían lágrimas de los ojos.

—No te quedes ahí parada, sígueme para enseñarte dónde dormirás. Por la maleta, imagino que no tienes dónde quedarte. Y te lo advierto: al primer error te vas a la calle —sentenció.

—Sí, doña Isabel —contesté lloriqueando. Bien me avisó el Teo, aparentemente, era una mujer dura, pero tenía buen corazón.

Y, de esa manera, comencé a trabajar con la familia Parker: el señor William, al que sus amigos y familia llamaban Will, y su esposa, Jenny. En ese entonces tenían tres niños: Benton, Jacob y Daniel, de cinco, tres y un año respectivamente. Los llamábamos siempre "jóvenes", aunque fueran niños: jóven Ben, jóven Jack y jóven Dani.

Yo trabajé duro, no quería dar ningún motivo a doña Isabel para que me corriera. Si bien, como iba de parte de su nieto, me agarró cierto cariño. Me aconsejaba que no me inmiscuyera en la vida de los señores y que si hablaban de algo privado frente a mí jamás lo anduviera divulgando.

—Tú no oyes ni ves nada, ¿entendido?

Yo asentía y le aseguraba que no se preocupara. También me recomendaba que no me llevara con los demás empleados de la casa, para no meterme en líos. Yo la obedecía. La pasaba lavando platos y trastos sin cesar. Con el tiempo, mis manos estaban muy maltratadas y compraba cremas que me untaba cada noche y por las mañanas. Recordaba a mi madre, que sufría por las manos enllagadas.

Tuve la suerte de que el pequeño Dani se encariñó mucho conmigo. A veces, la señora Jenny me pedía que lo sacara a jugar al jardín y que lo llevara al parque. Así que, después de un año, me convertí en su nana. Ya no lavaba trastos ni hacía quehaceres, solo cuidaba al niño.

Cuando ellos salían en la noche, yo vigilaba a los tres. Siempre tenían reuniones y, cuando no salían, llegaban invitados a casa. Mi trabajo consistía en estar con los niños: darles de comer, entretenerlos, bañarlos, meterlos a la cama temprano y, además, encargarme de que no anduvieran

70

corriendo por la casa y que no interrumpieran cuando los padres tenían invitados.

Doña Isabel me agarró confianza. De pronto, me empezó a platicar en nuestros pocos ratos libres y me convenció de que no me fuera tan pronto al norte. Me contaba horribles historias de gente que había intentado pasar la frontera a los Estados Unidos.

—Estás muy chica, no quiero que pienses que es tan fácil. Es un camino duro, lleno de peligros. Y, si llegas a cruzar, no creas que es tan sencillo salir adelante, ¡te llevará años! —me aconsejaba, Isabel.

Un día le pregunté si ella lo había intentado y respondió que sí, varias veces, pero que la atrapaban y la regresaban.

—Los que te cruzan —contaba Isabel—, a los que llaman coyotes, te dicen que cuando llegues allá, si te pescan, finjas que eres mexicano, así nada más te deportan a México, y lo vuelves a intentar al siguiente día. Pero la mayoría de los coyotes son unos desalmados. Te dicen que vayas sin nada de equipaje, para que puedas caminar aprisa. El desierto es caliente, a veces sientes que ya no puedes más, necesitas agua. Ellos llevan agua suficiente y, si quieres que te den, tienes que pagar. Así abusan de las mujeres y los niños. Al principio, te niegas, pero el sol te quema y te debilita. Sigues aguantando las inclemencias del desierto. Ya falta poco para llegar, no puedes quedarte en medio del vacío, necesitas reponer fuerzas. Así que aceptas lo que te pidan a cambio de un poco de agua».

Carla lloraba.

—¡Son unos infelices! ¿Cómo pueden abusar de la pobre gente? ¿Cómo pueden ser tan inhumanos? —se quejaba, no comprendía que existiera ese tipo de personas.

Suyan continuó:

—Así es, siempre hay gente buena y gente mala, como diría el Tobi. Después, descubrí que la deportaron y estuvo un tiempo en Tijuana, pero que la vida ahí era terrible. En ese lugar conoció a Pedro, de Colombia, que estaba en su misma situación. Se enamoraron y siguieron juntos. Comprendieron que la vida ahí no era mejor que la que habían dejado atrás. Así que, prefirieron regresarse. Era mejor encontrarse entre su gente que estar allá solos viviendo penurias y abusos. Pero no regresaron a Perú, de donde ella era, se quedaron en Colombia, con la familia de él. Se casaron y tuvieron cuatro hijos: tres mujeres y un hombre. Pedro trabajaba en un almacén y ella hacía el aseo en casas de familias. Afirmaba que estaba satisfecha con su vida y no se arrepentía de haber regresado. Los señores la apreciaban bastante y le tenían mucha confianza.

«Will era muy serio, bastante apático, parecía no tener anhelos. Nunca oí que le reprochara algo a Jenny, ni que expresara si algo le gustaba o no, ni si tenía ganas de quedarse en casa o un plan diferente a lo que ella proponía. Al mismo tiempo, ella parecía no tomarlo en cuenta para nada. Ella decidía todo en sus vidas: la de Will, de los niños y la suya propia. Jenny parecía incansable. Si no se encontraba dando órdenes, estaba hablando por teléfono o recibiendo gente. No recuerdo haberla visto cinco minutos sentada y en completa paz. Hasta cuando desayunaba o comía, siempre hablaba sin parar y Will solo asentía o negaba con la cabeza. Era muy dominante, muy enérgica. Los niños la temían. Si hacían algo indebido o tenían algún accidente, me rogaban que, por favor, no le dijera nada a su madre. Pero yo no podía quedarme callada, necesitaba informarles a lo señores lo que había sucedido, así que se lo explicaba a Will y ya él se encargaría de decírselo a su mujer. Además, yo también prefería hablar con él, parecía que nada lo hacía enojar, era tan desinteresado... Y, para no meterme en problemas, si Jenny llegaba a reclamarme por algo, le decía que ya le había informado al señor William. Se quejaba de por qué no acudí a ella y le respondía que estaba muy ocupada y no la quería interrumpir, ella apretaba la boca y me dejaba en paz».

Carla la interrumpió:

—Recuerdo mucho al señor Will, ¡era tan guapo! Se parecía a Robert Redford en sus años mozos, pero Will tenía la nariz recta y más delicada. Yo imaginaba que era un hombre muy seguro de sí mismo y con mucho aplomo, ahora veo que no.

Y Jenny, tan hermosa, me recordaba a Grace, la reina de Mónaco, tan elegante y bien vestida, siempre impecable. Todo el tiempo pensé que eran una pareja perfecta, ¡definitivamente, las apariencias engañan!

Suyan retomó el tema, no quería perder el hilo.

—Mis días libres transcurrían ahí, en la casa. En mi cuarto, una pequeña habitación de cuatro por cuatro, nada más tenía una cómoda de seis cajones y mi camita. Ah, y una silla con una mesa de noche, muy simple, sin cajones, solo para poner una lámpara y el despertador, por supuesto. Ahí pasaba mis días libres, los niños me prestaban sus cuentos y me ponía a leer. Compraba refrescos y golosinas y me quedaba el día en cama, sin que nadie me molestara. Después, el señor me regaló un tocadiscos, que era de Ben, porque le comprarían uno nuevo y ese todavía funcionaba bien. Fue el mejor regalo que había recibido en toda mi vida. Empecé a comprar discos de vinilo y me pasaba horas oyendo música y leyendo».

Carla la interrumpió:

—Por el tono con el que hablas, parece que fuiste muy feliz en ese entonces.

—Sí, lo fui. Me sentía segura. Tenía un techo y comida, no pasaba carencias y sabía que los señores me ayudarían si necesitaba algo, era como tener una familia. No había nadie que me forzara a hacer cosas contra mi voluntad. Era una vida tranquila y estable.

«Claro que muchas veces pensaba en mi madre y me preguntaba si estaría bien, si se acordaría de mí, si era feliz y si todavía vivía. Pero, no había nada que yo pudiera hacer y tenía que seguir con mi vida, además, me hizo prometer que nunca regresaría. Algunas veces me daban ganas de escribirle o mandarle un telegrama, incluso, tal vez contactar a Lola, pero recordaba que ella no quería meterse en líos ajenos y desistía. Por las noches lloraba y la extrañaba, ¡por supuesto! Era tanta mi añoranza que un día me di cuenta de que en los árboles había un búho. Era pequeño y oscuro, me alegré tanto que me metí corriendo a la cocina y saqué unas hojas de lechuga. Le rogué que no se marchara porque quería que se quedara conmigo, ¡pensé que era la abuela! Todos los días iba y le platicaba, él simplemente me observaba con los ojotes redondos. Yo le llevaba comida todos los días y no quería contarle a nadie sobre su presencia, porque estaba segura de que lo espantarían y no volvería al jardín. Así que, cada noche, antes de dormirme, lo visitaba y hablaba con él».

Carla soltó una risotada.

—No te rías, hija —la amonestó su madre—. Te lo dije, era yo muy tonta y necesitaba creer que no estaba completamente sola, fue un consuelo para mí pensar que mi abuela me visitaba por las noches y le transmitía a mamá lo que yo le platicaba.

«La presencia de la abuela me levantó los ánimos, bueno, del búho que llegó a la casa. Le contaba lo que hacía en el día, lo que me entristecía, lo que deseaba hacer en el futuro y mis alegrías. Afortunadamente, nadie me vio hablándole al pájaro en la oscuridad. En tal caso, planeaba que, si me pescaban, diría que era sonámbula.

Pasaron dos años y yo no quería que mi vida cambiara. Pero la existencia siempre te tiene que llevar por otros rumbos, por direcciones que nunca imaginaste, sin que tú puedas hacer nada».

Carla presintió que se avecinaba una experiencia triste o algo de lo que su madre se arrepintió. Pero siguió callada, esperando el desenlace de la historia. Una enfermera las interrumpió y propuso que Suyan entrara a su habitación y descansara. Era la hora de sus medicinas y de la comida, ya había pasado mucho tiempo en el jardín. Carla no quería que su madre detuviera el relato. Suyan contestó que se sentía bien y que quería permanecer sentada disfrutando del sol. Pero la enfermera insistió y Carla tuvo que persuadir a su madre para que reposara y que más tarde continuara con la charla. Suyan negó con la cabeza, pero no rebatió, sabía que no las convencería. Carla se ofreció a subirla, cogió la silla de ruedas y la condujo a su habitación. La acomodó en la cama y se despidió, tenía que ir a hacer unas compras. Le aseguró que al siguiente día regresaría temprano.

Llegó a la casa a las seis y media de la tarde, inesperadamente, le tomó más tiempo del que imaginó. Se preparó un té helado y tomó un poco de ensalada de pollo con algunas galletas. Se sentó a la mesa y, mientras comía, repasaba lo que Suyan le confesó. Por un lado, ahora comprendía por qué su madre siempre ayudaba a los niños indígenas huérfanos, además de trabajar incansablemente como voluntaria en el albergue, donde socorría a inmigrantes indocumentados del sur de América. Por otro lado, al fin descubrió quién era Tomás Ramírez, al que tanto ayudó, el hijo del Tobi y Helena.

Sintió que era buena hora para telefonear a Mónica. Conoció a Mónica y Jetta cuando tenía dieciocho años y ellas, diecinueve. Habían sido invitadas a una fiesta y los novios de Mónica y Jetta eran amigos, a la vez que muy amigos de Ethan, el chico con el que Carla estaba saliendo. Esa noche fue la primera vez que las chicas se conocieron y, desde el principio, hubo buena química entre ellas. Quedaron de verse el próximo sábado para ir al cine en parejas y, después, ellas repitieron cada vez más seguido, sin los chicos. Con el tiempo, Mónica y Jetta terminaron con sus novios y Carla dejó de ver a Ethan, pero ellas mantuvieron su amistad a través de los años.

Mónica había nacido en Estados Unidos, sus ancestros habían llegado de Venezuela. Era una chica inteligente y, aunque daba la impresión de ser un tanto grosera, a Carla le gustaba que siempre fuera sincera. Y Jetta era holandesa, de Róterdam, había viajado de intercambio para perfeccionar su inglés. Su nombre era Henrietta, mas ella pedía que la llamaran Jetta. Esa noche que se conocieron, descubrieron que Carla estudiaba en la misma universidad que Mónica. Por su parte, Jetta estudiaba en una universidad de Maryland, sin embargo, después de unos meses, se mudó a Pensilvania para estudiar un curso de inglés avanzado cerca de la universidad de sus amigas.

Se volvieron inseparables. Rentaron un departamento y compartieron los gastos. Jamás tuvieron ninguna clase de problemas entre ellas, encajaban a la perfección las tres juntas. Carla era la sensata, realista y cerebral; Mónica, la intrépida y la entusiasta, además de franca; Jetta era la romántica, idealista y pacificadora.

En la actualidad, Mónica vivía en Chicago, se había divorciado dos veces, no tuvo hijos, por decisión propia, y aseguraba que no quería casarse nunca más, que prefería relaciones sin ataduras. Jetta vivía en Ámsterdam, se divorció de su primer esposo, con el que tuvo dos hijos, y llevaba ocho años casada con su segundo esposo, quien tenía una hija de su relación anterior.

Carla llamó a Mónica, pero no contestó, le dejó un mensaje y le pidió que la llamara en cuanto lo oyera. Era tarde para hablar con Rolf, así que se sentó a ver la televisión. Le repetía a Rolf que, en realidad, no descansaba en las noches porque siempre estaba al pendiente, por si llamaban del hospital avisando de que su madre se puso grave. O algo peor, que ya había fallecido.

Le angustiaba esa inseguridad en la que vivía. En ocasiones se sentía optimista, pero luego recordaba el diagnóstico del médico: solo unos días le quedaban de vida, con suerte, algunas semanas. El solo hecho de pensar que perdería a su madre para siempre la llenaba de tristeza, pues durante toda su vida solo habían sido ellas dos. Por supuesto que se enojaron muchas veces, pero existía esa confianza de sentir que se tenían entre las dos. Esa confidente, esa consejera, esa amiga fiel y leal…, una certidumbre que pronto terminaría y que dejaría un enorme vacío.

8

Carla se percató de que su madre no se sentía tan bien como ella aseguraba. Cuando entró a la habitación, le impresionó verla tan delgada y pequeña sobre la cama. La piel era muy pálida y los ojos estaban hundidos, bajo la luz del sol parecía una figura de cera, el cabello entrecano era muy escaso y daba la impresión de que no respiraba. Había perdido todo ese espíritu de lucha y los bríos por vivir. Los ojos se le humedecieron al advertir que su madre agonizaba y el fin estaba muy cerca.

Percibió que estaba enojada, le daba coraje no haber viajado antes. ¿Cómo fue tan ingenua al creerla cuando le decía que estaba enferma, pero que no era grave? De haberlo sabido, hubiera tomado el primer avión para estar a su lado. Pero Suyan era una mujer muy fuerte y muy orgullosa, no le gustaba que se lamentaran por ella, de ninguna manera. Y, peor aún, la Navidad que pasaron juntas, ¿por qué no se le ocurrió hablar con su médico? Ese cansancio que veía en ella debió haberlo tomado con más seriedad, pues ya le habían diagnosticado el cáncer.

—¿Ya llegaste, hija? —preguntó al levantar los delgados y arrugados párpados.

—Sí, mamá, voy llegando. ¿Cómo te sientes? —contestó con un nudo en la garganta.

—Me siento muy bien, bastante mejorada —aseguró.

—Te ves muy bien, me alegro —Carla secundó la mentira—. ¿Qué quieres hacer hoy? —No tenía intenciones de forzarla.

—Vamos al jardín, ¡hace un día hermoso!

Suyan pareció un poco más animada. Carla le arregló el cabello y la ayudó a sentarse en la silla de ruedas. Bajaron y se acomodaron en una banca. A continuación, Carla fue a la cafetería a comprar algo para beber y comer.

—¿Quieres platicar o quieres descansar? Tal vez yo te puedo hablar de otro tema—propuso a su madre mientras desenvolvía su emparedado.

—Seguimos con la historia, y recuerda que no me juzgarás —Hizo una pausa, Carla asintió y ella continuó—. Después de dos años en casa de los Parker, la inseguridad en Colombia crecía. Jenny estaba preocupada por los niños, ya que se oía hablar de secuestros y robos a mano armada. En gran parte, porque sabíamos que extrañaba a su familia y presionaba a Will para regresar a los Estados Unidos, era tanta su insistencia que, en un par de días, lo convenció. Y empezaron a preparar la mudanza, se irían en tres meses.

«Todos estábamos muy tristes, especialmente yo, que sentía que el mundo se derrumbaba de nuevo bajo mis pies. Me invadió el miedo, la incertidumbre me asustaba. ¿Qué haría? ¿A dónde iría? Jenny nos informó que nos acomodaría en las casas de sus conocidos si queríamos asegurar nuestro trabajo, la mayoría aceptó. Yo no sabía qué hacer, le pedí a doña Isabel que me llevara a donde ella fuera a trabajar. No me prometió nada, pero lo intentaría.

En ese entonces, yo estaba tan triste que, en mis ratos libres, me metía a mi cuarto y prefería no ver a nadie ni hablar con nadie. Ese primer sábado, después de la espantosa noticia, los señores tenían varios compromisos; Jenny se llevó a los niños a una fiesta y Will andaba con sus amigos del club deportivo, como cada sábado. Nos dieron el fin de semana libre a todos, Isabel me invitó a pasarlo con ella, pero yo no tenía ganas de nada, me quedaría encerrada en mi habitación para llorar por mi incierto futuro.

Estaba completamente sola, mi habitación estaba en el sótano, al lado de la lavandería. Eran aproximadamente las cuatro de la tarde, me bañé y me cubrí con la toalla. Me fui a mi cuarto y puse a gran volumen el primer disco que agarré, ese que tanto odiabas porque decías que era muy triste. Un LP de Los Ángeles Negros, Carlos Lico y Altemar Dutra. Yo lloraba y me secaba el cabello con una toalla pequeña, mientras, ellos cantaban la de "Déjenme si estoy llorando".

—Disculpa, pensé que no había nadie y oí música —dijo de repente Will, estaba parado en la puerta de mi cuarto, bastante avergonzado por verme casi desnuda.

Yo me asusté al verlo. Era muy temprano para que estuviera en casa de vuelta. No acerté qué responder. Se acercó y me preguntó por qué lloraba.

—Son solo tonterías, usted no se preocupe —le garanticé, con la esperanza de que se retirara.

Él siguió caminando, hasta quedar frente a mí, se desplazaba muy lentamente. Sin decir nada, tomó mi cara entre las manos y, después de un instante, me besó».

Carla abrió los ojos desmesuradamente, pero apretó los labios para no comentar nada, no quería interrumpir a Suyan, ahora, menos que nunca. Suyan no se percató de la reacción de Carla, tenía la vista clavada en el piso, y continuó:

—Yo imaginé que la tierra que pisaba temblaba. Un calor me recorría todo el cuerpo y me quemaba. Él sintió lo mismo y, con mucho cuidado, me quitó la toalla. Yo lo abracé, quería seguir besándolo, notar esas manos fuertes y calientes por todo el cuerpo. Él pareció adivinar lo que yo deseaba y no se detuvo. En un santiamén, ya estábamos en mi cama, amándonos al compás de las canciones.

«Me hallaba arrebatada, nada me importaba ni me preocupaba. Pronto se iría y yo me quedaría, no había nada que perder. Sus caricias y sus besos me hicieron sentir amada y olvidar al bastardo por el que había jurado nunca más enamorarme ni entregarme a ningún hombre. El miedo, la incertidumbre y el odio quedaban atrás, cada vez más lejos. Yo me apretaba a él, anhelaba que ese momento no terminara. Pero todo llega a su fin. El teléfono de la casa empezó a timbrar, él me besó por última vez y se alejó de mí.

Terminé de nuevo sola en mi cama, desnuda, con el corazón agitado y la mente inquieta. Y, después del momento de pasión, llegó el arrepentimiento. Me sentí apenada y desdichada al haber traicionado la confianza que Jenny y doña Isabel me tenían. ¿Cómo las miraría a los ojos? ¿Se darían cuenta? ¿Cómo me comportaría en adelante con el señor? Y, lo peor de todo, ¿me echarían a la calle?

Yo seguía en la cama, pensando en las consecuencias de la burrada que acababa de cometer. ¡Me consideraba una basura! Lloraba arrepentida. Entonces, me levanté y me puse ropa. Después de unos cinco minutos, Will regresó a mi cuarto. Se sentó junto a mí y me pidió que no llorara, que no tuviera miedo.

—No me vaya a correr, señor, ¡por favor! ¡No me vaya a correr! ¡No tengo a dónde ir! —le suplicaba con la cara hundida en la colcha.

Él me abrazó. Me aseguró que no lo haría y, entonces, confesó algo que me sacó de la tristeza.

—No me arrepiento de lo que hicimos, Suyan —susurró con su hermosa voz mientras me acariciaba la cara.

Yo no alcanzaba a creer lo que acababa de oír. Lo abracé y lo empecé a besar de nuevo. Él respondió y me empezó a desvestir, otra vez nos dejamos llevar, mientras la música seguía».

Carla ya no pudo contenerse.

—Pero, ¡cómo pudiste! ¡No lo puedo creer! ¡No puede ser! —exclamaba con disgusto y enojo.

—Lo sé, hija. Estuvo muy mal lo que hice. Pero yo estaba muy triste y él era tan hermoso, no pensé, solo me dejé llevar. Nunca había recibido la ternura de un hombre. Fue un momento surrealista, parecía un sueño. Yo lo quería, lo idolatraba, era el hombre que toda mujer fantaseaba poseer.

—¡No lo puedo creer! —repetía Carla.

Suyan le señaló que callara, Carla mantenía los gestos de disgusto, pero la obedeció y guardó silencio para que ella continuara.

—Me propuso que fuéramos a la cocina a comer algo. Lo seguí y calenté lo que había en el refrigerador. Nos sentamos a la mesa y comimos, yo ya estaba más animada, pues él estaba junto a mí y no me había echado a la calle. Se dirigió a la sala y se sirvió una bebida, creo que era *brandy*, le gustaba mucho. Me pidió que le hiciera compañía. Obediente, me senté a su lado. Me repitió que no tuviera miedo, que permanecería en la casa si yo así lo deseaba. Le respondí que sí, insistí en que no tenía a dónde ir, que me permitiera quedarme. Oímos ruidos, la señora y los niños llegaban, yo corrí a mi cuarto, pero recogí antes la mesa rápidamente.

«Al día siguiente salieron todos juntos. Yo no me acerqué, oía que andaban en la cocina y desayunaban. Jenny anunció que me pediría subir para que les cocinara algo, pero Will replicó que me dejara en paz, que él prepararía algo para los niños. Me dio gusto, prefería no estar frente a él y su esposa. Llegaron tarde el domingo y, como todos los lunes, Jenny se ausentó al día siguiente. Yo andaba nerviosa, pero él se portó como siempre. Pasó la semana y yo me encontraba mejor.

El siguiente sábado sucedió lo mismo. A todos los empleados de la casa les dieron el fin de semana libre. Yo estaba sola, esa vez yo no esperaba nada. Sin embargo, Will regresó temprano, yo me acababa de bañar, apareció en mi puerta, se acercó, me quitó la toalla, me llevó a la cama y la música sonaba mientras nos amábamos. Aquella vez, olía a alcohol, pero cuando le pregunté si andaba borracho y lo negó, aseguró que solo había tomado un par de copas. Me dijo que los últimos días solo pensaba en mí, que le era imposible olvidarme. Le confesé que me pasaba lo mismo. No sé cuantas veces nos amamos, el disco terminó y empezó, una y otra vez».

Carla la interrumpió malhumorada:

—¡No tienes que darme todos los detalles! No quiero oír esas cosas, ¡por favor!

—¡Está bien! ¡Está bien! Solo te cuento cómo sucedió, ¡discúlpame!

«Esa noche, después de cenar, nos sentamos los dos en el patio. Jenny y los niños andaban en la casa de campo de una de sus amistades y regresaban al día siguiente en la tarde. Me platicó que no era feliz, que no estaba conforme con la vida que llevaba, que estaba cansado de que Jenny gobernara su vida a su antojo.

Yo no supe qué responder. Nunca sospeché que sufriera de esa forma, para todos eran la pareja ideal. Me atreví a decir que tal vez exageraba. Pero me garantizó que no, que su vida y su matrimonio eran una tortura.

Yo le indiqué que quizá estaba cansado por tanto trabajo y tanta presión por la mudanza, que su esposa era una gran mujer y sus niños eran preciosos y muy buenos. ¡No se me ocurría que más añadir! ¡Me sentí una embustera! Defendía que su esposa era una gran mujer y, luego, yo me metía a la cama con él. Decidí cambiar de tema para tranquilizarlo. Le confesé que yo lo quería, que no sabía si era amor, pero que tenía sentimientos por él. A él pareció gustarle mi sinceridad. Y era verdad. Yo no conocía nada del amor entre un hombre y una mujer. ¡Nunca había amado a un hombre!

Se levantó y me tomó en brazos y, ahí, sobre el césped... Bueno, ya sabes. Afortunadamente, la casa estaba rodeada por una barda de concreto muy alta. Nos quedamos acostados sobre la hierba fresca. Me confesó que él también tenía sentimientos por mí. Pensaba que yo era muy hermosa y muy especial. Muchos me repetían que yo era hermosa, pero nunca me vi así, no me gustaba la imagen que contemplaba en el espejo, nunca me acepté. Tal vez por lo que me hizo Roberto, me disgustaba observarme, me sentía fea.

Las semanas pasaron y, cuando no había nadie en casa, él me buscaba y pasábamos juntos el tiempo que podíamos. Ya faltaban solo dos semanas para que se fueran, ya tenían todo listo. Yo me encontraba muy mal, me lamentaba y no tenía fuerzas para nada. Un día no pude levantarme de la cama. Isabel bajó a mi cuarto, muy enojada, porque la mesa no estaba puesta para el desayuno. Entonces, le aseguré que no era capaz de caminar porque me sentía terriblemente. Subió y les comunicó a los señores que estaba muy enferma. Jenny se preocupó tanto que Will se ofreció a llevarme con el doctor de paso a la oficina.

Isabel bajó con algo de comida y me ayudó a vestirme.

—Solo espero que no sea alguna infección grave y nos vayas a contagiar a todos, muchacha —murmuraba preocupada.

Will bajó por mí y casi me tuvo que llevar cargada al auto. Yo no tenía miedo, pues él iba conmigo. En la clínica me hicieron exámenes y Will estuvo sentado en la sala de espera todo el tiempo. Por fin entró el doctor para darme el resultado.

—No es nada grave, pero debes recibir algunos cuidados. ¡Felicidades! Estás embarazada.

Yo me empecé a reír. No era posible, no estaba casada y tampoco tenía novio. Se trataba de un error. Le dije que no podía ser. Me confirmó que así era, que no se habían equivocado».

Carla la observaba con los ojos desorbitados.

—¿Estabas embarazada? Pero ¿de quién? —Estaba bloqueada, no comprendía absolutamente nada.

Suyan la miró con lágrimas en los ojos.

—Sí. Estaba embarazada de Will. Ya te llevaba en mi vientre —confesó con voz temblorosa.

Carla no pudo contener el llanto. ¿Era acaso una broma?

—¿De Will? ¿Y mi padre? ¿El extranjero que nunca volviste a ver? ¿De Will? —Estaba conmocionada.

Suyan bajó la mirada, asentía con la cabeza, esperando a que se calmara, pero Carla estaba inconsolable.

—Sí, Carla, de Will. Él es tu padre.

Carla notó que las piernas no la sostenían, se dejó caer en la banca. ¿Cómo pudieron engañarla toda su vida? Se creía la víctima de una gran estafa. Su propia madre le mintió, algo que le costaba comprender. Se levantó, solo quería salir de ahí, no verla más.

—Carla, ¡por favor! —suplicó su madre.

Carla se detuvo y le dio la espalda, no podía contener el llanto, se cubría la boca con la mano para ahogar los sollozos. Quería correr, pero su madre estaba muy enferma, no la podía dejar sola en el jardín. Y, si se marchaba y moría durante la noche, tendría un cargo de conciencia que no la dejaría jamás en paz. Siempre razonando antes de actuar. Decidió quedarse.

Levantó la mano y la sostuvo en el aire, en señal de alto, no quería oír a su madre todavía, necesitada digerir lo que acababa de escuchar. Se sentó lentamente en la banca y cerró los ojos con fuerza. Suyan la contemplaba sin pronunciar palabra, aunque quería decir muchas cosas, sobre todo, pedirle perdón.

Se acercó una enfermera y preguntó si todo estaba bien, las dos asintieron con la cabeza sin hablar. Un poco escéptica, las volvió a dejar solas. Suyan lagrimeaba, en silencio. Carla se empezaba a calmar, miraba a su alrededor un tanto avergonzada, por el espectáculo que acababa de dar, pero solo estaban ellas dos en el jardín. Respiró hondo antes de voltearse hacia su madre.

—¿Y por qué nunca me revelaron la verdad? —le reprochó. Su rostro reflejaba el dolor que sufría.

—¿Para qué? ¿Qué caso tenía? Él siempre estuvo junto a ti, siempre supliendo nuestras necesidades, constantemente al pendiente de nuestras vidas. Él tenía su familia, tú me tenías a mí y, aunque no lo supieras, siempre lo tuviste también a él.

Carla agitó la cabeza, parecía sensato lo que escuchaba, pero se sentía defraudada. Al saber que su madre le restaba tan poco tiempo de vida, prefirió callar y averiguar lo que sucedió después.

—¿Y qué dijo cuando le informaste que estabas embarazada? —preguntó sin mirarla, reprimiendo la ira.

—Cuando salí de la habitación de la clínica, el doctor ya había hablado con él. Salimos y nos subimos al carro. Nos quedamos sentados en silencio, él no podía ni encender la marcha. Hasta que, después de mucho rato, preguntó:

—¿Qué vamos a hacer?

Eso me levantó un poco los ánimos, sabía que la creatura era suya. Yo le respondí que nada, que tendría a mi hijo y que él pronto se iría con su familia. Se tranquilizó y me llevó a la casa. Al bajarme le pedí que no soltara ni una palabra de lo que sucedía, explicaríamos que tuve una indigestión y seguiríamos como si nada.

Y, desde ese momento, me encontraba diferente. Sentía que nada ni nadie me podía vencer, sentía que podía lograr lo que me propusiera. Hasta empecé a verme de otra manera al arreglarme frente al espejo, descubrí que era hermosa, así pensaba.

La semana transcurrió como de costumbre, cada uno ocupado en sus tareas. Lo único que me molestaba era la mirada escrutadora de Isabel, ¡claro que sabía lo que me ocurría! Y me consolaba ver a Jenny solo enfocada en sus compromisos sociales, tan ensimismada en sus reuniones que no se daba cuenta de lo que sucedía entre su marido y yo.

El sábado, Isabel me invitó a pasarlo con ella, yo me negué excusándome por no sentirme bien. Me insistió varias veces, sin embargo, me seguí oponiendo, no quería que me empezara a interrogar hasta sacarme la verdad. Por fin desistió y me dejó en paz. Will anunció que iría al club con sus amigos y avisó de que llegaría tarde, por su parte, Jenny y los niños tenían varios compromisos, se marcharon temprano. Pero Will no salió, al descubrir que estábamos solos, decidió quedarse en casa.

Yo me encontraba muy mal, tenía náuseas todo el tiempo: cosa que comía, cosa que vomitaba. Will estaba intranquilo por verme tan mal. Me llevó a la sala y me acomodó en el sillón largo, puso cojines bajo mi espalda y me preparó algo de comer. Me sentía como una reina, parecía estar viviendo una vida que no era la mía. Él, de rodillas, me daba de comer. Me acariciaba y me repetía que era muy hermosa, una y otra vez.

Yo me dejaba mimar, hacía tanto tiempo que no me consideraba tan querida. Lo necesitaba, sabía que no duraría mucho, él partiría y yo me quedaría sola a enfrentar mi destino, con el hijo que esperaba. Tenía que llenar mi mente con buenos recuerdos, para revivirlos en un futuro, cuando la desesperación intentara destrozarme. Cuando le comuniqué que las náuseas remitían, se sentó en otro sillón y se puso a leer el periódico, yo me dormí. Descansé durante cuatro horas hasta que Will me despertó.

—¡Suyan! ¡Suyan! ¡Despierta! —me llamaba y me movía el hombro.

Me asusté y me senté rápidamente, pensé que Jenny y los niños ya estaban en casa. Pero no era así y me tranquilizó:

—No, no pasa nada. Es solo que he estado pensando. No quiero dejarte sola, ni a ti ni a mi hijo. Le pediré el divorcio a Jenny y me quedaré contigo —aseguró muy decidido.

Yo lo tomé a broma. Intuía que era solo un arranque de valentía, pues en tantos años no había hecho nada por cambiar una vida que detestaba.

—¿Y crees que Jenny te abandonará sin causar un gran escándalo para que tú seas feliz con otra? Otra que, además, ¡espera un hijo tuyo! —lo paré en seco.

Me miraba con ojos suplicantes.

—Sé que no será así, pero ¡no puedo dejarte sola! ¡No me lo perdonaría nunca! —confesaba bastante afligido.

—No voy a dejar que eches a perder tu vida, porque así solo arruinarás también la mía y la de nuestro bebé.

Y lo advertí tan severamente que ya no replicó nada. Pero eso que acababa de oír me intranquilizó por completo. Temía que hiciera una pendejada, como la que todos hacemos en un momento de desesperación. Así que los días siguientes andaba yo muy preocupada. Cada vez que descubría que estaba a solas con Jenny empezaba a sudar y no descansaba hasta que me pedía algo con su acostumbrada sonrisa, eso significaba que Will no había dicho nada y yo seguía en terreno seguro.

Al siguiente sábado, sucedió lo mismo, pero esta vez Will se excusó diciendo que se quedaría en casa a trabajar porque tenía que arreglar todos los asuntos pendientes antes de partir. Y Jenny, emocionada, le contestó que no se preocupara, que ella lo disculparía en la reunión. Ella estaba muy contenta porque, en cuestión de días, se irían de nuevo a Estados Unidos. Ya imaginarás que no se cansaba de hablar de todas las fiestas de bienvenida que les esperaban allá.

Yo estaba en la lavandería, tenía que lavar unas toallas, él bajó, me tomó de las manos y me avisó de que tenía un plan y que no me podía negar. Lo había estudiado toda la semana y estaba seguro de que era lo mejor para los tres, para él, para mí y nuestro bebé. Lo dejé explicarse.

—Sé que no será fácil, pero mejor que dejar las cosas como están. Los niños te quieren mucho, se han encariñado bastante de ti. Lloran cada vez que les decimos que no podrás venir con nosotros. Así que se me ocurrió que la mejor solución es que vengas con nosotros, como la nana de los niños.

Me quedé paralizada. No sabía cómo tomarlo.

—¿Qué te parece? ¡Di algo! —me rogó.

No podía reaccionar. Sentía alegría y mucho miedo. Mi sueño de llegar al norte, que ya había olvidado, de repente se podría hacer realidad.

Él me escudriñaba con los azules ojos.

—Bueno. Mi intención era planear lo mejor para todos —comentó decepcionado y se retiró a la sala.

Yo seguía parada en medio de la lavandería, sin moverme, parecía que me había dado un síncope. Una gran oportunidad me llegaba a las manos y tenía miedo de tomar la decisión incorrecta. Por un lado, estaríamos seguros mi bebé y yo. Por otro, seguiría bajo la sombra de Jenny y me aterraba pensar que se enteraría de lo nuestro. No quería imaginar que descubriera que el padre de mi creatura era Will. ¿Arriesgaría todo lo que había conseguido? ¡No podía perderlo todo! Y en eso recapacité. Pero, ¿qué podía perder si no tenía nada? Ni un techo para dormir. Sí, había ahorrado casi todo lo que ganaba ahí porque, al vivir con ellos, no gastaba en nada, además, conservaba lo que mamá me había dado, pero ¿cuánto me podrían durar mis ahorros? ¿Cuánto tiempo podría sobrevivir sin trabajar por cuidar de mi bebé?

Subí corriendo la escalera y encontré a Will sentado en el sillón, con un vaso de *brandy*, se veía bastante decaído. Ni siquiera levantó la vista al oírme llegar.

—¡Sí! ¡Sí, me voy con ustedes! —grité, con la respiración agitada.

Él se levantó y me abrazó. Me aseguró que el lunes empezaría a tramitarme los papeles, que conocía a mucha gente y eso no sería problema. Estaba seguro de convencer a Jenny y de que los niños le ayudarían a hacerlo. Platicamos sobre lo que diríamos y llegamos a la conclusión de que era mejor no contar nada por el momento. Él no estaba muy seguro de eso, presentía que era un poco arriesgado. ¡Como si no nos hubiéramos expuesto suficiente ya! Le expliqué que necesitábamos acordar muy bien lo que diríamos, al siguiente día buscaría una excusa para quedarse en casa de nuevo y planificar el futuro.

Como podrás imaginar, esa noche no pegué el ojo. Veía mi porvenir y me emocionaba. Bien dicen que siempre, al final del túnel, hay una luz. Y como me recordó el Tobi cierta vez: "Dios aprieta, pero no ahorca". Y esa noche, de corazón, le agradecí a Dios por no abandonarme, me ofrecía una oportunidad que no iba a desaprovechar».

9

Carla no concebía el porqué Will no dejó a Jenny e hizo su vida junto a Suyan, la mujer que amaba.

—Pero dime la verdad, ¿por qué tú y él no huyeron y fueron felices? —repitió.

—¿A dónde? ¿Por qué? —Miró a Carla inquisitiva—. El hecho de que perdimos la cabeza y yo quedé embarazada no era una garantía de que tuviéramos un final feliz o un brillante futuro juntos. Yo no pensaba que lo amaba y, tal vez, él tampoco lo sentía.

—Pero ¿por qué te buscó? —Carla insistía.

—¡No me buscó! Fue algo que sucedió, ni él ni yo andábamos a la caza, sencillamente nos dejamos llevar. Hay veces en que tu mente está en blanco, no razonas las consecuencias, esos son los momentos peligrosos, los que después lamentas.

«Los dos estábamos tristes por la situación de nuestras vidas. Yo estaba ahí, semidesnuda, él buscaba un poco de cariño; yo, un poco de consuelo. Y, cuando encuentras lo que anhelas crees que es tu felicidad, pero solo es un remedio temporal, ¡no más! En aquel entonces yo no sabía lo que era amar a un hombre, hija. Él fue al primero que besé y deseé, con el que descubrí lo que era la pasión. Solo imagina, yo lo consideraba un hombre hermoso, imponente, seguro, valiente, educado, respetable, rico. Y de repente estaba entre sus brazos. ¿Crees tú que iba a tener cabeza para pensar? ¡Claro que no!

¿Que si lo hicimos porque nos amábamos?, ¡pues no! Fue únicamente un momento de locura, ninguno de los dos estaba consciente de lo que sucedía. ¿Que si fue bonito? ¡Uy, sí! Yo me sentía en las nubes, quería quedarme entre sus brazos para siempre, que el tiempo se detuviera y no tuviéramos que separarnos nunca. Pero, por desgracia, la vida no funciona de esa manera, la realidad no se hizo esperar».

Carla la observaba desconcertada. Su madre era demasiado objetiva, no se detenía en sueños guajiros ni en anhelos idílicos. Por un lado, admiraba que no se dejara llevar por la ilusión del momento. Pero, por otro, se preguntaba qué tan diferente hubiera sido su vida si no se hubiera embarazado.

Suyan empezó a toser, parecía agotada. Carla creyó que era mejor dejarla descansar y regresar al día siguiente, aunque no podía contener las ganas de saber qué sucedió después. La llevó a su habitación, se despidieron y salió del hospital.

Esa noche, Carla quería estar sola. Jacinta veía la televisión en su habitación y ella se retiró a la suya.

Le daba vueltas a todo lo que su madre le contó en los últimos días. Era difícil de entender por qué dos personas deciden compartir sus vidas por el resto de sus días. ¿Qué es lo que los lleva a pensar que están frente a la persona correcta? ¿Qué es lo que les da la seguridad de que han encontrado a la persona por la que han estado esperando?

Y, sobre todo, ¿cuántas personas mantienen realmente una relación gratificante?

Tuvo miedo de analizar su relación con Rolf y descubrir que tal vez ella también se equivocó. Le aterraba descubrir que se relacionó con él por las razones equivocadas.

Pero ¿qué es el amor? ¿Quién lo puede describir? Es algo tan subjetivo, algo tan individual, impregnado por las experiencias vividas, la educación, lo que vemos en nuestros padres y lo que ellos vivieron. Parece que todas y cada una de las personas tiene una definición muy personal de lo que es el amor.

Alguien le dijo alguna vez "El amor es un sentimiento, el cual se demuestra con acciones". Pero, ¿qué tipo de acciones? La chica que se corta las venas y chantajea al novio para que no la abandone, a eso ella lo llama amor. El hombre que sigue junto a una mujer, aunque la engañe con otras, y afirma que sigue porque la ama. La pareja que no hace vida en común, pero continúan juntos por los hijos, por el amor que les tienen. ¿Estas acciones demuestran amor?

Muchas veces, Carla creía haber escogido a sus novios por amor. Aunque luego sentía que se trataba de miedo a estar sola. A veces pensaba que solo los utilizaba, que simplemente necesitaba levantar su ego y convencerse de que merecía la admiración de alguien.

Carla se sintió confundida. Parecía que su vida le mostraba una nueva perspectiva. Era un tipo de liberación, como si hubiera caminado por largo tiempo a través de un estrecho y oscuro corredor y, de repente, se abría una puerta que conducía a un extenso espacio luminoso.

Ella también se preguntó muchas veces, a lo largo de su vida, ¿qué es el amor? ¿Podría alguien dar una explicación concreta? De ese modo, se evitarían tantas penas y dolores en la existencia. Se preguntaba cuántas parejas estaban juntas sin sospechar que cada uno de ellos tenía una concepción muy diferente de lo que era el amor.

Miró el reloj de su mesa de noche, eran las cuatro de la mañana y ella no notaba el mínimo cansancio ni el más lejano deseo de dormir. Sin embargo, supuso que lo más sensato era apagar la lámpara y cerrar los ojos, tal vez de ese modo se quedaría dormida.

Cuando abrió la puerta del cuarto de Suyan a la mañana siguiente, se alarmó al verla acostada, con los ojos cerrados y la boca semiabierta, con una sonda conectada a una botella de suero. Imaginó lo peor.
—¿Qué sucede? —Intentó no sonar alterada.
—¡Buenos días, hija! No te asustes, esto es algo de rutina —la consoló Suyan abriendo los ojos—. Pero nuestra visita al jardín tendrá que esperar un poco.
Carla colocó su bolso en el clóset, acercó una silla a la cama y se sentó.
—Si quieres, podemos quedarnos hoy aquí. Está un poco nublado, creo que pronto lloverá.
Suyan la miró, pero no contestó. Carla recordó que siempre decía que los hospitales la deprimían.
—O podemos bajar a la cafetería —sugirió.
No era muy buena idea estar rodeadas de tanta gente cuando hablaban de asuntos tan personales. Suyan le respondió que era mejor quedarse en la habitación. Carla esperó a que salieran las enfermeras y comentó que no había podido dormir al pensar en todo lo que le sucedió y que le había ocultado. Tenía muchas preguntas, pero quería oír el resto, aquello que ocurrió cuando llegaron a Estados Unidos.
Entró otra enfermera para retirarle la botella de suero vacía. Preguntó si necesitaban algo y aseguraron estar bien. La chica se despidió y salió. Carla le acercó un vaso con agua a Suyan, ella lo tomó y le dio unos tragos. Se aclaró la garganta y comenzó a hablar:
—Will no batalló para convencer a Jenny, los niños estaban felices porque me iría con ellos. Él me sacó los papeles en pocos días y ya todo estaba listo para la partida. Llegaríamos a Charleston, en Carolina del Sur. Era una casa en las afueras, un área muy exclusiva y bonita.

«La casa era enorme y estaba rodeada de extensos jardines. Había una casita en el área de la alberca que acondicionaron para mí y mi bebé. Jenny todavía no sabía que esperaba un hijo, así que Will me pidió que aguantara un poco, un par de meses estaría bien. Yo objeté que no lo creía muy acertado, que tal vez era mejor hablar con ella lo más pronto posible y explicar que estaba embarazada de un novio que abandoné en Bogotá. Lo dejó a mi criterio, yo debía decidir cuándo y cómo revelarlo.

Yo me la pasaba en la casa, me daba mucho miedo salir sola, no conocía a nadie y no hablaba inglés, ni siquiera lo más básico. ¡Todo era tan diferente! Lo que me encantaba era ir a la playa con ellos. Will se encargaba de los niños y me dejaba descansar, yo me sentaba en la arena o mojaba mis pies en el agua del mar. Me gustaba juntar conchas, llené varios frascos de vidrio, todavía los conservo.

Después de una semana, cierto día en que Will ya había salido al trabajo y Jenny leía una revista, me acerqué y le pregunté si podía hablar con ella. Me pidió que me sentara y que hablara. Le dije que estaba preocupada, que llevaba tiempo sin mi período, que nunca me había pasado, pues yo era muy regular en esas cosas y que no sabía qué hacer.

Me contempló con los ojos muy abiertos, pero mantuvo su sonrisa.

—¿Estás embarazada? —me preguntó de sopetón.

Le contesté que no sabía y que estaba muy nerviosa. Se me quedó mirando durante un rato, yo me sobaba las manos bastante apenada.

—¿Tienes novio, Suy? —preguntó y le expliqué que tenía uno con el que terminé antes de venirme. La sonrisa desapareció. Se puso de pie y declaró que me llevaría con el médico de inmediato. La acompañé y salimos de la casa.

El médico confirmó lo que yo ya conocía, pero fingí una gran sorpresa. Aparenté estar muy apesadumbrada por mi destino y el de mi creatura, como si fuera el fin del mundo. Eso la conmovió, me abrazó y me dijo que no me preocupara, que los tenía a ellos, que considerara que eran mi familia. Sus palabras me enternecieron y empecé a llorar de a de veras. Me sentí bastante mal por engañarla de esa manera. Pero no podía hacer otra cosa, tenía que seguir con la farsa.

Al llegar a casa me recomendó que me retirara a mi habitación, que descansara e intentara tranquilizarme, y que confiara en que todo estaría bien. Yo la obedecí y, sola en mi cama, continué llorando a causa de los remordimientos.

Más tarde esa noche, tocaron a la puerta, eran Jenny y Will, traían una charola con comida. Yo no tenía ganas de nada, pero ella me insistió y me recordó que pensara en mi bebé, que necesitaba alimentarme bien. Ellos hablaron mientras yo me bebía el consomé de pollo. Me ofrecieron ayudarme con los gastos del médico y todo lo que necesitara. Podía permanecer con ellos y criar a mi hijo en la casa, nada cambiaría, estaban contentos de poder apoyarme. La verdad, yo me quería salir de ahí, no deseaba vivir con ellos. No soportaba verlos juntos, pero no tenía otra alternativa. Debía aceptar su ayuda y ser agradecida.

Cuando los niños descubrieron que tendría un bebé se pusieron muy contentos, les hacía mucha ilusión la llegada de un bebito a la casa. Buscaban nombres de niño y niña para estar preparados. Me decidí por Carla si era niña o Gabriel si era niño, ellos también estuvieron de acuerdo en que eran nombres bonitos.

Los meses pasaron bastante rápido, cuando menos lo esperaba ya estaba en el noveno mes. Todo seguía igual. Durante los fines de semana y las vacaciones, Jenny se marchaba con los niños y yo me quedaba en casa. Will se ofrecía para hacerme compañía, en caso de alguna emergencia, y Jenny aseguraba que era lo más sensato. Así que pasábamos mucho tiempo juntos, él y yo. La familia de ella vivía cerca, así que no le faltaban excusas para salir de casa. Ella estaba muy contenta de haber regresado, tal vez el tener a sus parientes tan cerca la ayudaba a sobrellevar su mal matrimonio con Will.

Carla la miró sorprendida.

—¿Seguían juntos tú y él? ¿No dices que te arrepentías de lo que hiciste? ¡Era un hombre casado! —exclamó con repugnancia.

Suyan bajó la mirada.

—Te aseguré que no me siento orgullosa de lo que hice. Yo tenía diecisiete años cuando quedé embarazada, no tenía a nadie y no sabía qué hacer. Él también se consideraba responsable. ¿Qué querías que hiciéramos? ¿Qué hubiera sido de ti si hubiera terminado en la calle? Tenía que pensar en ti y en tu futuro. Y creo que fue lo mejor, tuviste una buena educación, no te faltó nada. Imagina si me hubiera quedado sola allá, seguro que me regresaba al pueblo, ¿qué futuro hubieras tenido? Agradece que él no se desentendió de nosotras.

Carla notó lágrimas correrle por las mejillas. Su madre tenía razón. Le pidió disculpas. Comprendió que no podía juzgarla, ella hizo lo que pudo, dentro de su limitada experiencia.

Sintió compasión por Will, imaginó lo difícil que le habría resultado guardar las apariencias; el no poder decir que el bebé de Suyan era suyo, el callar sus sentimientos y permanecer con su familia como si nada pasara. Al mismo tiempo, se sintió agradecida de que no echara a su madre a la calle, sola y desamparada, y de que siempre se hubiera encargado de todos sus gastos y necesidades.

Su madre contó que el día en que sintió las primeras contracciones fue el primero de agosto y, el dos de agosto, ella nació. Jenny andaba de vacaciones con los niños y Will se hizo cargo de todo.

—Él me atendía día y noche, yo no podía moverme, todo me molestaba las últimas semanas, casi pasaba todo el tiempo en cama —explicó Suyan—. No sabes la alegría que le dio cuando te vio por primera vez en el hospital cuando naciste. Te agarró en brazos y estoy segura de que lloró, no te quería dejar ni un segundo. Esa noche durmió en el cuarto, sentado en una silla. Todas las fotos de tus primeros días, él las tomó. Siempre te quiso, Carla, no debes dudarlo. ¡Eras su princesa!

Ella lo sabía, siempre experimentó un cariño muy especial por Will y se sentía correspondida.

Suyan empezó a toser y Carla le pidió que descansara. Le acercó un vaso con agua y unas pastillas para la garganta.

—Necesitas reposar un poco. Ahora yo te platicaré —sugirió. Ella no contestó, asintió con la cabeza mientras disolvía la pastilla en la boca—. Últimamente me he sentido acorralada por Tuva y Bente. El problema, y lo que más me preocupa, es que está afectando a mi matrimonio. Rolf es muy calmado y paciente, no ve sus intenciones, piensa que exagero. ¡Ellas me odian! Ya no soporto más sus desprecios ni sus intrigas —se quejó Carla afligida—. A veces me dan ganas de agarrar mis cosas e irme y no regresar jamás.

—Y si te rindes, ellas habrán triunfado —resolvió Suyan, en voz baja—. ¿En verdad quieres darles el gusto?

Carla negó con la cabeza.

—No lo sé. Ya no me importa. Mi matrimonio es algo que ellas no deben destruir. Soy muy feliz con Rolf, ¿por qué les molesta tanto?

—La miseria busca compañía, hija. Los que no son felices no pueden ver felices a los demás.

Miró a su madre, esbozando una leve sonrisa.

—¿Y tú, mamá, fuiste feliz?

—Sí, fui muy dichosa, hija. Tuve una feliz infancia, te dije, éramos muy pobres, pero había mucho amor en mi familia. Cuando sucedió lo de Roberto, la pasé bastante mal y cuando mamá me subió al autobús ¡quería morirme! Pero después, cuando tú naciste, todo empezó a cambiar, sentía que teníamos una buena vida, el dolor y el rencor desaparecieron de mi existencia. Por eso estoy muy agradecida con Will por haberse hecho responsable de ti y tu bienestar. El que no supieras que era tu padre no cambiaba nada las cosas, tú lo quisiste y él, a ti. Me arrepiento por haber causado más problemas en su matrimonio, eso sí, pero fue solo un momento de locura, no fue intencional.

La enfermera llegó con las tabletas de la tarde y la comida. Mientras le medía la presión y la temperatura, Carla decidió bajar a comprar algo para comer también. No tenía hambre, pero compró una ensalada y un bizcocho, un café y una botella de agua mineral. Pagó y subió de nuevo a la habitación. Se sentó junto a la cama y, mientras comían, platicaban de otras cosas. Carla le contaba las gracias que Drago hacía y comentaba lo bien que le iba a Julio en la escuela. Le enseñaba fotos desde su móvil.

Carla decidió dejarla sola, se veía agotada, eran ya las cuatro de la tarde. Suyan no quería que se fuera, pero la enfermera le dijo que era mejor que la dejara descansar. Ella no pretendía molestar, pero no sabía con certeza cuánto tiempo más le quedaba de vida, no quería desperdiciar ni un solo segundo, temía que, cuando estuviera en casa, la llamaran para darle una mala noticia. Se acercó a su madre y la abrazó largamente, le susurraba al oído que descansara y que al día siguiente a las nueve estaría de vuelta. Preguntó si necesitaba algo y Suyan respondió que no. Carla la besó en la frente y se retiró.

10

Por las noches, sola en la que fue su casa de soltera, se recostaba en su cama y recordaba su pasado. Algunas veces, aseguraba sentirse dividida. Le había pedido a su madre que vendiera todo y se mudara con Rolf y ella. Pero Suyan decía que ya tenía su vida allá, que no se creía capaz de aprender otro idioma, que ya había batallado bastante con el inglés.

Carla le explicaba las ventajas de estar cerca, pero ella estaba decidida, nunca la hizo cambiar de parecer. Era muy feliz con Rolf, pero pensaba que ellos también podrían mudarse a otro país, él argüía que por su trabajo le era imposible, pero que cuando se jubilara lo reconsideraría. Ella intentaba convencerlo argumentando que con lo que heredó de Will y sus ahorros, podrían vivir sin problema el resto de sus vidas.

Cuando se casaron, Carla se trasladó a la casa de Rolf y, después de aprender el idioma, empezó a trabajar en el hospital como enfermera. Pero cuando Julio cumplió dos años y estaba lista para reincorporarse, sufrió una fuerte caída y quedó dañada de la columna vertebral. Los médicos pronosticaron que volvería a caminar, pero que le llevaría mucho tiempo; con terapias y mucha voluntad lo logró después de dos años.

Suyan residió el primer año después del accidente con ellos, la ayudaba a cambiarse, bañarse y hacía la comida. Rolf se encargaba de las compras y una persona venía dos veces a la semana a hacer el aseo. Carla nunca se desesperó, cumplía todo lo que los médicos le sugerían y ponía mucho empeño en salir adelante.

Ya caminaba despacio cuando su madre regresó a su hogar. Le suplicaba que se quedara con ellos, pero ella contestaba que ya había estado suficiente tiempo. Carla intuía que su madre se sentía como una intrusa en su hogar. Mónica estuvo tres meses con ella y Jetta, otros dos, lo que les agradeció infinitamente.

Pasados dos años del accidente ella quería regresar a trabajar, y así lo hizo. Volvió al hospital con mucha ilusión, sin embargo, en dos semanas empezó a sentir dolor en la espalda. El médico le advirtió que ese trabajo no era conveniente para ella, debido a su lesión. Le recomendó otro tipo de actividad, pero Carla se desilusionó, pues amaba su profesión. Así que se dedicó a estudiar en casa, hacía cursos por internet de lo que encontraba interesante, por ejemplo, descubrió una pasión por la jardinería. Tenía más tiempo para viajar y estar con su madre, para encontrarse con Mónica y Jetta y, sobre todo, para disfrutar junto a Rolf y Julio. Por lo tanto, sentía cargo de conciencia por no haber visitado a su madre desde el momento en que notó su extraño comportamiento.

Esa noche habló con Rolf, era ya muy tarde, pero era viernes y sabía que no trabajaría al siguiente día. Le comentó sobre lo que la afligía y él le respondió que no debía culparse, si Suyan no le quiso informar su enfermedad, ella nada podía hacer.

—¿Quieres que vaya? —preguntó él.

Pero ella no estaba segura, no deseaba que fuera hasta que su madre terminara de aclararle todas sus dudas. Y todavía la veía bien, su salud estaba estable, aunque no era una garantía, ya que sabía que de repente su estado podría cambiar. Así que prefería que él y Julio viajaran después. Necesitaba ese tiempo a solas con su madre.

—No lo sé. Creo que todavía podemos esperar un poco. Yo te aviso. —Un nudo en la garganta le impidió continuar, no fue capaz de decir que aguardara hasta que el final estuviera más cerca.

Su esposo la consoló. Para animarla le mencionó que se estaba llevando a Drago a la oficina, desde el día anterior. Le explicó que se portaba muy bien y no daba problemas, que ya sus compañeros se habían encariñado con él.

—La pasa de una oficina para otra; él, encantado porque todos lo acarician y lo miman.

Carla rio al imaginarlo.

—Si hay algo que le gusta es que lo acaricien, es un mimoso.

Él le comentó el mal clima que sufrían y lo que leía en el periódico. Le pidió que le llamara a cualquier hora, sin importar qué tan tarde fuera, que sabía lo difícil de la situación en la que estaba.

—Lo sé, cariño. Muchas gracias por estar siempre dispuesto a oír mis lamentos.

—No son lamentos, pero necesitas desahogarte. ¿Has hablado con Mónica y Jetta?

Ella respondió que sí, sobre todo con Mónica, porque tenían el mismo horario. Siguieron platicando un rato, hasta que ella comprendió que debía dejarlo descansar. No le comentó nada de todo lo que había descubierto en esos días, esperaría hasta que lo viera de nuevo, consideraba que esas cosas no se hablan por teléfono. Al terminar la llamada, se dio cuenta de que tenía un mensaje de Mónica, pero ya era tarde y prefirió contestarle el siguiente día.

Se sentía cansada, pero no dejaba de cavilar en que Will era su padre. La imagen que ella guardaba de él, de su matrimonio y su hermosa familia. En ese momento adivinó que fue él el que siempre se hizo cargo de ellas, ahora comprendía que era imposible que su madre, que trabajaba haciendo el aseo por unas horas, ganara tanto para darle la vida que tuvo. ¿Cómo pudo ser tan ingenua? Y, después de pensarlo un poco más, entendió que Suyan ni siquiera debió de haber trabajado, como ella afirmaba, seguramente no tuvo necesidad de hacerlo. Lo que hacía con el padre Joe, ayudando en el albergue a los inmigrantes, era definitivamente un trabajo de voluntariado, no recibía pago alguno. Recordó que Mónica y Jetta provenían de familias acaudaladas y ella siempre se mantuvo a su nivel de gastos. Aceptó cuando Will se ofreció para pagarle la universidad por el cariño que le tenía la familia a Suyan, ella estuvo de acuerdo y siempre se lo agradeció.

Un día, Suyan descubrió que la familia de Jenny poseía varias granjas y plantaciones. Se trataba de una de las familias más acaudaladas de la región. Ella era la mayor y tenía tres hermanas más jóvenes. Su padre, Roger, era un hombre influyente y poderoso. Resulta que el padre de Will era empleado de confianza de Roger. Jenny se enamoró de él y, aunque la familia deseaba un joven de más abolengo, ella se opuso a casarse con otra persona que no fuera él. Ella estaba acostumbrada a que cumplieran todos sus caprichos y su padre nada le negaba. Roger veía a Will como el futuro heredero y administrador de sus negocios, pero él no estaba interesado. Will trabajaba en una empresa petrolera, por lo que se llevó a la familia a Bogotá, más que nada, para escapar de la opresión de Roger. El día que se casaron, le advirtió a Will que tenía que hacer feliz a su hija. —Entiendo bastante bien lo difícil que es no sucumbir a las tentaciones, yo tampoco lo he logrado. Solo te pido que seas discreto en tus correrías. No quiero que mortifiques a mi hija con tus aventuras. ¿Entendido? —le aclaró Roger, antes de retirarse de la recepción, el mismo día de su boda. Will asintió con la cabeza, ese comentario lo había dejado sin habla.

Carla no podía abrir los ojos cuando sonó el despertador, estaba muy cansada, tenía ganas de seguir durmiendo. Jacinta le tocó a la puerta y preguntó si quería desayunar antes de salir.

—No, gracias, desayuno con mi madre —gritó al tiempo que se levantaba de la cama.

Se arregló y salió aprisa.

Suyan estaba sentada cuando ella llegó, desayunando sobre la cama y viendo el noticiero. Se entusiasmó al ver a su madre con tan buen aspecto. Llevaba puesta la bata rosa y le daba cierta chispa a su rostro. La vio tan concentrada que se acercó en silencio y la besó en la mejilla, acomodó el sillón junto a la cama y se dispuso a desayunar lo que había comprado.

Suyan apagó la televisión enseguida.

—¡Bah! Siempre lo mismo, les dan tantas vueltas a las mismas noticias que me enfadan. ¿Cómo te sientes, hija? —La miró preocupada.

Carla dio un gran suspiro antes de contestar:

—Ya te imaginarás. Son tantas revelaciones para asimilar en unas cuantas horas. Me cuesta trabajo aceptar una realidad tan diferente a la que suponía y pensar que añoraba a mi padre, sin saber que lo tenía frente a mí. Imaginé la inmensa soledad que padecías tan pequeña y lejos de tu familia, rodeada siempre por desconocidos. Todo esto es muy doloroso.

—Lo sé, hija, por eso siempre te oculté la verdad.

La miró inquisitiva.

—¿Y por qué ahora me lo cuentas todo?

—Will y yo nos hicimos esa promesa. Si yo moría primero, él se encargaría de desvelarte la verdad; y si él moría primero, yo lo haría. Él conocía mi vida y yo la suya. Hace doce años que falleció y yo no encontraba el momento justo para hablar contigo. Le daba vueltas y lo posponía, es la verdad.

—Pero, entonces, ¿nunca lo dejaste de ver?

Suyan negó con la cabeza.

—No. Siempre me visitaba y pasábamos mucho tiempo juntos. Tú te ibas a la escuela, yo te decía que trabajaba, pero en realidad estaba en la casa. Y lo que hacíamos con el padre Joe era solo un trabajo voluntario. Después te fuiste a la universidad, tú no te enterabas.

—¡Ay, no! No más mentiras, ¡por favor!

—¡No son mentiras, Carla! Simplemente no lo compartí contigo. No tenía la obligación de darte santo y seña de todo lo que hacía en tu ausencia. Estoy segura de que yo no sé tampoco, exactamente, todo lo que experimentaste cuando estuviste en la universidad, o cuando salías con tus novios o amigas, ¿verdad?

Carla se quedó callada, su madre tenía razón, ella también le ocultó cosas.

Suyan continuó:

—Uno quisiera convencerse de que conoce a sus seres queridos, pero no es así, hija. Siempre hay secretos que se ocultan y se callan; sentimientos que disfrazamos y sufrimientos que silenciamos.

—Lo entiendo. Nadie es perfecto, somos débiles y cobardes. Y, precisamente, es a nuestros seres queridos a quienes lastimamos con nuestros defectos y fallas.

Suyan se sorprendió al oírla hablar con tanta rabia.

—¿Te ha hecho algo Rolf?

Carla agitó la cabeza.

—¡No, para nada! —aseguró esquivando su mirada.

—Y tú, ¿le has hecho algo malo a él?

Ella no contestó, ni se volteó, desvió la vista hacia la ventana.

—Carla.

—No exactamente. No hice nada malo.

Suyan se preocupó.

—¿Me quieres explicar?

Por fin, la miró a los ojos.

—No pasó nada, pero cometí una torpeza. Cuando estaba en la escuela aprendiendo el noruego, había en el salón un compañero, Pavel, de Polonia. Un joven muy atractivo: blanco, de cabello negro y ojos azules, una cara angulosa y

103

varonil, con un sentido del humor que me encantaba, siempre me hacía reír. Constantemente coqueteaba conmigo, pero era casado y yo no lo tomaba en serio, imaginé que era solo un juego. ¡Hace ya mucho tiempo de eso! Pero de repente hace un tiempo nos encontramos por la ciudad y platicamos.

«Trabajaba en una constructora. Lo despidieron hace un par de años y su esposa se regresó con sus dos hijos a su país. Él renta un departamento con otros compañeros en su misma situación, agarran todo tipo de trabajo que les ofrecen para ganar algo y enviarles dinero a sus familias.

Me lo topé una tarde, en el centro, hace unos meses. Rolf andaba de viaje y yo tenía que hacer unas compras. Me saludó y lo invité a comer en un café. Platicamos durante un par de horas y nos despedimos. Al día siguiente llegó a la casa. No recuerdo haberle dado mi dirección, pero igual es fácil obtenerla en el directorio. Yo estaba triste por la actitud de Tuva y Bente, por lo que me alegré de verlo y le ofrecí pasar.

Era mediodía, así que lo invité a almorzar y, cuando terminamos, nos sentamos en el sillón de la sala. Estábamos conversando y riendo, no sé cómo sucedió, de pronto ya lo tenía sobre mí y me estaba besando en la boca. Yo le correspondí durante un par de segundos, pero reaccioné y lo empujé.

Él se disculpó, yo le pedí que se fuera. Como te dije, no pasó nada, pero lo recordé anoche, mientras pensaba en la primera vez que estuviste con Will, en lo impredecible de ciertas situaciones que pueden conducirnos a una total desgracia. ¡Imagina si hubiera sucumbido a sus arrumacos! Tiemblo solo de pensarlo. Y Rolf sin enterarse de lo que ocurrió. No se lo he dicho, y creo que nunca lo haré».

—¡Ay, Carla! Como te digo, hay cosas que no vale la pena mencionar. Eso fue un instante de estupidez, te agarró desprevenida ese tipejo. No amerita envenenarle la mente a tu esposo, se imaginará algo peor de lo que en realidad fue. Si no significó nada para ti, no merece la pena revelarlo. ¡Sinvergüenza! Solo andan en busca de la oportunidad.

—Sí, eso pensé. Me arrepentí por mi ingenuidad. Pero luego pensé: "¿en verdad me vio muy desesperada?".

Suyan soltó una risotada.

—Claro que no. Te repito que esos tipos solo buscan la ocasión. Deduzco que siempre le has gustado y confundió la educación con seducción. Me acuerdo de Toñita, esa señora siempre creía que todos los hombres andaban tras sus huesos. Y a Carlitos, que era tan caballeroso y educado, le sacaba la vuelta, se quejaba de que era un empalagoso y que la acosaba, que, por favor, le dijera que ella no estaba interesada en él. Yo me reí cuando me lo solicitó y le contesté que no confundiera la educación y los buenos modales con coqueteos y enamoramientos.

—¿Doña Toñita? Pero, ¡si ella podría ser su abuela! —contestó Carla entre risas.

—Para que veas, él tenía treinta y tantos y ella ya casi llegaba a los ochenta años. El pobre hombre ni idea tenía de lo que provocaba.

Suyan le pidió un vaso con agua, la risa le causó una fuerte tos.

—Descansa, ¿quieres una tableta para chupar?

—Sí, están en una cajita nueva en el primer cajón de la izquierda.

Carla se la dio y prendió la televisión, era la hora de su novela y no tardarían en llegar con la comida. Había decidido hablar con el médico y preguntar si le permitían llevársela a casa. Si no había nada más que hacer, suponía que Suyan igual podía regresar a su hogar.

—Mamá, ¿te gustaría volver a casa? —preguntó al acabar la novela.

—Por supuesto. ¿Crees que me dejen ir? —La cara se le iluminó.

—No estoy segura, pero a la tarde cuando venga el doctor le podemos preguntar. A lo mejor tendrá que asistirte una enfermera de planta.

—¡No importa! Estaría más a gusto en mi casa. ¡Ojalá diga que sí!

A Carla la conmovió su entusiasmo. Intuía que no sería tarea fácil, pero ella también se sentiría más confortable y no dependería de las restringidas horas de visita para estar con ella. Deseaba aprovechar al máximo sus últimos días. Ya estaba por salir, pero al ver a su madre con una leve sonrisa y la mirada llena de esperanza, perdida en el horizonte, no pudo resistir tomarle una foto con su celular. La publicó en su perfil de Facebook y escribió: "Visitando a mi madre, que ha tenido un buen día".

En la noche leyó los comentarios que decían qué bien se veía Suyan. Carla derramó algunas lágrimas al ver de nuevo la foto. Su madre se veía serena y contenta, nadie podría imaginar todos los abusos que sufrió y tampoco que se hubiera enredado con un hombre casado, que estaba siempre al margen de su vida. Para todos sería una foto linda; para ella siempre traería los amargos recuerdos de lo que le había confesado.

11

Después de tres días, Suyan regresó a su casa. Jacinta la recibió con lágrimas en los ojos, por la gran emoción de verla de nuevo y al constatar los estragos que la enfermedad causaba en su apariencia. Carla y Jacinta ya tenían todo preparado para su llegada, la enfermera las esperaba también. En primer lugar, acomodaron a Suyan en un sillón de la sala.

—Ella es Amalia, tu enfermera. Me la recomendó mucho el padre Alfonso —la presentó Carla. Sabía que se sentiría mejor con una persona que hablara español, conocía muy bien a su madre.

—Mucho gusto, señora. Soy Amalia Robles y estoy para servirle —se presentó la chica con mucho aplomo.

A ella le gustó la primera impresión. Era bajita y morena clara, llevaba el pelo recogido y vestía toda de azul, con uno de esos trajes que usan en el quirófano. Traía un maquillaje discreto y tenía un aspecto pulcro. Le sonrió y le estrechó la mano.

—Igualmente, Amalia, como sabrás me llamo Suyan Quispe y tengo la impresión de que nos vamos a llevar muy bien.

A Carla la animó ese primer encuentro. Aunque ella había sido enfermera y tenía mucha experiencia, sospechaba que su madre necesitaba a alguien más a tiempo completo. Además, ella precisaba de dormir y descansar suficientemente y, con Amalia en casa, podría sentirse más relajada.

También, tenía que salir de compras y estaría más tranquila al saber que alguien estaba al pendiente de su madre. El padre Alfonso insistió en que Amalia sería la persona adecuada, ya que pasaba por una situación difícil y estaría agradecida por obtener un trabajo. Carla no quiso entrar en detalles, segura de que Suyan se encargaría de conocer su situación y, por otro lado, le alegraba poder ayudar a alguien que lo necesitaba.

En los tres últimos días, antes de trasladar a su madre a casa, casi no estuvo en el hospital. Buscaba a una enfermera, hacía compras y arreglaba la casa junto con Jacinta. Quería que su madre se sintiera contenta en casa. Compró arreglos de flores naturales y los acomodó en la sala y en las recámaras. Sin embargo, se sentía cansada, por las noches se acostaba tarde, hablando con Rolf o Mónica, a veces con Julio y Jetta. Esas conversaciones le ayudaban a recobrar el optimismo.

Pensaba también demasiado en Huilén, su abuela materna. Al principio, experimentó enojo contra ella por haber enviado a Suyan tan lejos y sola. Pero empezó a comprender su actitud a medida que recapacitaba. Admiró su valentía al preferir separarse de su única hija, en lugar de verla sufrir.

Agradeció que no hubiese sido como esas mujeres que saben que abusan de sus hijas y callan o, aún peor, que las culpan por provocar a sus hombres. Admiró su abnegación y la determinación que demostró al querer brindarle una vida mejor a Suyan. Reconoció que eso sí era amor: el amor desinteresado que no espera nada a cambio y que solo busca el bienestar de la otra persona. Cuando la recordaba, no podía retener las lágrimas. La imaginaba sentada, en una banca de la central de autobuses, llorando por su hija, que partía a lo desconocido. Estaba segura de que en el momento de darle la espalda a Suyan, que le gritaba que no la dejara sola, ella se alejaba llorando con el corazón destrozado. Ni siquiera podía suponer cómo se sentiría pensando cada día si su hija estaba bien, si fue capaz de llegar al norte o si aún estaba con vida.

También la admiración por su madre aumentó al saber que, siendo apenas una chiquilla, salió adelante por cuenta propia. Le sorprendía que todas esas experiencias no amargaran su existencia y que siempre buscara ayudar a otros que estaban en peores condiciones.

Evocaba su infancia, cuando realizaba sus tareas; Suyan se sentaba junto a ella y se ponía a leer. Compraba libros en inglés y, cuando tenía dudas, le preguntaba a Carla qué significaba tal o cual palabra o cómo se pronunciaban correctamente. Nunca quiso depender de nadie, siempre procuró no dar molestias a nadie.

Durante esos días, empezó a descubrir el gran amor que había recibido de su madre, toda la vida. No se trataba de que no lo hubiese sentido antes, sino que ahora comprendía lo que se esforzó por darle una vida libre de dramatismos y problemas. Suyan, al igual que Huilén, quiso una vida mejor para su hija. Lo que más la inquietaba era pensar en cuántos niños y niñas como Suyan enfrentaban solos el mundo. Reflexionaba en Julio, su hijo, y agradecía saber dónde estaba y tener la seguridad de que se encontraba bien.

Ese primer día, Carla procuró dejar descansar a su madre y, sobre todo, intentó no permanecer a su lado para que Amalia y ella se conocieran. Habló con Rolf y Mónica, se puso a cocinar y decidió acostarse temprano. Ella también disfrutaba de la tranquilidad de tener a Suyan en casa.

El domingo les concedió el día libre a Jacinta y Amalia. Suyan se veía más animada. Después de desayunar, se pasaron a la sala.

—Me cayó muy bien Amalia, hija, es muy lista y me gusta el esfuerzo que pone al hacer su trabajo, diría que está emocionada y que no quiere perder esta oportunidad.

—Me alegra oírlo. Estaba un poco indecisa, no obstante, el padre insistió y a mí también me cayó bien desde la primera vez que la entrevisté. No sé mucho de su vida, pero de eso ya te encargarás tú.

Suyan se acomodó en el sillón.

—Fíjate que su familia viene de Ecuador, ella nació aquí, pero a sus padres los deportaron cuando ella tenía diez años. Es la mayor de tres hermanos: son dos hombres y ella. La mandaron con una pareja adoptiva. Afortunadamente, la acomodaron con un matrimonio muy bondadoso que, al comprobar que ella era educada y buena, después de dos años la adoptaron junto con sus hermanos. Les dieron a todos estudios y carrera universitaria. Pero los padres adoptivos ya fallecieron y el menor de sus hermanos trae líos muy fuertes con la policía. Supuestamente, es inocente, pero han gastado muchísimo en abogados y no se resuelve nada, ya no tienen más dinero y el caso parece que llevará bastante tiempo. Ojalá podamos ayudarla. Nunca volvieron a saber nada de sus padres biológicos. Me da mucha pena su situación.

Carla suspiró.

—No es nada nuevo descubrir que gente inocente recibe sentencias que no merece. Hablaré con el padre Alfonso, a ver qué se puede hacer.

Suyan confirmó que había pasado muy bien la noche, aseguró que no había nada como dormir en su propia cama. Carla comentó que a ella le daba igual, que cuando estaba cansada hasta en el suelo dormía bien.

—Sí, eso dices tú porque estás joven, pero yo, si me acuesto en el suelo, ¡ya no me levanto!

Carla rio, le gustaba que su madre conservara la chispa que siempre la había caracterizado. No había tenido una

110

buena educación de pequeña, no terminó la secundaria, por lo que tenía un vocabulario muy coloquial y pintoresco.

—¡Cómo me gusta verte reír, Carla! —confesó Suyan con ternura—. Lo que sí te pido es que nunca cambies, hija. No dejes que Bente y Tuva acaben con tu felicidad. Eres una mujer hermosa, segura, independiente. Como diría Isabel: "no necesitas vejigas para navegar". Tienes un hijo hermoso y bueno, además de un hombre generoso que te ama sinceramente. No lo eches todo por la borda, no te dejes vencer por gente cizañera.

—No me voy a dejar vencer, debes estar segura, pero hay veces que mi frustración es demasiada. Te prometo que no les daré ese gusto.

Suyan le pidió un vaso con agua y, cuando se lo trajo, le dio un par de tragos.

—¡Ah! Cómo me refresca un poco de agua.

Continuaron charlando y así se enteró del atroz día en que Jenny descubrió la verdad. Suyan mencionó que, por desgracia, sucedió más pronto de lo que hubiera querido. Aseguró que todo iba muy bien cuando Carla nació. Los niños la querían mucho y Jenny se portaba de maravilla con ella —cada vez que salía de compras, llegaba con algo para Carla—. Jenny y los niños pasaban muy poco tiempo en casa, tiempo que Will y Suyan aprovechaban al máximo. A él le encantaba sostenerla entre los brazos y Suyan lo reprendía señalando que estaba malcriando a la pequeña: "Por eso no duerme en su cuna, solo quiere estar en brazos". Y él argumentaba que era tan hermosa que no podía resistirse.

Estaba convencido de que nunca olvidaría la primera vez que abrió los ojos, eran muy verdes y brillantes. Él los comparaba con piedras preciosas, quería que se llamara Gema o Esmeralda, pero Suyan le recordó que ya estaba registrada como Carla, y que así seguiría. Él se ofreció a darle su apellido, estaba decidido, sin embargo, ella le rogó que no lo hiciera, pues entonces sí se meterían en problemas y, por fortuna, desistió.

Una vez más, sentía que la vida le sonreía, todo era perfecto y ella era la nena más hermosa y risueña del mundo. No obstante, Huilén, su madre, repetía que somos cabezas duras, no nos hacemos a la idea de que la felicidad no es eterna. Sí, la vida nos sonríe a veces, pero es solo eso, una sonrisa que al poco tiempo desaparece.

Carla estaba por cumplir los dos años, era el mes de julio y hacía mucho calor. Jenny había llevado a los niños a visitar a una de sus hermanas. Era un sábado, cerca de las seis de la tarde. Seguros de que regresarían más tarde, Will y Suyan estaban en el patio, no había nadie más en la casa. Estaban los dos acostados sobre el pasto, uno al lado del otro y él tenía a la bebé sentada sobre su estómago. Estaban muy entretenidos con la niña y no oyeron el ruido de la puerta y el coche cuando Jenny y los niños regresaban. Los niños subieron de inmediato a sus habitaciones y Jenny salió al patio al ver que nadie contestaba cuando preguntó si había alguien en casa.

—¿Qué sucede? —preguntó casi gritando, cuando los vio como una feliz familia sobre el pasto.

Suyan sintió que el corazón se le detuvo. Rápidamente, se levantaron y ella tomó a la niña en brazos. Los dos estaban bastante abochornados.

—¿Qué está sucediendo, Will? —insistió ella muy enojada.

Él se envalentonó y le arrebató a Suyan la niña de los brazos. Ella temía lo peor y le rogó que se calmara, pero él la ignoró.

—Lo que ves, Jenny —contestó muy bravucón.

Jenny no reaccionó y Suyan intentó tomar de nuevo a la niña, pero él se lo impidió.

—No, Suyan, ya es hora de que lo sepa —respondió y siguió con Carla en los brazos.

Jenny empezó a hacer gestos, como deteniendo el llanto. No había necesidad de explicaciones, ella comprendió lo que ocurría entre su marido y Suyan. Jenny se dirigió a la casa corriendo y Suyan le reclamaba a Will.

—¿Por qué lo hiciste? ¿Por qué? —Lloraba, cogió a la niña y se fue a su habitación.

Él se quedó un rato parado en el mismo lugar, tal vez pensando en cómo remediar la situación, no obstante, ya no había solución. Lo que Suyan había intentado ocultar ya había salido a la luz, solo les quedaba afrontar las consecuencias.

Era casi medianoche cuando él visitó la habitación de Suyan. Ella comprendía que no podía continuar ahí, sin embargo, en esa ocasión, no sentía miedo. Estaba tranquila y decidida a empezar una vida nueva con su hija. Lo dejó pasar. Will le explicó que le había pedido el divorcio a Jenny y que, como era de suponerse, se lo negó, asegurando que no iba a permitir que destruyera su matrimonio por una aventura. Dijo que Suyan no tenía derecho a permanecer en la casa ni un día más. Y no quería volver a verla nunca.

Will le prometió que no las abandonaría, ni a ella ni a su hija. Confesó que eran importantes para él. A continuación, sugirió que lo adecuado era llevarlas a un hotel mientras encontraban una casa, que él correría con todos los gastos. Y así lo hicieron, Carla dormía en su cuna, mientras Will le ayudaba a empacar. Salieron en medio de la oscuridad de la noche hacia un hotel.

Pronto encontraron una casa, un poco alejada de la ciudad. Will aseguró que era lo mejor, porque así las visitaría sin levantar sospechas en la familia y los conocidos de Jenny.

Suyan prefería una casa un poco más cerca del centro, porque si necesitaba despensa o alguna otra cosa no podría dirigirse a una tienda. Como ya estaba por cumplir los veintiún años, Will prometió enseñarle a manejar y comprarle un auto. En ese entonces ya comprendía un poco el idioma, aunque no se atrevía a hablarlo. Aprendió muy pronto a manejar y, cuando ya obtuvo su licencia y su auto, empezó a explorar la ciudad.

Fue a una iglesia, ella era católica, aunque afirmaba no ser muy religiosa, y conoció al padre Benito. Ella llevaba la ropa y los juguetes que Carla ya no usaba. El padre tenía un albergue donde ayudaba a inmigrantes en dificultades y

113

también había grupos de voluntarias que daban clases de inglés. De inmediato, Suyan se apuntó y así fue como perfeccionó el idioma y como, poco a poco, empezó a trabajar de voluntaria en el albergue. Contrató a Ramona, una quinceañera que llegó de Perú después de pasar por muchas penurias. Ramona, a quien llamaban Mona, estaba feliz por tener un lugar donde vivir y, además, por poder ganar dinero. Tal vez Suyan se veía reflejada en Mona, por eso la ayudó en cuanto se presentó la ocasión. Aparte, Will las visitaba y suplía sus gastos y necesidades. Pasaba con Carla todo el tiempo libre del que disponía, sin descuidar a sus otros hijos.

12

Jenny continuaba ocupada en sus eventos sociales, que le dejaban muy poco tiempo libre. Cierto día, su hermana menor le preguntó si todo iba bien con Will y su matrimonio, ya que eran muy contadas las ocasiones en que los veían juntos. Ella aseguró que estaban mejor que nunca, pero ese comentario hizo una gran mella en su orgullo y comenzó a maquinar un plan para mantener las apariencias y evitar las habladurías.

El caso era que desde que descubrió la relación extramarital de su esposo, no dejaba que este se le acercara y evitaba todo tipo de intimidad con él. Cuando estaban en público nunca se tomaban de la mano y rehuía cualquier demostración de cariño. Era un matrimonio que seguía unido por los hijos que tenían y porque ella no estaba dispuesta a pasar por un divorcio, ni mucho menos terminar con la imagen de la familia perfecta que tanto le había costado construir.

Suyan estaba convencida de que no lo haría, porque no encontraría otro hombre tan dócil como Will, siempre dispuesto a cumplir su voluntad y guardar las apariencias. Eran esposos atados por las actas que firmaron, aunque ambos llevaban vidas diferentes.

Repetidas veces él le pidió a Suyan que se casaran y se fueran a otra ciudad a vivir. Ella se negó rotundamente en cada ocasión que se lo propuso. Argumentaba que ya le había causado suficiente daño a Jenny como para quitarle lo único que deseaba, mantener a Will a su lado. Por el contrario, él le hacía ver que, de todas maneras, su matrimonio era una farsa y que prefería estar con Suyan. Aun así, ella seguía aferrada a su decisión. Le recordaba que había sabido muy bien dónde se metía desde un principio, que en ese entonces estaba consciente de que partiría lejos y no lo volvería a ver.

—Si acepté venirme fue porque buscaba un mejor futuro para mi hija y no porque deseara casarme contigo. Ya hemos hecho sufrir mucho a Jenny y yo no quiero destruir lo que ella se empeña en conservar —respondía Suyan cada vez.

Will comprendió que era el precio que debía pagar por haber traicionado la confianza de Jenny, tan segura de que no la engañaría nunca, y mucho menos con la muchachita que cuidaba de sus hijos. Por eso seguía junto a su esposa, manteniendo ante la sociedad la imagen de la familia feliz.

Jenny le comentó a su madre que las habladurías de la gente empezaban a molestarla, pues recibía constantemente los mismos comentarios. Ella le aconsejó que tuviera otro bebé, con suerte, llegaría la mujercita que tanto anhelaba; al mismo tiempo, acallaría los rumores. Así pues, Will le preguntó a Suyan si pensaba que debía tener otro hijo con Jenny. Con tristeza, Suyan contestó que lo que hiciera con su esposa no era de su incumbencia, que Jenny continuaba siendo su mujer ante la sociedad y que no le correspondía a ella inmiscuirse en sus asuntos para dar su opinión.

Tres meses después, cuando Carla acababa de cumplir los tres años, Will le informó que Jenny esperaba otro bebé. A Suyan le impactó la noticia, pues, hasta donde sabía, ellos no mantenían relaciones íntimas. Will le aseguró que seguían igual, que Jenny no quería ningún tipo de contacto con él, pero que había otros métodos, los cuales utilizaron.

Suyan le pidió que no le diera explicaciones, dedujo que habrían empleado un método artificial, algo que ella no tenía por qué saber. Will tampoco quiso entrar en detalles y no volvió a tocar ese tema.

Jenny y Will anunciaron la gran noticia y le exigió aparecer como el orgulloso padre del cuarto bebé que esperaban. El siguiente año, tuvieron un niño al que llamaron Oliver. Sin embargo, las cosas entre ellos no mejoraron, al contrario, cada vez estaban más distanciados, pero ella consiguió lo que quería: acallar los rumores sobre su matrimonio.

Cuando Carla empezó la primaria, Suyan decidió que era mejor mudarse a un departamento en la ciudad. Él estuvo de acuerdo y rentaron una casa en el área ubicada en el punto cardinal opuesto al área a la que él y su familia pertenecían. Mona permaneció con ellas y, mientras Carla estaba en la escuela, Suyan se la llevaba para que estudiara inglés. Mona era muy entusiasta a la hora de aprender y no batalló para dominar el idioma. Eso lastimó un poco el orgullo de Suyan pues, a pesar de haber pasado menos tiempo en el país, ya lo hablaba casi como una nativa. Así que, para no quedarse atrás, comenzó a comprar más libros en inglés y, mientras Carla hacía sus tareas, ella se sentaba junto a ella y se ponía a leer. A todo esto, Carla ya cursaba el segundo año de primaria.

Una vez le preguntó a su madre por qué el señor Will las visitaba tan seguido. Ella contestó que estaba muy agradecido con ella por todo el tiempo que cuidó a los niños. Carla quiso saber por qué solamente él y no sus hijos o su esposa. Su madre contestó que llevaban vidas muy ocupadas y que por eso solo él las visitaba, por si necesitaban algo o simplemente para comprobar que se encontraban bien. Carla creció con esa idea, estaba tan acostumbrada a él que con el tiempo la consideró como una situación natural.

Sus vidas continuaron estables. En ocasiones, Carla tenía que buscar en el periódico y cortar fotografías para sus trabajos escolares. Ahí vio a Will con su familia, en la sección de "Sociedad", asistían a uno de tantos actos benéficos. Ella tenía ocho años.

—¡Mira, mamá! Aquí sale el señor Will con su familia. Qué hermosa su esposa y todos sus niños —exclamó Carla entusiasmada.

Suyan solo asintió con la cabeza y ocultó su desconsuelo, fingiendo estar muy interesada en la lectura de su libro. Sintió pena por su hija, que nunca sabría lo que era tener una familia completa. Desde ese día, Carla comenzó a preguntar por su padre con más insistencia. Suyan le aseguraba que pronto regresaría. Y Carla aguardaba con emoción ese encuentro.

Will le daba dinero en efectivo a Suyan cada quincena. Con el fin de evitar inconvenientes, ella se encargaba de todos los pagos para que no relacionaran el dinero con él. Así Jenny no se enteraría de las cantidades que les entregaba y Carla no preguntaría por qué las mantenía.

Cuando Carla cursaba la secundaria, Will le preguntó si quería ir a la universidad y ella les confesó su deseo de ser enfermera. Él la animó y le pidió que siguiera siendo tan aplicada como siempre, ya que él se comprometía a pagar por la carrera que escogiera.

Ella lo abrazó y lo besó en ambas mejillas.

—Pero solo si tu madre acepta, por supuesto —se disculpó por haberlo propuesto sin consultarlo antes con ella.

Suyan confesó, con un nudo en la garganta, que nada la haría más feliz que ver a su hija terminar una carrera en la universidad. Estaba consciente de lo mucho que costaba una buena educación y, como ella no podría costearla, le agradeció a Will su ofrecimiento. A partir de entonces, Carla se esmeraba mucho en la escuela, resuelta a no desilusionar ni a su madre ni a Will. Y, cuando llegó el momento, se mudó a Pensilvania para estudiar enfermería.

Ahora, después de enterarse de lo que su madre le confesó, Carla sentía cierta angustia por las noches, se trataba de una zozobra que la agobiaba cuando, sola en su habitación, recapitulaba sobre lo que había escuchado. Le asustaba descubrir que las cosas que ella imaginó eran solo espejismos, pura ficción. Comprendía que esas situaciones no debían afectarle, pues estaban ya en el pasado, sin embargo, no dejaban de inquietarle. Como el simple hecho de saber que Will era su padre, que siempre estuvo a su lado mientras ella añoraba la llegada de un padre ficticio. En su caso, Carla no concebía mentirle a su hijo y hacerle creer que Rolf era su padre, al fin y al cabo, tenía que convivir con él cada día. Recapacitó y aceptó que eran situaciones diferentes, tal vez también lo habría hecho de ser necesario. Se estremeció solo de pensarlo.

Al mismo tiempo, le daba vueltas en la cabeza a lo que Mónica comentó en su última llamada. Casi sintió que su intención fue sugerir que Suyan era una madre posesiva y manipuladora, algo que ella nunca percibió. ¿Tendría razón? ¿Por eso no podía imaginar una vida sin ella? "No, no, no", Suyan no era posesiva, al contrario, le dio siempre libertad. Nunca la retuvo ni le cortó las aspiraciones, mucho menos la chantajeaba para mantenerla junto a ella. Su madre no era como las que siempre tenían que conocer todo lo que hacían sus hijas, tampoco la llamaba cada día constantemente para averiguar cómo estaba. No la sobreprotegió ni le mostró un cariño excesivo. No, eso solo la hubiera convertido en una persona dependiente, insegura. Por el contrario, ella era una mujer segura e independiente.

Mónica aseguraba que batallaba bastante con su propia madre porque era muy posesiva. Le enviaba continuamente mensajes con cualquier excusa. Consideraba que compartía un mal matrimonio con su padre y que por eso intentaba convencerse de que no perdía a su hija, necesitaba saber que todavía podía controlarla. Su amiga decía que por ese motivo sus dos hermanos eran unos inútiles, creían que mamá siempre los sacaría de sus problemas, no tenían que preocuparse por nada. Por consiguiente, la madre se quejaba porque ella jamás le consultaba, en cambio, sus hermanos no daban un paso sin su aprobación. Mónica no se dejaba manipular pues no quería convertirse en una dependiente emocional.

Eso tendría que ser, Mónica veía a su madre en todas partes, creía que todas las madres eran como la suya. Pero Carla estaba convencida de que Suyan no respondía a ese patrón, de lo contrario, no la hubiera dejado ir tan lejos a estudiar ni casarse con un hombre de un remoto país.

Suyan se había acostumbrado a estar sola y a no depender de nadie más emocionalmente. Tanto que nunca permitió que Will abandonase a su familia para trasladarse con ella. Y, aunque lo amó bastante, no sucumbió a sus encantos, ni siquiera cuando nació su bebé. Cuando la avisaron de que había dado a luz a una niña, se prometió que su hija jamás sufriría a causa de un padrastro. Aunque con el tiempo olvidó las atrocidades de Roberto. Se conformó por tanto con las ocasiones en que Will podía estar junto a ella. Para ella fue suficiente saber que él la amaba, esa seguridad era lo único que necesitaba.

Durante las noches en que prefería levantarse y no dar vueltas en la cama, Carla se dedicaba a poner orden entre las pertenencias de su madre. Así descubrió tres cajas de zapatos llenas de fotografías, algunas realizadas antes de que ella naciera.

En una, le sorprendió ver a Will abrazando a Jenny, los niños de pie junto a ellos. Jenny estaba radiante y él la rodeaba recargando su cabeza sobre la de ella, parecían muy enamorados. Seguramente, se encontraban en una fiesta. No era la gran casa de Charleston, sino la casa en Bogotá, sin lugar a dudas. Supuso que en ese entonces Suyan y Will ya se amaban a escondidas porque por detrás la fotografía llevaba escrito un agradecimiento por todos los años que los empleados ayudaron a la familia, tal vez se trataba de la despedida a todos los que habían trabajado con ellos durante sus años en Colombia. En otra foto, Will estaba con los niños y un sonriente bebé en brazos. Era ella, se encontraban sentados en la playa, haciendo figuras sobre

120

la arena. Suyan estaba de pie, muy cerca de ellos, seguramente, Jenny tomó la imagen. Además, en todos y cada uno de sus cumpleaños, Will y Suyan se hallaban junto a ella mientras, emocionada, soplaba las velas del pastel. Recordó que cada año, al finalizar el curso escolar, era su madre quien asistía a la entrega de calificaciones, pero, invariablemente, por las noches salían con Will a un restaurante cerca de casa para celebrar.

Ahora se daba cuenta de lo que por años desconoció, pero que siempre estuvo a la vista. Sentía enojo por el engaño, pero sobre todo por haber sido tan ilusa, por haberse acostumbrado tanto a la presencia de Will que no consideraba nada extraño contar siempre con su asistencia en fechas importantes.

A través de todas las fotografías de cuando era bebé, pudo percibir la amorosa mirada de Will hacia ella. No había visto antes la mayoría de esas fotos, en las que Will jugaba con ella, le daba el biberón o, simplemente, la sostenía mientras estaba sentado, ya fuera en el sillón o en la mecedora. Supuso que su madre evitó mostrárselas para no levantar sospechas. Mientras contemplaba las imágenes una y otra vez, no podía contener el llanto. Comprendió que, definitivamente, siempre sintió ese amor de padre que Will le brindó. Tal vez por eso, pasados los años, ya no preguntó a Suyan por su padre, lo sentía cerca, estaba a su lado siempre.

Una vez más se asombró por las sonrisas desplegadas en los rostros: todos los problemas que intentamos borrar con una sonrisa, ese afán por demostrarle al mundo que nuestra vida es perfecta y que tenemos lo que queremos. Pasaron por su cabeza las veces que asistía a la boda de algún conocido. A ella y a Mónica les gustaba apostar cuántos años duraría la feliz pareja hasta el divorcio. Sus novios opinaban que era una práctica bastante cruel, pero ellas se defendían explicando que era solo una realidad, pues se dice que el cincuenta por ciento de los matrimonios terminaba en divorcio.

—Se puede intuir quién se casa por amor o solo por soledad, o la chica que siempre ha soñado con la boda de sus sueños y al fin logró convencer a alguien que encajara en su utópica estampa —comentaba Mónica.

Carla se preguntaba si Jenny sabía todo lo que Will hacía por ella y su madre y el tiempo que pasaban juntos. Imaginó que Will debía de haber querido mucho a los hijos que tuvo con Jenny y deseaba, tal vez, que ellos no supieran de la existencia de su media hermana.

Will falleció de un infarto mientras ella andaba de vacaciones con Jetta y Mónica. Ahora suponía que su madre no asistió al funeral, Jenny la hubiera echado del lugar inmediatamente. Carla se preguntaba cómo habría reaccionado Jenny al enterarse del testamento de Will y lo que les heredaba a ellas. Mas sabía que Will era un hombre sensato que no las habría expuesto a una situación desagradable, seguramente, había dejado todo en orden para cuando ese fatal momento llegara. Tal vez un abogado había visitado a Suyan y le informó los deseos de Will antes de morir, casi estaba segura de eso, pero no quería molestar a su madre recordándole esos momentos tristes y, además, ya no era pertinente. Había visitado el cementerio y llevado flores a su tumba, junto con Suyan. Ahora entendía por qué su madre daba vueltas antes de acercarse, no quería encontrarse con alguno de sus hijos, mucho menos con Jenny, y ser objeto de reclamos.

Aunque sintió coraje contra su madre por haber llegado tan lejos con Will, ahora experimentaba lástima por ella. Siempre se mantuvo al margen de todo en la vida de Will. A pesar de amarlo tanto, no podían vivir juntos. Verlo solo algunas horas al día, no poder disfrutar de los domingos o de las vacaciones junto a él y su hija, haberse resignado a esa vida y nunca quejarse de nada... Suyan estaba convencida de que era lo que se merecía.   «¿Y qué pasa con esas personas que van haciendo daño a lo largo de su vida y sienten que merecen lo mejor? ¿Esas personas que creen que únicamente reciben lo que les corresponde, que perjudican y salen airosas? Definitivamente, la vida es muy injusta», pensó.

13

Los días transcurrían y la salud de Suyan menguaba conforme avanzaba el tiempo. Ya no sentía el deseo de levantarse y prefería seguir acostada. Dormía mucho y comía poco. En ocasiones, parecía ausente y, otras veces, no tenía ganas de ver ni hablar con nadie. Carla no la presionaba, pero, cuando descubría que dormía, entraba sigilosamente y se quedaba a su lado, eso la confortaba.

Decidió que era el momento de que Rolf y Julio viajaran y se lo hizo saber. Llegaron cuatro días después, eso levantó sus ánimos, también los de Suyan. Pareció mejorar, estaba despierta y consciente por períodos más largos, platicaba con ellos y le gustaba escuchar a Julio cuando hablaba de Elin y sus amigos, de sus anécdotas en la universidad y de sus planes en la vida. Era como si al prestarle atención revalidara que todos los sufrimientos y penurias por los que pasó habían valido la pena. El ver a Carla junto a su esposo y su hijo la llenaba de satisfacción.

Los últimos días, el médico les aconsejó llevarla al hospital, ellos opinaban que, de todas maneras, el final era ya algo inevitable y decidieron que permaneciera en su casa. Eso le daba tranquilidad a ella y, a fin de cuentas, era lo que deseaban: que estuviera en calma.

Carla no quería separarse de ella ni un solo minuto. Rolf la convenció de que había sido una buena hija y de que su madre estaba muy orgullosa de ella, que debería estar satisfecha, pero insistió en que tenía que descansar, pues no sabían con certeza cuánto tiempo duraría su agonía.

—Pueden ser unas cuantas horas o, igual, días o, tal vez, un par de semanas —explicaba Rolf.

Ella lo sabía bien, pero quería estar presente hasta el último momento, hasta su postrero aliento. Era simplemente una forma de agradecerle todo lo que había hecho por ella, todos sus esfuerzos y sacrificios.

Mónica y Jetta preguntaron si deseaba que la visitaran, pero les pidió que, por favor, no lo hicieran. Ellas comprendieron que quería estar a solas con su familia, en esos momentos tan agotadores y desoladores. Captaban la gran pérdida que representaba para Carla la muerte de su madre, la única persona que estuvo a su lado durante toda su vida. No querían presionarla y le contestaron que, cuando lo necesitara, les avisara y acudirían a su lado.

Después de ocho días desde la llegada de Rolf y Julio, Suyan falleció. Fue una muerte serena e imperceptible, simplemente, dejó de respirar.

Esa mañana, Carla terminó de desayunar y subió a sentarse al lado de la cama de su madre, como lo hacía cada día. Suyan señaló que notaba muy reseca la piel de las manos.

—¿Quieres que te ponga crema? —se ofreció Carla.

Suyan entreabrió los ojos.

—Sí —susurró con voz suave y apagada.

Carla se levantó, cogió la crema que tanto le gustaba y empezó a frotarle las manos. Suyan, con los ojos cerrados, esbozó una leve sonrisa. Carla le platicaba mientras masajeaba el dorso de la mano.

—Creo que es mejor que compre un tubo nuevo de crema, este ya casi se termina.

Pero Suyan no contestó ni reaccionó.

—Mamá, ¿estás bien?

Suyan siguió inmóvil. Carla se acercó para ver si respiraba y le tomó el pulso.

Rolf y Julio subieron corriendo al oír el llanto de Carla y, al verla llorar mientras abrazaba a su madre, supieron que el final había llegado.

Al siguiente día, incineraron su cuerpo y se dirigieron a la playa para esparcir sus cenizas. Carla se sentía devastada, sin embargo, luchaba por mostrarse serena y no preocupar ni a su esposo ni a su hijo.

Llamó al padre Alfonso y pidió unas misas por el eterno descanso de su madre. Él le brindó unas alentadoras palabras y le aseguró que la extrañarían mucho en los diferentes grupos en los que había participado y, sobre todo, las personas que habían convivido con ella.

—Era una gran mujer, Carla, debes sentirte afortunada por haber compartido tanto tiempo con ella. —Fueron las palabras con las que el padre dio por terminada su conversación.

A pesar de todo, a ella no le parecía suficiente. Deseaba que su madre hubiese vivido más años, que llegara a los ochenta o noventa, como tanta gente. En su interior experimentaba rabia, lamentaba que la vida fuera tan injusta. Después se arrepentía y agradecía el tiempo que la disfrutó.

Comenzaba el mes de mayo, ella permaneció en Charleston, por el contrario, Rolf y Julio volvieron a Noruega, pero quedaron de regresar al comenzar las vacaciones de verano. Carla pasó una temporada a solas, cumpliendo con los deseos de su madre. Las tres primeras semanas de junio, Mónica y Jetta las pasaron con ella. Eso la ayudó a olvidar un poco el dolor y el vacío que la agobiaban. Después de todo, a nadie le habló sobre lo que su madre le había confesado, ya era suficiente su aflicción como para atreverse a abrir una llaga más. Consideraba que no estaba en condiciones de conjeturar de nuevo acerca de cuestiones del pasado que ignoraba.

Jacinta lloraba inconsolablemente, la consternaba la muerte de Suyan. Afirmaba ser afortunada por haberla conocido y, sobre todo, por haber trabajado para ella.

—Era muy buena conmigo, casi puedo asegurar que era como una madre también para mí, doña Carla —se lamentaba constantemente.

Jacinta había tenido una vida bastante triste y difícil. Su padrastro abusó de ella y su madre la culpaba por provocarlo. Hasta que un buen día andaba tan borracho que la golpeó y la estrujó tanto por haberse negado a sus deseos que casi la manda al hospital. Un tío suyo entró en su casa y, al ver el deplorable espectáculo, agarró a Jacinta en brazos y la sacó de ahí, mientras su madre, indiferente, calentaba la comida para la cena. Vivió con su tío algunos años, pero la esposa no la quería y le hacía la vida imposible.

Un día, caminaba Jacinta con la vecina, una chica pizpireta y amiguera, por la plaza que frecuentaban los domingos. Conocieron a un chico, aparentemente, de mucho mundo que las embaucó y les prometió una vida de lujos y riqueza en el extranjero. Les aseguró que le habían caído tan bien que les cobraría solo la mitad de lo que los organizadores cobraban por viaje. Sin dudarlo, la vecina decidió que se iban con él, pero Jacinta, con tristeza, confesó no contar con la cantidad requerida. Él le acarició la mejilla y dijo que no se preocupara, que la llevaría y, después, ella le iría pagando. La inocente criatura no podía creer tanta fortuna. Emocionadas, lo abrazaron y acordaron estar listas el siguiente domingo.

El tío estaba un poco escéptico, pero le consolaba el saber que Jacinta iba con Alma, la vecina, que tenía familiares en Houston. Le hizo prometer que escribiría y le daría noticias de su vida, para estar seguro de que todo iba bien.

Y temprano el domingo, partieron las chicas con el bondadoso muchacho a su espléndido destino. No tardaron mucho en descubrir que habían sido engañadas. De El Salvador llegaron a Guatemala y ahí se subieron a La Bestia, el conocido tren que utilizan los emigrantes para cruzar a México y seguir hacia el norte. Durante su recorrido fueron objeto de muchos abusos y estafas. Pero su destino estaba ya tan cerca que no podían echarse atrás.

Decidieron cruzar por Nuevo Laredo, en México, ya que tenían miedo de hacerlo por Tijuana, debido a la cantidad de historias tan tristes que habían escuchado. El chico aseguró que no había problema, que las llevarían por donde querían, pero que antes tenían que pagar todo lo que le debían, pues habían costado mucho más de lo acordado.

Antes de llegar a la frontera, trabajaron en un pueblo como prostitutas por dos años. Hasta que una tarde, el chico, del que nunca supieron cuál era su verdadero nombre, perdió la vida en una riña con un par de borrachines.

Las asustadas chicas no perdieron la oportunidad, cogieron el dinero que el muchacho guardaba debajo del colchón y huyeron de la casucha. Caminaron por la carretera, hasta que un trailero se detuvo y les preguntó si necesitaban un aventón. Le pidieron que las cruzara por la frontera. El hombre, don José, se apiadó de ellas y las escondió entre la mercancía que transportaba.

Al llegar a la frontera, en el puente, José estaba muy nervioso, pues nunca había ocultado a personas. Jacinta y Alma sudaban y temblaban de miedo entre las cajas. No entendían lo que pasaba afuera, pero oían las voces de los aduanales que examinaban el tráiler cada vez más cerca al lugar de su escondite.

Estaban ya quitando la caja frente a ellas cuando una sirena empezó a sonar y todos se apresuraron a ver lo que sucedía. Los hombres bajaron corriendo y le pidieron a José que manejara y se alejara del lugar ya que estaba todo en orden. No descubrieron qué sucedió, José no pudo quedarse a investigar, lo que quería era pasar y dejarlas en lugar seguro. Jacinta aseguraba que don José no aceptó ninguna clase de pago.

Les fue más fácil de lo que imaginaron dar con la familia de Alma y se pusieron a trabajar en el restaurante que tenían. Las dos pagaban renta por un cuarto que compartían. Ellas estaban felices y soñaban con el brillante futuro que les esperaba. Pero Alma no era muy lista al escoger sus parejas y siempre acababa con hombres abusadores y violentos. Jacinta la respetaba mientras no se metieran con ella ni los invitara a su vivienda, el diminuto departamento donde se alojaban. Le advertía que tuviera cuidado, que terminaría mal si seguía con ese tipo de hombres. Y así llegó Chuck a sus vidas, un joven muy bravucón y pendenciero, amante del dinero fácil. Le quitaba a Alma todo lo que ganaba y le pedía prestado a Jacinta, que se negaba la mayoría de las veces a entregárselo.

Una noche, a Jacinta le tocó cerrar el restaurante, ya estaba sola, lista para salir. Al momento de apagar las luces, entraron Alma y Chuck. Alma estaba asustada y él la empujó y le exigió que abriera la caja y le diera todo el efectivo. Jacinta se negó argumentando que no podía hacerlo, no tenía la llave para abrirla. Pero él las encerró en la bodega donde guardaban los víveres y, a golpes, forzó la caja, agarró el dinero y salió corriendo. Las chicas se quedaron atrapadas en la bodega hasta el día siguiente.

Alma le suplicó que no revelara que su novio había sido el ladrón, que si lo hacía ya no le volvería a dirigir la palabra. Y Jacinta no tuvo más remedio que mentir y decirle a la familia que tanto le había ayudado que un hombre armado las encerró y se llevó el dinero.

Eso la entristeció y se dio cuenta de que junto a Alma no la esperaba un buen porvenir. Así que cogió sus pertenencias, les agradeció a los señores por su buena acogida y gran apoyo y partió a otro lugar.

Pero Alma le había dicho a Chuck que Jacinta marcharía y que él podría compartir el cuarto con ella. Él imaginó que Jacinta llevaría sus ahorros y la siguió sin que ella lo notara, hasta que llegaron a un callejón y la asaltó. Le exigió el dinero y ella se negó, él sacó un cuchillo y la apuñaló en el vientre, a continuación, la dejó tirada. Jacinta pedía auxilio, pero nadie la oía. Se sentía muy débil y cerró los ojos, sintiendo cómo la vida se le acababa.

Cuando abrió los ojos de nuevo, estaba en un hospital, con sondas en el brazo y aparatos conectados que emitían sonidos intermitentes. No comprendía mucho inglés, pero entendió que una mujer la encontró malherida y llamó a la ambulancia.

Jacinta tenía mucho miedo de ser deportada, así que, cuando se sintió mejor, agarró sus pocas pertenencias, unas cuantas ropas y, para su sorpresa, se percató de que Chuck no le había quitado el dinero. Seguramente, se asustó al verla sangrando y huyó del lugar. Se quitó la bata, se cambió y salió por la puerta sin que nadie se diera cuenta.

Decidió acudir a los tíos de Alma y contarles la verdad, pues además no tenía a dónde ir. A los pocos días, detuvieron a Chuck, Alma se enojó con ella y, como había prometido, no le dirigió más la palabra. Desgraciadamente, los tíos le dieron la mala noticia de que había perdido la matriz con las puñaladas recibidas y que nunca podría tener hijos. Eso la entristeció, pero no la destrozó. Cuando Jacinta se recuperó, sintió que su vida ahí ya no tenía sentido. Viajó a varias ciudades antes de llegar con el padre Alfonso, donde Suyan la contrató para que trabajara en su casa.

14

Así fue su viaje final a Charleston. Y hasta aquel día, después de ocho meses desde la pérdida de su madre, no se atrevía todavía a contarle a Rolf la historia que no conocía. No imaginaba que extrañar a su madre fuera a doler de tal manera. Mónica se preocupaba por ella, le pedía que hiciera luto, pero que saliera adelante.

—Necesitas reaccionar, Carla, no puedes seguir así.

Ella se defendía contestando que sí lo intentaba, pero que le resultaba difícil.

—Tú nunca has perdido a nadie, Mónica, no sabes lo que significa, así que no pretendas convencerme sobre una situación que no entiendes —respondió durante su última conversación, bastante irritada.

Mónica se disculpó argumentando que su intención era simplemente ayudar.

—Pues entonces trata de comprenderme y no de juzgarme. Estoy triste, me siento destrozada, ten un poco de compasión —rogó entre lágrimas, aunque más tarde se arrepintió por su reacción con Mónica. La admiraba porque era de las pocas personas íntegras que conocía; era una mujer congruente con lo que sentía y lo que decía, no andaba con dobleces. Para muchos de sus conocidos era una mujer grosera y ruda de modos; hasta decían que estaba amargada. Carla sentía que le temían porque sabían que lo que decía era la verdad.

Carla tampoco quería sentirse así, pero era algo que no podía controlar. Frente a Bente y Tuva demostraba fortaleza, no quería que sintieran lástima por ella, tampoco les mostraría su debilidad. Lo mismo ante Rolf y Julio, pues lo que menos deseaba era preocuparlos. Por lo tanto, lidiaba sola con su desconsuelo, con la esperanza de que pronto terminara.

Los días en la cabaña trascurrieron sin contratiempos. Le ayudó que Rolf estuviera esos días con ella. Salieron por el centro de compras y, de paso, cenaron en un restaurante. El sábado, él la invitó al cine y luego fueron a un bar. El domingo, en cambio, se quedaron en la casa y dieron una larga caminata con Drago. Ese día lo aprovechó y, después de desayunar, le dijo a Rolf que tenía algo que hablar con él. Se dirigieron a la sala y se sentaron en el sillón.

—Es algo que sucedió en la última visita a mi madre, algo que yo ignoraba y que aún me cuesta aceptar. No quiero tener secretos contigo y creo que debes saberlo —comenzó Carla y él se acomodó en el sofá, un tanto extrañado por su tono.

Se lo contó todo, tal y como su madre se lo había dicho. A Rolf le impactó sobremanera que Will fuera su padre. Lo conoció y lo apreciaba, de hecho, fue él quien acompañó a Carla hacia el altar el día que se casaron. Así mismo, sin saber que era su padre, era consciente de que Carla lo quería y lo respetaba, comprendía que había sido una persona especial en su vida.

Ella lloraba y él la tomó entre sus brazos, intentando tranquilizarla. Intuía el gran peso que la agobiaba y por qué estaba tan ausente y compungida. Al fin y al cabo, se le habían juntado demasiadas circunstancias: la enfermedad de su madre, su muerte, descubrir que Will era su padre y las atrocidades de Roberto, el dolor de saber que su madre había enfrentado sola la vida. Se enteró al mismo tiempo de todo, más los problemas de Alexander, Tuva y Bente. Rolf sintió una gran pena por ella y remordimientos por presionarla para terminar con la tristeza que la embargaba.

—Discúlpame por haber sido tan insensible. Pero no tenía idea de todo lo que te aflige —confesó Rolf mirándola a los ojos.

Ella se alegró por al fin haber compartido con él lo que tanto la consternaba. Aunque no le había mentido, tenía el sentimiento de estarle ocultando un secreto, de no haber sido sincera con él.

—Y hay algo más que debo confesarte —añadió bajando la mirada.

Rolf negó con la cabeza.

—No, déjalo para otro día. Ya no te atormentes con estas cosas. Lo podemos hablar mañana o pasado mañana. Ven, vamos a caminar, eso te hará sentir mejor —sugirió y se puso de pie.

Ella pensó que era buena idea, no estaba muy segura de si revelar el incidente con Pavel sería recibido con la misma gratitud.

Al día siguiente, Rolf intentó distraerla y animarla. Llenó un termo con café y empacó algunas galletas de avena, preparó emparedados de atún, los favoritos de ella, y lo colocó todo en su mochila. Era un día soleado y frío. La condujo por una vereda por la que ella nunca había caminado. Subieron una colina y llegaron a la cima. Ahí se sentaron y comieron lo que llevaban.

Carla empezó a sonreír, su semblante se veía más sereno y relajado.

—Te ves hermosa cuando sonríes —comentó él y le acarició la mejilla. De inmediato, le tomó una fotografía con su móvil y la posteó en sus medios sociales.

Ella recordó cuando su madre le pidió que no dejara de reír, su expresión cambió al instante.

—Lo siento, es que todo me recuerda a mi madre, ¡la extraño tanto! —se disculpó y retiró un par de lágrimas de su rostro. Y de nuevo sintió esa incongruencia entre las sonrisas de las fotos publicadas y el enorme vació que tanto la angustiaba.

—Y es de lo más normal. No te sientas mal por eso. Ahora que me has contado lo que sucedió, es bueno que hablemos, eso aliviará tu congoja. Recuerda que me tienes a mí y que puedes contar conmigo para todo.

Y el llanto no se hizo esperar.

—Tengo que decirte algo.

Él le hizo seña de que callara, pero ella suplicó que la dejara continuar y le platicó el incidente con Pavel, tal y como sucedió. Cuando terminó de contarlo, él se lo agradeció, pero le confesó que no entendía por qué la atormentaba tanto un episodio que no llegó a mayores.

—Porque me sentí muy tonta. ¿Cómo pude ser tan ingenua?

—Eres demasiado estricta contigo misma. No puedo enojarme por algo que no sucedió. Al contrario, ahora te admiro más y sé que puedo confiar en ti completamente.

Carla se sintió totalmente aliviada. Una vez más, descubrió que no conocemos a las personas como creemos. Le preocupaba demasiado el no saber cómo reaccionaría él y, de nuevo, le sorprendió su actitud.

Rolf se acercó y la abrazó; ella se apretó a él.

—¡Gracias! ¡Te amo tanto! —susurraba ella en su oído.

—Y yo a ti —contestó él.

Haber hablado con su esposo la ayudó a sentirse diferente. Empezaba a encontrarse animada, reía y sonreía con más facilidad, ya no experimentaba esa pesadumbre en el alma. Mónica también lo notó.

—Me alegra oírte más contenta —comentó en su última conversación.

—Lo siento, sé que fui grosera y mala amiga, pero ¡estaba tan mal! Recuerda que la única persona que siempre, invariablemente, estuvo a mi lado, en las buenas y en las malas, en mis alegrías y en mis fracasos, fue mi madre. Nunca la olvidaré y espero que la tristeza desaparezca en corto tiempo.

Mónica aseguró que no tenía por qué disculparse, que todos pasamos de pronto por momentos difíciles y que para eso son las amigas, para alentarse y apoyarse mutuamente.

Con el paso de los días su ánimo mejoraba, sin embargo, los problemas de Alexander y Tuva se acrecentaban.

En febrero, las niñas tuvieron una semana de vacaciones, Alex preguntó si podrían alojarse en la cabaña esos días. Carla y Rolf se alegraron de que por fin empezaran a limitar sus gastos. Les dejaron esos días la casa solo para ellos, con el afán de que la disfrutaran y se decidieran a pasarla más seguido ahí.

Rolf le llamó para explicarle que, si la leña no era suficiente, le avisara para pedirle a Kevin que llevara más. Fue cuando se enteró de que solo estarían Alex y las niñas, Tuva viajaría con Bente al extranjero, a un hotel de lujo, en el que recibirían masajes y tratamientos de belleza por una semana.

Rolf no quiso preguntar, pero imaginó que era un regalo de Bente, algo que le molestó porque seguía entrometiéndose en sus vidas y fomentando lo que causaba problemas entre ellos. Si Alex ya se había decidido a bajar el ritmo de sus gastos, le parecía de muy mal gusto que Bente le ofreciera a Tuva lo que Alex no podía darle. Tal vez Bente no lo hacía con mala intención, pero dejaba a su hijo en una incómoda posición ante su esposa. Si Bente le proponía a Tuva la vida que se negaba a abandonar, la seguiría teniendo de aliada.

Carla sugirió pasar unos días con ellos, para ayudar a Alex con las niñas, lo que este le agradeció. Por su parte, Rolf llegó el viernes a mediodía. Las niñas estaban contentas, parecía no afectarles mucho la ausencia de su madre. Al contrario, tal vez era mejor para ellas no presenciar las constantes discusiones de sus padres.

Alex no habló de su situación ni de sus problemas en todos esos días y ellos tampoco lo presionaron. Comprendieron que quería relajarse y olvidar sus preocupaciones. De hecho, Alex salía a caminar y daba largos paseos con Drago mientras las niñas se ponían a cocinar con Carla. Hacían magdalenas y galletas que después decoraban, con lo que se divertían de lo lindo.

El domingo que se despidieron, Alex les agradeció infinitamente por esos maravillosos días que pasaron juntos, así mismo, las niñas propusieron hacerlo más seguido, todos estuvieron de acuerdo y aseguraron que así sería.

Carla y Rolf durmieron esa noche en la cabaña. Decidieron no ver la televisión y sentarse y disfrutar un momento del silencio y la tranquilidad. No era porque las niñas fueran traviesas o fastidiosas, eran muy bien portadas, pero no habían tenido tiempo para ellos solos. Se acomodaron en el sillón, con sus copas de vino y un plato con quesos surtidos. Carla apagó las luces y encendió velas; Rolf puso música de fondo.

—Me da gusto verte tan feliz de nuevo —comentó él.

—Me siento muy bien. El haber ayudado a toda esa gente, bueno, aunque por deseos de mamá, me ha llenado de satisfacción. He recibido cartas de algunos de ellos, no se cansan de agradecerme.

Rolf la interrumpió:

—Disculpa, pero hace unos días me platicabas sobre la casa de Charleston.

Carla agitó el dedo índice en el aire.

—¡Cierto! Era referente a la casa en la que mamá vivió. Un señor me contactó porque quiere comprarla. Pero, no sé, no estoy segura de si deberíamos deshacernos de ella.

Rolf la miró pensativo, sin responder de inmediato.

—Si la vendemos, tenemos que regresar y sacar todas las cosas para que ellos la puedan habitar —agregó Carla.

—Sobre eso no quiero opinar, es algo muy personal. Tú decides, yo solo apoyaré tu resolución. Hay muchos recuerdos y vivencias compartidos con tu madre en esa casa. Tómate tu tiempo, no des una respuesta apresurada.

Ella consideró que tenía razón. Todavía estaba vulnerable como para tomar decisiones de esa índole. Sería sensato responder que, de momento, no estaba en venta, tal vez en un futuro.

Siguieron arrellanados, conversando y comiendo, mientras Drago correteaba persiguiendo una mosca que se había metido en la casa. Carla se sentía en paz, aunque su tristeza todavía estaba latente. Rolf le daba la seguridad de que pronto todo estaría bien, que su vida seguiría con la estabilidad a la que estaba acostumbrada.

Al oírlo hablar y reír, se convenció de que estaba con el hombre indicado y de que no se había equivocado al elegir hacer una vida junto a él. Eso no significaba que lo necesitara para ser feliz, no obstante, la complementaba y la convertía en una mejor persona.

15

La primavera estaba por llegar y Carla sugirió comprar algunas plantas para sembrar en la cabaña. Iría el jueves, para pasar el fin de semana trabajando en el jardín, segura de que las niñas lo disfrutarían igualmente. Rolf estuvo de acuerdo.

Marchó temprano al centro. Pasaría por la biblioteca a devolver unos libros y sacar otros, luego, compraría la despensa y las plantas. Cuando salía de la biblioteca, decidió sentarse en un café y beber algo, eran ya las doce y media así que optó por comer también. Ordenó un té helado y una ensalada con pasta. Se dirigió a una de las mesas desocupadas y esperó a que le llevaran la orden. No supo qué hacer cuando vio a Pavel acercarse hacia ella. Desde el incidente en la sala de su casa, no había vuelto a verlo ni había hablado con él. Sintió cómo la ira se apoderaba de ella.

—Carla, por favor, solo quiero disculparme contigo —explicó antes de esperar la reacción por parte de ella.

Eso la ablandó y le señaló que se sentara. Él siguió hablando:

—Te llamé muchas veces para pedirte perdón, pero nunca contestaste. No me pareció buena idea volver a tu casa. Me sentí muy mal, sabes que en verdad te aprecio.

Carla lo miró a los ojos.

—Si en verdad me aprecias, ¿por qué lo hiciste?

Él bajó la mirada.

—Porque, al mismo tiempo, estoy consciente de que eres una mujer muy hermosa. No sé, me dejé llevar. Creí que no habría problema. Me equivoqué. No volverá a suceder. ¡Te lo aseguro! Quiero que sigas siendo mi amiga. ¡Te aprecio!

Parecía sincero y ella le sonrió.

—Está bien, yo también te quiero, ¡como amigo!

Pavel se acomodó en la silla.

—Lo sé y eres una mujer con valores y principios. Rolf es un hombre afortunado.

—¿Quieres comer algo? Yo invito.

Él respondió que no era necesario, que comería, pero que él pagaría. Se levantó y se dirigió al mostrador.

Carla recibió su comida y decidió esperar por Pavel. Cuando volteó para ver si ya era su turno, le sobrecogió ver a Tuva entrar por la puerta. Intentó no llamar su atención, pero sus miradas ya se habían cruzado y ella, de inmediato, caminó hacia su mesa. Se sentó tan abruptamente sobre la silla que temió que la quebrara y cayera al suelo.

—Qué bueno que te encuentro, desde hace tiempo necesito hablar contigo. Es sobre la herencia de Alexander. Pasamos por una situación difícil, por lo que te agradecería que convencieras a Rolf para que le entregue lo que le corresponde, cuanto más pronto, mejor —exigió Tuva yendo al grano—. Es urgente, Carla, no podemos esperar más, ¿entiendes?

139

Carla la miraba sin contestar, apretando las mandíbulas con fuerza. No quería perder el control y empezar una discusión, tampoco estaba dispuesta a aceptar sus exigencias. Mientras tanto, Pavel se dirigía a la mesa, pero al ver el semblante iracundo de las dos mujeres, consideró que era mejor esperar un poco.

—Necesito una servilleta y unos cubiertos —contestó Carla poniéndose de pie y la dejó plantada.

Tuva se levantó enojada y la siguió. La alcanzó y la tomó del brazo. Sin embargo, Carla ya estaba muy cerca de Pavel.

—¡Hey, Pavel! ¡Qué gusto verte! ¿Cómo estás? —lo saludó abriendo los ojos desmesuradamente.

—¡Hola, Carla! Qué bueno que te veo. Eh, ¿podemos hablar un momento? —preguntó un poco inseguro, no sabía lo que ella esperaba de él en ese instante. Observaba a Tuva detenidamente, sentía que la había visto antes, aunque no alcanzaba a recordar dónde.

Carla volteó hacia Tuva, sacudiéndose su mano de encima.

—Lo siento, hablamos en otra ocasión. Este no es ni el momento ni el lugar adecuados para hablar de ese asunto, Tuva.

Su atacante se quedó perpleja. Carla salió airosa del incómodo encuentro. Pavel la acompañó y se sentaron a la mesa. Tuva estaba tan desconcertada que no se dio cuenta de que Pavel llevaba servilletas y cubiertos para los dos, pues Carla ya se los había pedido. A Carla le tomó un poco de tiempo reponerse del desafortunado incidente. La vio partir y menear la cabeza bastante disgustada. Por su parte, Pavel, en silencio, esperaba una explicación.

Ella espiró ruidosamente.

—Lo siento. Pero esa mujer ¡me saca de quicio!

—Me di cuenta por tu reacción, aunque ella parecía más enfadada. ¿Quién es? Se me hace conocida, pero no la ubico. La he visto antes, pero nunca he hablado con ella.

Ella lo explicó a grandes rasgos, no quiso entrar en detalles. Comentó que tenían problemas financieros y que quería que su esposo se los resolviera.

—¡Qué cómoda! Gastar lo que no tienes y esperar que otro pague por ti. ¡Vaya si es lista! ¿Cómo no se me ocurrió eso a mí antes?

Carla rio.

—Y a ti, ¿cómo te va? ¿Conseguiste trabajo ya?

La comida de él llegó.

—No a tiempo completo, pero lo necesario para vivir y mandarle a la familia.

—Me da gusto oírlo, la última vez que nos vimos dijiste que la pasabas bastante mal.

—No me recuerdes la última vez, por favor. No tienes idea de lo mal que me sentí después. ¡Fui un bruto!

—No te apures, eso debe quedar en el ayer. Todos hacemos tonterías de vez en cuando. —Intentó levantarle el ánimo, se veía bastante apenado.

—Nooo, dudo que tú hayas hecho alguna torpeza. ¡No te creo! Es más, ¡soy testigo!

Ella siempre cargó con ese estigma, daba tal impresión de rectitud y templanza que la gente la creía incapaz de cometer errores. Algo que la enorgullecía en un principio, sobre todo, en su época de estudiante, no obstante, con el tiempo lo terminó considerando un lastre, pues parecía que todos esperaban mucho de ella. O tal vez ella se exigía demasiado.

—Claro que sí. Tengo casi cincuenta años, imagina la cantidad de disparates que he cometido. Recuerda que las apariencias engañan.

Continuaron platicando, ella le invitó al postre y le contó lo sucedido con su madre el año anterior. Él le hablaba de sus niños y de cuánto los extrañaba.

—¿Y por qué no te regresas a tu país?

—Porque la situación no está tan bien. Mi esposa trabaja como maestra de primaria y junto con lo que le envío viven mejor. Espero volver pronto, no es muy agradable el estar solo sabiendo que ellos están allá y me necesitan.

Sintió pena por él. Quería ayudarlo, pero no se le ocurría la manera de hacerlo. Platicaría con Rolf sobre el asunto, él era más objetivo en esas cosas.

141

—¿Y qué es lo que haces, Pavel?

—De todo un poco —respondió con una amplia sonrisa.

—Sí, pero como qué. Tal vez pueda ayudar dándote algún trabajo.

—Pues mira, a veces trabajo unas horas en un taller mecánico, otras, manejo algún tráiler y, en ocasiones, pinto casas u oficinas. Lo que salga, ¡hago de todo!

Lo observó admirada.

—¡Uy! Vaya si eres un milusos. Pero ¿eres conductor de tráilers, mecánico y también pintor? ¿Estudiaste todo eso?

—No, no, no. Tengo contactos en el bajo mundo, donde es fácil conseguir licencias, títulos o lo que necesites. Claro que debes tener conocimientos para que no te pesquen. Mi padre era mecánico, así que en mi adolescencia le ayudaba y me ganaba algo de plata, aprendí mucho sobre autos. Y, en cuanto a lo de chofer de tráilers, hice algunos viajes para una compañía en la que trabajaba un tío, también por ganar un poco de dinero en mi tiempo libre.

Carla comentó que ella siempre había deseado manejar un tráiler, que le parecía un trabajo muy placentero y divertido.

—Pues si quieres, te consigo una licencia de conductora, para que no pagues tanto ni tomes todos los cursos tan costosos —ofreció amablemente.

Ella rio.

—¡Es una propuesta muy tentadora! Pero me daría miedo cometer un accidente y perjudicar a gente inocente. Jamás he manejado un vehículo tan grande.

—Es solo cuestión de práctica y a mí, en lo personal, no me agrada mucho, es un tanto aburrido manejar largas distancias sin compañía.

—No lo había visto así, pero sigo pensando que parece una ocupación interesante.

Le comentó que su madre viajó de Lima, en Perú, hasta Bogotá, en Colombia, en tráiler. Habló sobre los hermosos paisajes que Suyan le describió. Pavel confesó que le gustaría mucho conocer esos países tan lejanos e interesantes.

—Tal vez yo no lo logre, pero quiero que mis hijos conozcan todos esos lugares a los que yo no pude viajar. A mis padres les encantaba Elvis Presley, adoraban su música. Mi padre le aseguró a mamá que la llevaría a Graceland y también a Nueva York, para que conociera la famosa torre a donde King Kong trepó. Trabajó mucho y ahorró dinero para cumplir su promesa, pero de repente se enfermó y, al poco tiempo, falleció. Tenía cirrosis hepática, odiaba ir con los doctores y nunca se atendió. Demasiado *vodka*, ¿sabes?

Él decidió cambiar de tema, sabía que Carla extrañaba mucho a su madre y, además, no deseaba dar mucha información en cuanto a sus trabajos esporádicos.

—Y, volviendo a tu querida amiga —la embromó—, ¿por qué no la desapareces? Ese tipo de personas no merece vivir.

Ella dejó escapar una risotada.

—Si fuera tan fácil, ¿crees que no lo hubiera hecho ya? ¡Ya hubiera contactado a Dexter hace tiempo! —le siguió la broma.

—En esta vida todo tiene solución. Bueno, casi todo. Veré lo que puedo hacer.

—Sí, envíala a la luna, por favor —contestó entre risas. Le echó un vistazo a su reloj y advirtió que ya se le había hecho muy tarde—. ¡Uy, Pavel! Me tengo que ir. Me dio gusto hablar contigo y aclarar malentendidos. Seguimos tan amigos como siempre —aseguró al momento de levantarse de la silla.

Él hizo lo mismo y le dio un abrazo, agradecido por su actitud.

—No te pierdas, Carla. Cuando vengas al centro, manda mensaje; así podremos tomar algo y platicar —Hizo una pausa antes de continuar—. ¿De verdad te molesta tanto esa mujer como para desaparecerla?

—¡Sí! No imaginas la cantidad de problemas que nos trae, ¡no la soporto! —contestó sin pensar mientras se ponía el abrigo.

Pavel insistió en que se dejara ver más seguido. Ella prometió que así sería, cogió su bolso, los libros y salió aprisa.

143

Esa noche, al comentarle a Rolf el incidente con Tuva, él la felicitó por su rapidez mental al evadirla sin escándalos.

—No me siento orgullosa, pero tenía que evitarla, no quería entrar en detalles sobre su exigencia de la herencia. Y me dio gusto aclarar las cosas con Pavel. Es un buen chico y he aprendido que la soledad puede llevar a las personas a cometer errores.

Rolf aseguró que era bueno tener un poco de soledad de vez en cuando.

—Pero debe ser una soledad voluntaria, no forzada, porque eso causa ansiedad y nerviosismo, eso es lo peligroso.

Agregó que al divorciarse de Bente nunca experimentó el vacío. Al contrario, le gustaba estar solo, ya que, cuando estaba con ella la pasaban discutiendo y acababan enojados, invariablemente. Explicó que se casó muy joven y, después de la separación, decidió disfrutar lo que la vida le ofrecía.

Ella mencionó que compartía su enfoque. Su madre permaneció siempre a su lado, Mónica y Jetta de igual manera. Y, ahora que Suyan no estaba, lo tenía a él. Añadió que no significaba que lo necesitara, sin embargo, saber que contaba con su presencia era un gran apoyo.

—Lo comprendo perfectamente. Yo también: no es que tú me hagas feliz o que te requiera para serlo, pero, aunque parezca cliché, junto a ti la vida es más hermosa, Carla —le aseguró con una amplia sonrisa.

Lo abrazó, contenta al percatarse de que ya no le resultaba difícil reír o sonreír, gustosa porque la tristeza desaparecía poco a poco de su existencia.

—¿Crees que podamos ayudarle con algún trabajo?

Rolf lo pensó por un instante.

—Tal vez nos pueda ayudar en la remodelación de la cabaña. Pero si no es un pintor con experiencia, no me gustaría pagar por un trabajo mal hecho, en ese caso, prefiero regalarle el dinero y contratar a alguien con destreza.

Carla estuvo de acuerdo con él.

144

—Además, Alex es muy bueno para esas cosas, es muy concienzudo en lo que hace y ofreció su ayuda. Como ahora pasa más tiempo en la cabaña, pues le gustaría cooperar en lo que pueda, siempre y cuando no sea aportando dinero, ¡por supuesto!

—No te burles de su situación, Rolf, no es nada gracioso —lo amonestó, reprimiendo una risotada.

—Fíjate que tal vez eso podría hacer, dedicarse a pintar paredes para sacar un poco de dinero y librarse de sus deudas pronto.

—No es mala idea, pero es tan tímido que dudo que ofrezca sus servicios a sus conocidos, aún menos a desconocidos.

Rolf dio un gran suspiro.

—A veces tengo cargo de conciencia, quizá sea mi culpa que Alex se comporte así.

—No, no digas eso, por favor. Tú hiciste lo que pudiste, tú le diste lo que estuvo en tus manos, no debes sentirte responsable de lo que ocurra en su vida. Él escogió casarse con Tuva, o cedió a sus engaños si así lo prefieres, pero fue él quien tomó esa decisión, ahora debe afrontar las consecuencias de su error. Muy a menudo viene a mi mente la otra chica, Sofie, a la que dejó por Tuva, tan linda persona, pero Alex decidió abandonarla.

—¿Cómo no?, claro que la recuerdo, de hecho, la encontré hace un año aproximadamente. Trabaja, o trabajaba en ese entonces, en el aeropuerto. Sigue igual, tan amable. Imagino que no está casada, al menos no traía anillo de compromiso ni de matrimonio.

—No dudo que siga sola, Alex era el amor de su vida, a mí me lo confesó, le dolió mucho el que la hubiese dejado tan de repente.

Él no contestó, solo negó con la cabeza. Carla advirtió que era un poco tarde y que debían acostarse porque al siguiente día él tenía que trabajar, así que subieron a la habitación después de apagar las luces de la primera planta.

16

Pavel no tenía trabajo de planta en ningún lado. Los tres compañeros con los que compartía el departamento estaban en una situación semejante, todos casados y con las familias en su país de origen.

Unos meses antes, a mediados de noviembre, uno de ellos, Cyryl, les ofreció un negocio muy rentable y fácil de realizar. Prometió que en unas horas ganarían lo que tardaban en juntar en tres meses de constante trabajo. Pavel y Aleksy aceptaron, aseguraron que su desesperación era ya inaguantable y que, si era tan sencillo como lo describía, bien valía la pena intentarlo. Solo Sergiusz se negó y pidió que no lo metieran en ningún tipo de líos.

El trabajo consistía en atravesar la frontera entre Suecia y Noruega, manejar un tráiler cargado con mercancía ilegal, llegar a Oslo y entregarlo. Cyryl no especificó qué clase de

146

mercancía, no sabían si eran bebidas alcohólicas, cigarrillos o sustancias estupefacientes. Aun así, les garantizó que ya todo estaba arreglado y que no habría problema alguno. A determinadas horas no había seguridad en la frontera y cruzarían libremente. Ese primer viaje salió de maravilla y, gustosos, aceptaron la buena paga.

Hicieron cuatro viajes más, hasta que Pavel comprendió que no debía tentar a la suerte de esa manera. Le dio las gracias a su compañero y le pidió que no lo incluyera en los siguientes recorridos. Cyryl se molestó, pero sabía que no podía presionarlo, debía conservarlo como amigo, ya que conocía bastante de sus negocios ilícitos.

No obstante, Cyryl era demasiado ambicioso, empezó a realizar trabajos que eran cada vez más arriesgados y, por supuesto, mejor remunerados. Y a veces el dinero fácil tienta a personas que pasan por una situación económica difícil, como en el caso de Pavel, que en ocasiones aceptaba trabajar con él, siempre y cuando no fuera algo peligroso.

Un par de días después de encontrarse a Carla en el centro, aceptó ayudar a Cyryl en un encargo, como él lo llamaba. Tenían que entregar un paquete con estupefacientes en una dirección, una bodega un tanto alejada de la zona urbana, en Oslo. Lo que no sabían era que se trataba de una trampa. La mercancía era robada y sus adversarios dieron el pitazo a los dueños para que los emboscaran y los mataran, querían a toda costa quitar a Cyryl de en medio.

Llegaron a la bodega, Pavel manejaba el auto, Cyryl iba en el asiento del copiloto y Aleksy, en el asiento trasero. Aleksy se quedaría en el auto y Pavel iría con Cyryl a entregar el paquete. Les sorprendió que, al tocar la puerta, nadie abrió, al parecer no había gente. A Pavel le pareció que era muy extraño y le dijo a Cyryl que era mejor regresarse y volver al día siguiente. Pero Cyryl sabía que no podía dejar a medias el trabajo, así que esperaría hasta que lo atendieran, pues era mercancía ajena y no podía custodiarla en el hotel, mucho menos llevarla a casa. Pavel contestó que él volvía al carro y allí le esperaría. Justo cuando se sentaba en el auto

147

y cerraba la puerta, oyó las rechinadas de llantas de un vehículo que llegaba a toda velocidad y vio cómo los ocupantes disparaban una ráfaga de balas contra Cyryl.

Pavel se asustó y aprovechó que no los habían descubierto, encendió la marcha y arrancó a toda velocidad. Manejó sin rumbo por media hora, asegurándose de que no los seguían. Había un parque de diversiones con un amplio estacionamiento, entró y aparcó el carro lo más lejos posible de la carretera.

Aleksy y Pavel temblaban y no acababan de reponerse de la conmoción que les causó el incidente. No sabían qué hacer ni a dónde dirigirse, tenían la mente completamente turbada. Aleksy no decía nada, solo volteaba para todos lados con los ojos desmesuradamente abiertos, muy pálido. Pavel intentaba razonar y buscar una salida de ese atolladero en que habían caído.

Estaba seguro de que Cyryl había traicionado a alguien, por eso lo mataron. También sabía que a ellos dos no los conocían, pues siempre se mantuvieron en segundo plano y era Cyryl el que negociaba y hablaba con la gente. El auto era de Cyryl, así que decidió que tenían que deshacerse de él cuanto antes, sus enemigos ya lo andarían buscando.

Esperó a que fuera cerca de la hora de cerrar el parque, pues la mayoría de visitantes saldría en ese tiempo. Traían sus pertenencias en la cajuela del carro, no tenían que regresar al hotel, ya habían pagado y devuelto la llave.

Empezaba a oscurecer y la gente comenzó a abandonar el lugar. Manejaron algunos kilómetros y se detuvieron en una cuesta en la que había un profundo precipicio bastante peñascoso y escarpado. Esperaron en el auto hasta que no pasaran vehículos y, en el momento justo, lo pusieron en neutral y lo empujaron hacia el abismo. No se detuvieron a ver cómo caía, se dirigieron a toda prisa a la gasolinera más cercana.

Aleksy seguía muy nervioso, Pavel le pidió que se calmara porque levantaría sospechas en ese estado. Compraron algo para comer, aunque no tenían hambre y pidieron un taxi que los llevara a la estación de ferrocarriles. Tomaron el tren nocturno y en la mañana llegaron a Stavanger. Hacía frío, Aleksy quería tomar un taxi, pero Pavel sugirió caminar para aclararse la cabeza.

Le platicaron a Sergiusz lo sucedido y se atemorizó, decía que era mejor salir de ese departamento, pues estaba seguro de que sabían que ahí vivía Cyryl. Pavel se negó, aseguraba que a ellos no los involucrarían; Aleksy no sabía qué pensar, no acababa de digerir lo ocurrido.

Sergiusz empacó sus pertenencias y se despidió, argumentando que no arriesgaría su vida por las imprudencias de Cyryl. Ya había hablado con unos amigos con los que compartiría un departamento, les ofreció a Pavel y Aleksy que lo acompañaran, pero se negaron una vez más. Tenían dos meses ya pagados de renta, no podían darse el lujo de regalar ese dinero. Sergiusz no comprendía que el dinero fuera más importante que su seguridad y sus vidas, no dijo más y salió por la puerta.

Mientras tanto, Rolf y Carla trabajaban en la cabaña, habían puesto unas jardineras con flores de varios colores. La entrada a la casa estaba decorada con lámparas solares que prendían al oscurecer. Se sentían satisfechos por la apariencia que tomaba la casa, opinaban que unos pocos detalles hacían una gran diferencia.

Lo que ensombrecía su felicidad era la tristeza que reflejaba Alex últimamente. Ya no pedía ayuda económica, desistió al comprender que Rolf no cedería a solventar sus deudas. Al mismo tiempo, Bente complacía a Tuva en lo que podía, se habían vuelto inseparables; y esto, lejos de molestar a Carla, la aliviaba, pues Tuva se mantenía alejada de su presencia.

Disfrutaban al máximo los fines de semana que convivían con las niñas, intentaban entretenerlas para darle a Alex un poco de espacio. Algunas veces Julio se les unía, les agradaba verlo salir junto a Alex y Drago a dar largos paseos.

Alexander y Julio se llevaban bastante bien. Para Julio siempre fue su consejero y sabía que podía siempre contar con él. Aunque no lo expresaba, parecía que no veía con muy buenos ojos a Tuva, siempre guardó cierta distancia con ella, solo hablaba lo necesario con ella y a Tuva parecía no importarle, no tenía intenciones de ser la gran amiga del hijo de Carla.

Algunas veces Carla sentía remordimientos, ya que contaba con dinero más que suficiente para ayudarlos a pagar sus deudas, pero sabía que, si lo hacía, al poco tiempo estarían en la misma situación y se convertiría en el cuento de nunca acabar. Rolf estaba de acuerdo con ella y eso la tranquilizaba un poco.

Parecía que las cosas estaban estables en su matrimonio, si no mejoraban tampoco empeoraban, eso querían pensar. Pero una noche, el móvil de Rolf sonó a la una de la mañana. Los dos despertaron alarmados, batalló para tomar la llamada, pues la luz de la pantalla lo encandiló.

Carla alcanzó a oír la conversación, pues Alex estaba alterado. Preguntó si podía pasar la noche con ellos. Rolf no se pudo negar, aceptó sin hacer preguntas, él informó que ya se encontraba muy cerca de la casa. Dicho esto, Carla y Rolf se vistieron de inmediato, percibían que algo andaba mal.

Lo esperaban en la sala, sentados en el sofá. Al oír el auto que estacionaba en la entrada de la calle, Rolf se dirigió a abrir la puerta. Carla se alarmó al ver el estado en el que se hallaba, se llevó ambas manos a la boca para ahogar un grito. Alexander traía la camisa llena de la sangre que le corría por la frente y la nariz; el ojo izquierdo, casi cerrado y los hinchados párpados, de color púrpura.

—Pero ¿qué te ha sucedido? —preguntó Rolf mientras lo cogía del brazo y lo conducía al sillón.

Carla se puso de pie y corrió por el botiquín de primeros auxilios que guardaba en el baño y que siempre procuraba mantener bien surtido. Cuando regresó, Rolf lo ayudaba a quitarse la camisa. Ella les dijo que pasaran mejor a la cocina, así era más fácil tener agua a la mano para limpiarle la cara. Alex lloraba, temblaba, no podía pronunciar palabra. No le hicieron más preguntas, pues adivinaban lo sucedido. Rolf hacía lo que su esposa le pedía y ella, con la destreza de una profesional, curaba el lesionado rostro.

—No son heridas graves, son superficiales, pronto sanarán —informó con alivio.

Una vez con el rostro limpio, pasaron de nuevo a la sala. Rolf puso la cafetera y Carla sacó unas galletas de avena, aunque sabía que nadie tendría apetito. Entonces, ya más tranquilo, Alex explicó que ya estaban por acostarse, las niñas dormían y, antes de apagar la lámpara de la mesita, Tuva le exigió de nueva cuenta hablar con Rolf y pedir su herencia. Alex se negó y ella se enfureció como nunca. Lo comenzó a patear hasta echarlo de la cama, cuando estaba tirado en el suelo se le fue encima, golpeándolo con lo que encontraba a la mano e insultándolo. Lo amenazaba con dejarlo y no permitirle ver a las niñas nunca más. Estaba completamente incontrolable.

Carla y Rolf hacían un gran esfuerzo por contener la ira que sentían. Tuva había llegado al extremo, había sobrepasado los límites.

—No puedes volver a su lado, es peligroso, si ya te golpeó, ¿qué será lo siguiente? —aconsejó Rolf.

Alex negó con la cabeza.

—¡No! Las niñas me necesitan, no puedo dejarlas.

Carla decidió callar y le hizo señal a su esposo de que no insistiera. Ya estaba el pobre muchacho bastante afligido, era mejor dejarlo descansar y hablar con él cuando estuviera completamente recuperado del incidente. Le ofrecieron la habitación de Julio, él aceptó y se retiró de inmediato. Ellos hicieron lo mismo, aunque sabían que no podrían conciliar el sueño.

Al siguiente día, cuando bajaron a desayunar, Alex ya estaba listo para salir.

—Creo que es mejor que me vaya. Cogí una camiseta de Julio.

—No hay problema —lo interrumpió Carla—, ¿no quieres comer algo?

—No, gracias. No quiero llegar tarde al trabajo.

151

—¿Y qué dirás a tus compañeros cuando te vean en ese estado?

—Diré que me caí, papá, eso no es problema. Muchas gracias por todo. Hablamos pronto.

Los dos se quedaron parados, lo vieron marchar y cerrar la puerta tras de sí. Drago lanzó un gemido, como si también se preocupara por él.

Rolf estuvo inquieto durante todo el día. Estaba angustiado por Alex, temía lo peor. Carla le aseguraba que Tuva ya no lo atacaría de nuevo, al menos no tan pronto, intuía que debía de estar apenada por su comportamiento y por que ellos se hubieran enterado del incidente. Lo que en realidad la preocupaba era cuándo reaccionaría Alex, hasta cuándo seguiría a su lado.

Rolf pareció leer sus pensamientos.

—Lo más triste del caso es que Tuva lo conoce bastante bien, sabe que el prohibirle ver a las niñas lo mantendrá a su lado. ¡Me duele tanto no poder intervenir!

Ella no supo qué decir. Decidió ir a la cocina y preparar algo para desayunar. Él se quedó un momento más de pie en el mismo lugar antes de seguirla. Decidió llamar a la oficina y avisar de que pasaría un par de días en casa, por si ocurría algo entre su hijo y su nuera.

Las horas trascurrían y no recibían noticias de Alex. Carla intentaba tranquilizarlo asegurando que se encontraba en el trabajo y que hasta la salida se reuniría con Tuva. Le pedía ser paciente. A las dos de la tarde, él ya no aguantó más y lo llamó. Alex comentó que ya había hablado con Tuva, solo por teléfono, ella le confesó que estaba muy arrepentida y apenada por lo sucedido, le rogaba, por favor, que regresara a casa.

Rolf le exigió antes de colgar que, si ella volvía a insultarlo o a levantarle la mano, que la dejara de inmediato, le recordó que podría ocupar la habitación de la casa el tiempo que fuera necesario, incluso podía llevarse a las niñas con él. Y Alex contestó que seguramente las cosas no empeorarían, que había sido un mal momento en el que su esposa perdió el control.

Carla no sabía ni qué pensar, la situación le resultaba tan ridícula. La agresión de Tuva hacia Alex y después pedirle que todo siguiera con normalidad. Y, lo más insólito, el que él aceptara y continuara a su lado como si nada hubiera sucedido, acostumbrado a ese tipo de vida, tan cotidiana ya para él.

Ese día, Tuva difundió con frecuencia en los medios sociales lo afortunada que era de tener a Alex como esposo, lo dichosa que era junto a él y que sin duda tenía al mejor marido del mundo. Afirmaba no tener palabras para expresar lo mucho que lo amaba. Recordó una vez más la frase que solía escuchar de Suyan: "Dime de qué presumes y te diré qué te falta".

Al día siguiente, sucedió lo más extraordinario. A eso de las once de la mañana, timbraron a la puerta y Carla no podía creer lo que sus ojos veían. Parada frente a ella estaba Bente, que con su acostumbrado aplomo le dio los buenos días. No supo cómo reaccionar, era la última persona que esperaba encontrar a la puerta. Coincidía con Bente en muy pocas ocasiones, solo durante algún cumpleaños de las niñas, pues Alex procuraba no juntarlas para evitar enfrentamientos de parte de su madre.

Al no oír respuesta, Bente preguntó por Rolf, sabía que estaba en casa porque ya lo había llamado a la oficina. Carla la hizo pasar, muy a su pesar, y Rolf se sorprendió al verla también.

—Rolf, necesitamos hablar —anunció mirando a Carla, con la intención de que comprendiera que ella estaba excluida.

—Lo que tengas que decir Carla lo puede escuchar —contestó él y no le pasó inadvertida la mueca de disgusto que Bente no pudo controlar.

Rolf se sentó en el sillón, haciendo señal a su esposa para que se sentara junto a él. Bente siguió de pie, afirmó estar bien así.

—Es sobre nuestro hijo. Es necesario que lo ayudemos a salir de los problemas económicos que atraviesan. Tuva, pobrecita, está tan estresada que hace unos días perdió el control por completo. Yo no la culpo, se debe a la terrible situación en la que se encuentran.

Carla vio cómo cambiaba el color del rostro de su esposo, ella se sintió bastante incómoda también.

—Eso es algo en lo que no estoy de acuerdo contigo, Bente —contestó tajante ante la mirada de incredulidad de ella.

Bente negó con la cabeza, como si no hubiera entendido la respuesta recibida. Rolf continuó:

—Me parece un terrible error el que tú sigas alentando el comportamiento de Tuva y, aún más, que la disculpes después de haber atacado a Alex. Llegó aquí a medianoche sangrando por la nariz y la frente, el ojo completamente cerrado e hinchado. ¿Te parece poco? ¿Y ahora le quieres solucionar sus problemas económicos para que vuelva a endeudarse de inmediato otra vez? No cuentes conmigo.

—No puedo creer que tu hijo no te importe en lo absoluto. Ya veré yo cómo soluciono sus problemas. Yo sola, ¡como siempre! —replicó enojada y salió de la casa sin despedirse, ni siquiera cerró la puerta tras de sí.

Carla y Rolf se miraron, confundidos todavía por la extraña visita y la actitud de Bente.

—Me alegro de que no hayas accedido a lo que te propuso —afirmó Carla al fin.

Él le sonrió, un tanto turbado aún.

—No, ya no dejaré que se siga entrometiendo en sus vidas. ¡Ya basta!

Ella se puso de pie y comentó que debía salir a hacer algunas compras.

—Mañana es sábado, no creo que Alex vaya a la cabaña, ¿qué te parece si nos vamos desde hoy? Hace tiempo que no estamos solos allá —sugirió él.

A ella le pareció buena idea y agregó que podrían comprar de paso las macetas que le gustaban para la terraza.

17

Los días siguientes al incidente parecían tranquilos. Rolf llamaba a Alex y él aseguraba que todo iba bien con su esposa, que en verdad estaba muy arrepentida de lo ocurrido y que, aunque costara creerlo, todo marchaba sobre ruedas. A su vez, Rolf contestaba que se alegraba de oírlo tan entusiasmado, pero al terminar la llamada su corazón seguía compungido, estaba seguro de que ese cambio en el comportamiento de Tuva era solo momentáneo.

El domingo llovía copiosamente, Rolf prendió la estufa en la cabaña y se sentaron en el sofá. Él leía un libro, Carla jugaba en su tableta y Drago dormitaba echado junto a la estufa. De pronto, Rolf dejó el libro y clavó la mirada en la madera que ardía tras la puertecilla de vidrio transparente.

—¿Sucede algo?

Él volteó cuando preguntó y vaciló un poco al contestar:

—Es…, es algo que desde hace mucho tiempo me ha dado vueltas en la cabeza. Tal vez es solo mi imaginación, pero últimamente no dejo de pensar en eso.

Ella percibió su preocupación, dejó su tableta sobre la mesita y se sentó junto a él. Lo miró inquisitiva, en silencio.

—Supongo que dirás que exagero, pero hay cosas que en un principio pasan inadvertidas y con el tiempo, cuanto más conoces a las personas, más captan tu atención y no dejan de rondarte en la mente.

Lo observaba sin comprender qué quería explicar, le pidió que fuera más explícito.

—Te confesaré algo que he sentido desde hace tiempo. Cuando Alex conoció a Tuva, ella estaba devastada porque había roto con el novio que tenía en ese entonces, habían vivido juntos durante cuatro años y supuestamente, sin motivo aparente, la abandonó, argumentando que ya no la amaba y que era mejor terminar la relación. A su vez, Alex estaba en ese entonces con Sofie, la chica que ahora trabaja en el aeropuerto, ¿la recuerdas?

Carla asintió.

—¿Cómo no la voy a recordar? La apreciaba bastante y me dolió cuando terminaron.

Rolf le comentó la historia de nuevo, porque deseaba que Carla descubriera lo que él tanto temía.

Cierta noche, Sofie había ido a un bar a festejar a una amiga que se casaba, una despedida de soltera, solo para mujeres. Le pidió a Alex que la recogiera en el bar, pero él se equivocó y llegó a otro en el que estaba Tuva con sus amigas, que la intentaban consolar, pues el ingrato de su novio la acababa de dejar.

Al enterarse Sofie dónde estaba, le pidió que no se moviera porque salía a encontrarlo. Él pidió una soda y se dispuso a esperar. Una de las chicas que iba con Tuva, al verlo solo sentado en la mesa de al lado, le preguntó su nombre y le propuso que se sentara con ellas, pues querían presentarle a su amiga. Alex pensó que era algo inofensivo y se acercó a platicar con ellas mientras Sofie llegaba.

Cuando su novia entró al lugar, se puso de pie y caminó hacia ella para que no se diera cuenta de que estaba junto a las chicas, a quienes ya les había dado su nombre completo y su teléfono. Desde el siguiente día, Tuva lo llamaba sin cesar y le enviaba mensajes de texto continuamente.

Alex no pudo resistirse, era muy atractiva y sensual. Vestía siempre a la moda, provocativa, sin caer en lo vulgar y poseía ese aire de mujer de mundo que tanto le fascinaba. Él era un tipo tímido y de pocas palabras, le comentó a su mejor amigo que nunca imaginó que una mujer como ella pudiera enamorarse de él.

Conforme el tiempo pasaba, Sofie lo sentía ausente y cada vez más distante, pero no sospechaba lo que ocurría en su vida. Después de dos semanas, él terminó su relación de casi tres años, le confesó el encuentro con Tuva y que se sentía bastante atraído por ella. No quería engañarla y no podía empezar una relación estando junto a ella. La pobre chica no esperaba esa petición por parte de él, no imaginaba que su relación llegara a su fin de esa manera. Ella lo amaba y no daba crédito a que el amor que él tanto profesó acabara por un encuentro casual con una mujer a la que nunca había visto.

Rolf no vio con buenos ojos su comportamiento, pero Alex aseguraba estar completamente enamorado de la maravillosa chica que había conocido, argumentaba que no deseaba engañar a Sofie ni tampoco estar con ella si el amor había acabado.

A las tres semanas ya vivían juntos, al mes anunciaron que ella estaba embarazada y que, en cuanto naciera el bebé, se casarían. Pero al pasar unos días comunicaron que se querían tanto que habían decidido casarse cuanto antes, mientras a ella no se le notara su estado.

Al siguiente mes, se estaban casando en una boda que Bente y Rolf pagaron, pues el padre de Tuva pasaba por dificultades económicas y no podía solventar la boda de ensueño que su hija tanto deseaba. Rolf estaba reacio, pero al fin accedió a las exigencias de Bente de cumplir con el sueño de su hijo y su futura esposa, que además esperaba la llegada de su primer nieto. Bente exigió también a Rolf ayudarlos a pagar la casa, pues con un bebé por nacer, el departamento de Alex sería bastante incómodo para la nueva familia. Y él aceptó.

La feliz pareja estaba muy ocupada con la mudanza y con la remodelación de la nueva casa. Tuva trabajaba sin cesar y Alex le pedía que tuviera paciencia ya que faltaban varios meses para la llegada del bebé, una niña, y que debía cuidarse. Ella repetía que era mejor estar preparados, pues con el primer bebé nunca se sabía la fecha exacta de su nacimiento. Como resultado, Tuva trabajaba tanto que tuvo complicaciones y la niña nació antes de tiempo. Antes de los siete meses llegó Elise: una nena hermosa y sana.

Más tarde, cuando Elise cumplió un año, anunciaron que Tuva estaba embarazada de nuevo. Esta vez, a los nueve meses, nació Ida. Alex estaba feliz con su familia, afirmaba que era un hombre afortunado y que su vida estaba completa con sus tres chicas.

Al terminar de repasar la historia, Carla lo miró con los ojos muy abiertos y preguntó:

—¿Tú también lo piensas?, ¿crees que Elise no es hija de Alex?

Rolf se sorprendió.

—¿Ya lo habías pensando? ¿Desde cuándo pasaba esta idea por tu cabeza?

Ella se sintió un poco apenada.

—Desde hace mucho tiempo. Pero no me atreví a decírtelo. Supuse que me recriminarías por mi mala voluntad hacia Tuva, por pensar tan mal de ella.

Él calló por un instante. Le dolió que no tuviera la suficiente confianza para expresar sus presentimientos, aunque aceptó que tal vez tenía razón.

—En un principio no imaginaba lo manipuladora que podía llegar a ser. Ahora no me extrañaría nada que cuando conoció a Alex y la abandonó su novio ya supiera que estaba embarazada. Tal vez por eso la dejó, porque no se quería casar con ella. Muchas mujeres piensan que al embarazarse obligarán al padre del hijo que esperan a permanecer a su lado y a casarse con ellas.

—Y muchas lo logran, desafortunadamente. Algunas veces, hasta con engaños —agregó Carla pensativa.

Casi desde un principio advirtió que Tuva engañaba a Alex. Su comportamiento era un tanto exagerado: expresaba una efusividad excesiva cada vez que le demostraba cariño o reía aparatosamente con cualquier tontería que Alex decía, festejando su gran sentido del humor. Además, no se cansaba de gritar a los cuatro vientos lo afortunada que era de haber encontrado a un hombre tan extraordinario.

—El que haya dejado a su novia de tres años por mí muestra el inmenso amor que me tiene, ¿no crees? —comentó Tuva una vez a su mejor amiga.

Sin embargo, Carla sabía que ella lo había atosigado hasta el cansancio, hasta que el pobre muchacho, confundido con tanta zalamería, creyó estar enamorado de ella. Por su parte, Bente se alegró. Desde el principio se llevó de maravilla con Tuva. Argumentaba que Sofie era una chica muy simple y sin aspiraciones y que, en cambio, Tuva haría que su hijo llegara más lejos.

Rolf intervino, sacándola de sus pensamientos:

—¿Crees que debemos actuar? ¿Sacar pruebas y desenmascararla?

—Tal vez. No estoy muy segura. Podríamos meternos en líos.

—Lo sé. Pero el ver a Alex libre de esa mujer bien vale la pena. ¿No es así?

Ella asintió y decidieron idear un plan que no levantara sospechas.

Acordaron buscar un regalo que pudiera interesarle a Tuva. Un presente que comprarían y se ofrecerían en llevar personalmente a su casa. En cada conversación que Rolf tenía con Alex, intentaba sondearlo para averiguar ese capricho de Tuva que les daría la pauta para llevar a cabo su plan. Hasta que, al fin, un día que hablaban sobre las remodelaciones de la cabaña, Alex comentó que Tuva insistía en comprar unos grandes maceteros, pero que él los consideraba demasiado caros para ponerlos en el patio. Una oportunidad que Rolf no dejó pasar.

—Dime cuáles son y dónde comprarlos. Mañana iremos a recoger unas plantas y, ahora que todo marcha tan bien entre ustedes, tal vez valga la pena sorprender a Tuva con lo que tanto desea. ¿Estás de acuerdo?

Él aceptó de inmediato y, sin pensarlo dos veces, le dio la información. Quedaron de hacerlo el sábado, pues Tuva saldría con sus amigas, así Rolf y Carla llegarían con los maceteros. Mientras, él ayudaría a Alex a colocarlos, ella subiría a su habitación en busca de una muestra de cabello para hacer la prueba de ADN.

Esperaban con ansia el fin de semana, desafortunadamente, un día antes Alex les informó que la reunión con las amigas se había cancelado y decidieron, por sugerencia de Tuva, quedarse en casa y ver películas con las niñas. Rolf no pudo disimular su desilusión.

—No te apures, papá, lo haremos el próximo sábado —intentó consolarlo Alex. Él no sospechaba la ansiedad que exprimentaban su padre y Carla por saber el resultado que daría la prueba de ADN.

Afortunadamente, al siguiente sábado lo lograron. Tuva salió el fin de semana con sus amigas y ellos concretaron su plan. Alex estaba emocionado al imaginar la alegría de su esposa al ver los maceteros que tanto quería. Y cuando ellos batallaban para encontrar el lugar ideal, Carla subió a la habitación para buscar la muestra para la prueba.

—¿Qué haces, abuelita? —preguntó Ida.

Carla se estremeció al oír a la pequeña, que entró a la habitación mientras ella buscaba en los cajones del tocador.

—Es solo que necesito un cepillo, siento que mi cabello está muy estropeado y me gustaría arreglarlo un poco. —Se alegró de que fuera Ida, pues sería más fácil de convencer.

—Yo tengo uno, te lo presto —ofreció la pequeña gustosa y le hizo señal de que la siguiera a su recámara.

Carla no supo qué argumentar, lo pensó por unos instantes.

—Sabes, tengo dolor en el pie. Ya que estamos aquí tal vez pueda utilizar el que mamá tenga a mano.

La niña se acercó y abrió el primer cajón de la izquierda.

—Ella los guarda aquí. ¡Mira!

Carla no supo qué hacer, había varios cepillos de diferentes formas y tamaños.

—¿Por qué están aquí?, ¿qué hacen? —preguntó Elise al entrar en la habitación.

—Aquí, intentando arreglar mi cabello —contestó Carla de inmediato.

Elise le pareció que era algo divertido y se les unió. Las tres empezaron a experimentar con diferentes peinados mientras Carla cogía muestras de cabello que guardaba en las bolsas de su pantalón, muy disimuladamente.

—¡Carla! ¡Carla! —oyó que Rolf la llamaba.

Les prometió a las niñas que en otra ocasión seguirían ensayando con diferentes peinados, que había llegado el momento de marcharse. Ellas se entristecieron, pues en verdad la estaban pasando bastante bien. Más tarde, cuando se dirigían a casa, Carla le platicó del incidente con las niñas. Rolf reía y aseguró que había sido muy lista al salir elegantemente del percance. Él le contó que Alex no ocultaba la emoción de sorprender a Tuva con semejante regalo.

—Le pedí que no revelara que fuimos nosotros los que las compramos, simplemente, que explicara que quería regalarle lo que le hacía tanta ilusión. Imagino que eso era lo que más lo alegraba, el que pensara que él planeó la sorpresa y quedar bien ante sus ojos.

—Sí, así la tendrá contenta por unos días —agregó Carla en tono burlón.

Al llegar a casa, guardó las muestras en bolsitas de plástico y las dejó listas para llevarlas al laboratorio. Tenía una bolsita con cabello de Tuva, otra con cabello de Elise, una más con cabello de Ida, más la camiseta con sangre de Alex.

Se sentó en el sillón y vio las fotografías que Tuva y Alex habían publicado sobre la gran sorpresa de los maceteros y la cara de felicidad de ella. Una vez más exclamaba lo afortunada que era por tener al hombre más maravilloso del universo. Carla sintió coraje de ver de nuevo a Alex demostrando que eran una pareja muy feliz y que actuara como si nada malo hubiera ocurrido. Estaba deseando que pronto abriera los ojos a la realidad.

18

Pavel llegó al taller mecánico más temprano ese día, era martes. Le gustaba hacerlo, ya que se sentaba con sus compañeros a desayunar. Como la mayoría, vivía retirado, el dueño les daba la oportunidad de hacerlo, siempre y cuando empezaran a las ocho en punto con sus deberes. Él suponía que el jefe prefería que desayunaran ahí y estuvieran a tiempo para iniciar sus labores. La mayoría tenía hijos pequeños, así que tenían que salir muy temprano de casa para dejarlos en sus respectivas escuelas o jardines de infancia. Pavel lo hacía únicamente por la compañía, no se acostumbraba a comer solo.

Era un establecimiento muy amplio y muy bien equipado, contaban siempre con gran número de clientes, nunca faltaba trabajo, por eso, aunque Pavel no era de planta, le llamaban seguido para que fuera a ayudar. Ya llevaba dos semanas completas y tenía asegurada la siguiente. Eso lo tranquilizaba, pues tenía un sueldo garantizado, aunque fuera temporal.

Al abrir la puerta del taller para el público, entró una mujer bastante atractiva y se dirigió a la oficina.

—¡Ándale, ya llegó tu novia! —embromó uno de ellos.

—Sí, estará muy buena, pero tiene un genio ¡de los mil demonios!

Pavel no supo quién dijo qué, antes bien, seguía con la mirada a la mujer con la impresión de conocerla, o de haberla visto antes, aunque no ubicaba dónde. La vio salir de nuevo, con el rostro serio y con pasos rápidos.

El jefe se acercó y les comunicó que la señora Tuva llevaría el auto el viernes para la revisión de costumbre y que necesitaba que estuviera listo el mismo día en la tarde. Y entonces Pavel la recordó: era la mujer que tantos problemas le daba a Carla. Decidió no decir nada y se unió a las risas de sus compañeros, que festejaban todavía la gracia.

Carla guardaba las bolsitas con el cabello de Tuva, Elise e Ida en el último cajón de la cómoda. Cada vez que lo abría y las veía, la embargaba cierta preocupación. No se sentía muy segura del paso que querían dar. Así pues, decidió hablarlo una vez más con Rolf después de cenar. Una vez terminada la cena, él le ayudó a recoger y, mientras ella lavaba las cacerolas —ya que no le gustaba meterlas al lavavajillas—, él metía el resto de los trastes en la máquina.

—¿Crees que debemos seguir con lo planeado? —Supuso que era buen momento para tratar el tema.

Él percibió la incertidumbre en su voz.

—¿Sientes que no vale la pena?

Ella negó con la cabeza, sin dejar de tallar la cacerola.

—No me has contestado, ¿seguimos con el plan? —agregó.

Rolf se paró a su lado y se cruzó de brazos.

—Pienso que es lo mejor. Ya lo habíamos decidido.

—Lo sé —contestó mientras se secaba las manos y se colocó frente a él—. Sin embargo, últimamente no estoy muy segura de querer hacerlo.

—Ya es solo cuestión de ir al laboratorio: tenemos la camisa con sangre de Alex, el cabello de Tuva, el de Ida y el de Elise. ¡Ya está todo listo!

Ella bajó la mirada.

—¿Por qué no quieres dar el siguiente paso? —La escudriñó con la mirada.

—¡Porque presiento que hacemos algo incorrecto! Si Elise no es hija de Alex, como pensamos, ¿qué sucederá? ¿Descubriremos el engaño de Tuva? ¿Qué será de Elise al saber que él no es su padre? Lo quiere demasiado, y a nosotros también, me duele mucho solo pensar que podríamos lastimarla. Siento que es algo que no vale la pena, Rolf.

Él la observaba con incredulidad.

—Decías que querías que Alex dejara a Tuva. No entiendo.

—¡Sí! Quiero que la deje, ¡por supuesto! Pero no deseo causarles daño a las niñas. Ellas no tienen la culpa de lo que su madre maquine ni deben pagar por sus errores.

Rolf lo pensó un poco antes de contestar:

—Tienes razón. No había pensado en eso. Es solo que desearía descubrirla de una vez para siempre y alejarla de Alex. Y, de ser posible, de las niñas también. Aun así, necesito conocer la verdad.

—¿Y qué? ¿Dejarías de querer a la niña? ¿La harías a un lado? ¿Qué caso tiene, Rolf? Mamá repetía que hay ciertas cosas que es mejor no saber y le doy la razón.

Él bajó la guardia.

—Cierto. Lo que menos deseo es herir a las niñas. No pienso dejar de querer a Elise si no es mi nieta consanguínea.

—Y Alex está tan engatusado por Tuva que la defenderá y nos culpará por levantar falsos contra su mujer. Igualmente, puede que los resultados sean diferentes a los que esperábamos. Nunca se sabe.

Él soltó una risotada.

—Y ahora que anda tan agradecida con él por los hermosos maceteros con los que la acaba de sorprender…

Carla también rio.

—Uno nunca sabe para quién trabaja. Ven, vamos a ver la película que sugeriste y a olvidarnos del asunto.

Cuando llegó el viernes, Pavel andaba nervioso. No había podido dormir, deseaba ayudar a Carla, pero no se le ocurría de qué manera. Tenía solo ocho horas para maquinarlo, debía ser una operación que no lo inculpara ni a él ni a Carla, tampoco al negocio. Decidió calmarse, tenía que estar tranquilo para pensar mejor, el día apenas comenzaba.

Tuva le pidió a Alex que acompañara a las niñas a la escuela; ella llevaría el auto al taller. Una de sus amigas la recogería, pasaría el día con ella y en la tarde la dejaría de nuevo en el taller para recuperar el auto.
—Me vengo directa a casa, por favor, ve por las niñas y compra algo de pasada —solicitó mientras estaban todos sentados a la mesa y desayunaban.
—¡Sí! ¡Pizza! ¡Pizza! ¡Pizza! ¡Pizza! —exclamó la pequeña Ida, y   Elise aplaudía la petición de su hermana.
Alex les pidió que callaran y terminaran de comer, pues no quería que llegaran tarde.
—Ya saben que su papá siempre las complace —comentó Tuva al momento de levantarse de la mesa. Las niñas le sonrieron a Alex y él les contestó con un guiño.

Rolf y Carla irían esa tarde a la cabaña, pues anunciaron buen clima para todo el fin de semana y ella tenía que trabajar en el jardín, quería que las plantas nuevas estuvieran en su lugar antes de que empezaran las lluvias.
Llegaron a la cabaña y, mientras Carla acomodaba los víveres, Rolf terminaba de sacar del auto las plantas, que iba acomodando sobre el pasto. Ella estaba tan concentrada acomodando los vegetales en el refrigerador que no oyó cuando él entró a la cocina.
—¡Carla!
Ella se sobresaltó y, al ver su rostro desencajado, se alarmó.

166

—¿Qué sucede? —contestó preocupada. Imaginó que una desgracia le había sucedido a Julio.

Él pasó saliva.

—Llamó Alex. Tuva falleció en un accidente con el auto. Chocó contra un tráiler, murió instantáneamente.

A Carla se le cayeron las zanahorias de las manos y comenzó a llorar.

—¡No puede ser! ¡No puede ser! ¿Y las niñas? ¿Cómo están las niñas? —gritaba sin poder contenerse, pues era Tuva la que invariablemente las recogía de la escuela.

Él le aseguró que estaban bien, que iba sola en el auto.

—¿Qué hacemos? ¿Vamos con él? ¿Vienen para acá? ¿Qué hacemos? —Estaba bastante nerviosa.

Rolf la tranquilizó. Bente estaba con él y las niñas. Alex decidió contarles la noticia cuanto antes.

—Las pequeñas están devastadas, y él también. Está inconsolable, dice que no sabe qué va a hacer sin ella. Le pedí que fuera fuerte por las niñas, que tanto lo necesitan ahorita.

Carla no dejaba de llorar, entendía la situación de Alex bastante bien, ella acababa de pasar por lo mismo.

—Sí, es muy fácil decirlo, pero no para la persona que sufre la pérdida. No es tan sencillo lidiar con los sentimientos. La partida de alguien tan querido, cuando se sabe que nunca regresará, deja un gran vacío que nadie ni nada podrá llenar.

Él entendió lo que le pasaba y la abrazó, ella siguió llorando sobre su pecho. Volvía a experimentar el dolor de la muerte de Suyan. Algo que creyó haber superado, pero que volvía con la misma intensidad. Rolf acariciaba su espalda y decidió callar. Sospechaba que no se había desahogado lo suficiente, que mostraba fortaleza para no preocuparlos, ni a él ni a Julio, y que deseaba mucho menos demostrar debilidad ante Tuva y Bente. En repetidas ocasiones le sugirió que lo hiciera porque necesitaba aliviar ese dolor, sin embargo, ella se resistía.

En silencio, la condujo a su sillón favorito y la cubrió con la frazada. Ella continuó llorando hasta quedarse dormida.

Después de unas horas quiso despertarla, estaba seguro de que si pasaba así la noche al siguiente día le dolería la espalda, pero no lo consiguió. Con cuidado, la levantó y la acomodó sobre el sofá más largo, la cobijó, apagó las luces y subió a la habitación.

A la mañana siguiente, cuando él bajó, ella seguía dormida sobre el sofá, al parecer ni siquiera había cambiado de posición. Intentó no hacer ruido, pero Drago se acercó y le pasó la lengua por el rostro.

—¡Ay, no! ¡Drago, no! —se quejaba mientras intentaba retirarlo de su lado. Al ver que no lo lograba, se levantó y se dirigió al baño para lavarse la cara.

Rolf ya tenía listo el desayuno cuando ella entró a la cocina.

—Por lo que veo, dormiste muy bien —la saludó—. Intenté no despertarte, pero Drago echó a perder mi intención.

Ella se acercó y lo besó cariñosamente en la frente.

—No recuerdo ni a qué hora me quedé dormida —admitió con una sonrisa.

—Y no hace falta. Lo importante es que hayas descansado.

Lo miró con seriedad.

—¿Alguna noticia de Alex?

Él asintió y comentó que acababa de hablar con él. Como era de esperarse, casi no había dormido en toda la noche. Bente pasaría el día con ellos, para cuidar a las niñas. Le pidió que llamara en caso de necesitar ayuda o, simplemente, para hablar.

—¿Y ya saben cómo sucedió el accidente? ¿Quién tuvo la culpa?

—No, aún no. Más tarde hablará con los oficiales. Me da mucha pena, está muy afligido.

Carla tomó la taza con café entre las manos.

—Debería venirse unos días. No me siento tranquila al saber que está solo.

—Bente está con ellos. Y las niñas la quieren mucho también. Hay que esperar. Llamé a Julio para ponerlo al tanto.

—¿Y qué dijo? ¿Va a venir?

—No, no dijo gran cosa. Claro que se impresionó. Aparte, le pedí que espere, es lo mejor hasta saber con seguridad los próximos pasos.

Ella asintió y aseguró que no tenía hambre, él le aconsejó comer, pues ignoraban lo que ocurriría durante el día. Así pues, contra su voluntad, mordisqueó una rebanada de pan con mantequilla y mermelada, dejando casi la mitad.

En la tarde, se disponían a dar un paseo cuando llamó Alexander. Les costó mucho asimilar la noticia que les dio. El reporte de la policía constataba que la muerte de Tuva había sido un acto suicida.

Según el chofer del camión contra el que se estrelló, Tuva manejó sin detenerse, le pitó e intentó detenerse, pero ella no disminuyó la velocidad e impactó inevitablemente. Todos los testigos confirmaron la versión del chofer. Aseguraron ver con incredulidad cómo el coche de Tuva se dirigía sin frenar hasta chocar contra él. Algunos afirmaron que iba hablando por teléfono. Desafortunadamente, era imposible indagar más, pues con el encontronazo tanto el cuerpo de Tuva como su auto quedaron en muy mal estado —el auto fue reportado como pérdida total—.

Alexander lloraba desconsolado. No podía creer que Tuva se hubiera suicidado. A Rolf también le costaba aceptarlo. Pero la policía mencionó que no era extraño. Ya habían sucedido varios casos en los que las personas deprimidas o sin deseos de vivir más conducían contra los camiones, seguras de que no saldrían vivas del accidente. Algo perturbador, pero, lamentablemente, verídico. De hecho, para los desafortunados conductores, era algo tan traumático que les costaba bastante superar el incidente.

Además, los oficiales preguntaron si tenían problemas maritales, Alex aseguró que no, que su matrimonio estaba bastante bien, que eran felices. Incluso les mostró los comentarios de ella en sus diferentes medios sociales, donde expresaba lo mucho que lo amaba y lo afortunada que era. Es más, se molestó cuando uno de ellos aseguró que lo que la gente subía en esas redes no era cien por cien veraz, que eso no probaba nada.

Al mismo tiempo, Alex estaba intranquilo, pues era consciente de que siempre el primer sospechoso es el cónyuge o novio de la víctima. Rolf lo convenció de que, al haberse dictaminado como suicidio, no buscarían ningún culpable. El caso estaba cerrado. Sin embargo, Alex no dejaba de sentir culpa. Estaba agradecido de que esa mañana, la última que compartieron, ella estuviera de buen humor. Ese día estuvo tan ocupado que no la llamó después, ni siquiera un mensaje le envió, seguro de que en la noche la vería y cenarían juntos.

Carla supuso que ahora se sentiría responsable por el fallecimiento de Tuva, por no haber solventado su situación financiera, por no haberle exigido a Rolf que le ayudara con la deuda, como ella insistía. Sugirió a Rolf que lo llamara a menudo, solo para prevenir que hiciera alguna estupidez.

El día pareció muy largo. No tenían ganas de hacer nada. Estaban intranquilos y preocupados. Julio los llamó varias veces para preguntar si había alguna novedad. También se sorprendió al oír lo que había comunicado la policía.

Al atardecer, Bente llamó a Rolf pidiéndole ayuda. Las niñas estaban muy nerviosas por ver a su padre en ese estado, ya que se la pasaba en la recámara: buscando entre las cosas de Tuva, llorando y maldiciendo. Él sugirió que se trasladaran a la cabaña, lejos de la casa entre tantos recuerdos. Dicho esto, Bente se ofreció a llevarlos.

19

Bente los condujo a la casa de campo. Rolf y Carla salieron a recibirlos. Las niñas los abrazaban y lloraban. Alex se abrazó de Rolf y lloró por un largo rato sobre su hombro. A Carla le conmovió verlo sollozar como un crío. Por su parte, Bente no sabía qué hacer, se sentía fuera de lugar. Carla intuyó que no era momento para tonterías y la invitó a pasar, ante la sorpresa de su marido.

Las dos mujeres y las niñas se dirigieron a la cocina.

—¿Qué les parece si hacemos las galletas que tanto les gustan? —Carla intentó animar a las pequeñas, que no mostraron signo alguno de entusiasmo.

—Pero, ¡qué buena idea! A lavarse las manos, señoritas —las alentó Bente.

Las chiquillas no parecían muy convencidas, pero al ver el entusiasmo de sus abuelas no les quedó más remedio que ayudar. Carla y Bente hablaban con exagerado fervor para espabilar a las pequeñas, que poco a poco empezaban a sonreír.　Rolf seguía afuera con Alex.

—Me siento tan culpable. ¡Por mi culpa se suicidó! No pude darle lo que necesitaba. Soy un inútil —se quejaba Alex.

—¡No es tu culpa! No te atormentes de esa manera, hijo, ¡por favor! Por supuesto que no eres culpable.

—La noche anterior, me insistió en que pidiéramos otro préstamo ¡y yo me negué! ¿Cómo pude hacerle eso?

—Hiciste lo que creíste más sensato —intentaba calmarlo Rolf.

—No, no. ¿Qué me costaba darle lo que me pedía?

Rolf ya no aguantó más, lo cogió por los hombros y lo sacudió con fuerza para hacerle entender.

—¡No es tu responsabilidad! Tú le diste más de lo que pudiste, por eso tienen esa gran deuda. Ella no se supo administrar y tú querías ofrecerle más de lo que estaba entre tus manos. Fuiste un buen esposo y eres un excelente padre, ¡ella lo sabía!

Alex siguió llorando, sin contestar, sabía que su padre tenía razón. Rolf continuó:

—Es muy difícil saber con seguridad hasta dónde es capaz de llegar una persona. Nosotros hacemos lo que está en nuestras manos y debemos estar satisfechos. Pero hacer más ¡es imposible! ¿Cómo podemos averiguar lo que pasa por una mente ajena? ¿Por qué tenemos que hacernos responsables de las acciones de otros? ¡Es absurdo, Alex!

Parecía que el muchacho entraba en razón. Estaba un poco más tranquilo, al menos eso aparentaba.

—Debes pensar en las niñas. Te necesitan ahora más que nunca.

Y de nuevo comenzó a gemir.

—¿Y qué van a hacer sin su madre? ¿Cómo voy a conseguir guiarlas? ¡Mi vida ya no tiene sentido! ¿Qué voy a hacer? ¡Quiero morir!

Rolf no pudo contenerse y le soltó una bofetada para hacerlo reaccionar.

—¡No digas eso! ¡No te des por vencido! ¡Tienes mucho por lo que vivir! ¡Tus hijas te necesitan, no puedes fallarles ahora! Entonces sí, ¿qué harían?

Alex se abrazó de nuevo a él, siguió sollozando sin añadir más. Rolf lo dejó desahogarse, hasta que Elise salió para avisarles de que las galletas estaban listas y para pedirles que entraran antes de que se las acabaran. Alex se limpió la cara e intentó sonreírle, y contestó que irían enseguida.

En la sala, se sentaron todos a la mesa para comer las galletas recién horneadas. Las niñas y Bente las acompañaron con un vaso con leche y los demás tomaron café. Alex fue tranquilizándose y las niñas también estaban menos tensas. Carla afirmaba que Rolf tenía una presencia tan sosegada que, de inmediato, suavizaba la atmósfera de una habitación.

Elise e Ida comentaron que estaban cansadas y se retiraron a la habitación. Los mayores aprovecharon para hablar con Alex. Le ayudaron a planear el funeral, que sería simbólico, pues no pudieron rescatar el cuerpo de Tuva. Él se negaba a hacer una ceremonia, pero los padres de ella insistían en que era lo más conveniente. Era hija única, sus suegros estaban inconsolables y Alex sentía que lo culpaban por el terrible final que tuvo.

—Es lo más recomendable, hijo, lo más sano también. Es necesario que demos el adiós y cerremos ese círculo, todos, incluyendo las niñas. Con el tiempo, podrías arrepentirte de no haberlo hecho —opinó Bente. Los demás la apoyaron.

Él aseguraba que no iba a poder resistirlo, que no quería pasar por eso.

—Pero no estás solo, todos estaremos contigo. Sí, es difícil, pero, como dice tu madre, necesario para poder seguir adelante —agregó Rolf.

Por fin accedió, Bente y Rolf hicieron los arreglos de todo: la esquela en el diario, la iglesia, las flores, absolutamente todo lo que no debía faltar. Alex continuaba sentado a la mesa, ya no lloraba, pero estaba ausente, con la mirada perdida. Carla se dispuso a recoger lo que había sobre la mesa.

Al siguiente día, después de cenar, Alex y las niñas se marcharon, Bente los llevó de regreso a su casa. Ya se sentían con más ánimos, las pequeñas sobrellevaban mejor la situación. Por su parte, Carla y Rolf no tenían ganas de salir, se sentaron en el sofá, él cogió el periódico del día anterior que no había tenido tiempo de leer y ella tomó una de sus revistas.

A eso de las siete de la noche, Drago, que estaba echado a los pies de ella, se levantó y comenzó a ladrar desesperadamente. Él se asomó por la ventana, pero no vio a nadie, ni siquiera Kevin andaba por ahí. Carla se sorprendió, no había oído nada y no sabía qué podía haber alterado de tal manera al perro.

Iba a decir algo cuando su móvil timbró. Era un mensaje de Pavel avisando de que estaba afuera en el garaje. Se sobresaltó y se dispuso a salir.

—Creo que tal vez Drago necesite salir un poco, no hemos tenido oportunidad de sacarlo ni de dar un corto paseo —se excusó y le puso la correa al animal. Sentía que temblaba, presagiaba que la esperaban malas noticias.

Al salir vio un rastro de sangre que llegaba hasta la puerta del garaje. Aceleró el paso al tiempo que intentaba calmar a Drago, que ladraba con más impaciencia. Abrió la puerta y encontró a Pavel sentado sobre el suelo, jadeante y con el muslo derecho herido en la parte externa. También sangraba por el costado izquierdo. Lo miró alarmada y se acercó a él.

—¿Por qué te presentas en ese estado? ¿Qué ha pasado? ¿Quién te atacó? —preguntaba al tiempo que revisaba las heridas. Drago se sentó junto a él, convencido de que no representaba peligro alguno.

—Ayúdame, ¡por favor! —suplicó en un gemido.

Ella negaba con la cabeza.

—Debiste ir a un hospital. Yo no puedo ayudarte, no tengo el equipo necesario —Sin vacilar, tomó su móvil de la bolsa de su pantalón—. Voy a llamar a una ambulancia, no puedes quedarte aquí.

Él le arrebató el teléfono y lo aventó lejos. Ella se molestó.

174

—¿Qué te sucede? ¿Por qué tiras mi móvil? ¡Yo solo quiero ayudar!

—No puedes llamar a una ambulancia. Por eso acudí a ti. Tengo problemas. Bastante serios.

Carla se levantó y se alejó de su lado.

—No me envuelvas en tus líos. ¡Por favor, Pavel! No quiero problemas. Si Rolf...

Él la interrumpió de inmediato:

—¡Ya estás metida! ¡Tienes que ayudarme!

Ella sintió que el corazón se le detuvo. Se arrepintió de disculparlo la última vez que lo encontró en el centro. Tenía que haberlo dejado fuera de su vida, pues su amistad solo le acarreaba problemas.

—Yo no tengo nada que ver contigo. ¡Vete de aquí! No quiero volver a verte.

—No puedo irme, no llegaría ni a la carretera, lo sabes bien.

Respiró hondo, quería recobrar la serenidad, en cualquier caso, comprendió que debía atenderlo.

—Necesito ir por el maletín de los primeros auxilios —anunció y enseguida recordó que su esposo guardaba allí un botiquín por si llegaba a suceder algún accidente mientras trabajaba en el auto o en sus pasatiempos. Lo sacó y se lavó las manos utilizando la manguera.

Mientras lo curaba, se dio cuenta de que las heridas necesitaban algunas puntadas, pero él le pidió que solo utilizara cinta o lo que tuviera a mano, porque no podía ir a ningún lugar público. Ella insistió en que debía examinarlo un doctor y él se volvió a negar.

—¿Acaso crees que lo de tu amiga fue en verdad un accidente? ¿Pura casualidad? —se burló.

Ella no comprendía a lo que se refería, su mente estaba en blanco. Seguía de rodillas junto a él, limpiando las heridas. Drago se había echado junto a ellos y dormitaba.

—¡Tu amiga! Con la que discutías en el restaurante la otra vez. ¿No lo recuerdas?

—¿De qué hablas? —Notó que un viento helado le acarició la espalda.

175

—Con la mujer que discutías. Dijiste que querías desaparecerla, pero no sabías cómo.

No lo dejó terminar, le dio una bofetada con todas sus fuerzas.

—¡Yo no dije eso! ¡Yo no lo dije! —gritaba. El miedo la invadió. Se puso de pie llevándose las manos a la cabeza y volvió a hincarse a su lado, golpeándolo con los puños en el pecho, mientras negaba una y otra vez haber dicho semejante barbaridad. No pudo controlar su desesperación.

Él intentaba detenerla, pero parecía enloquecida. Carla no podía concebir que su deseo por hacerla desaparecer se hubiera convertido en una realidad. Había sido solo una expresión, una de tantas oraciones que había pronunciado ese día. Una frase que él, erróneamente, había tergiversado.

Drago se enderezó y volvió a ladrar, enseñando los colmillos. Ella se detuvo.

—¡Eres un estúpido! ¡Un imbécil! ¿No pensaste en que podrías haber matado a las niñas? —le recriminó a gritos y lo golpeó de nuevo. Solo de imaginarlo sintió náuseas. Comprendió que no estaba bien. Definitivamente, era un desequilibrado mental, pues ese simple comentario no habría significado tanto para una persona con juicio. Y de pronto recordó las veces que Pavel hacía comentarios bastante despiadados y que, al percibir las reacciones de asombro entre sus compañeros, sonreía y decía que solo bromeaba. Tuvo miedo y decidió no darle motivos para que la lastimara. Tenía que tranquilizarse y actuar con serenidad.

Él le tomó las manos y la detuvo.

—No soy tan estúpido como crees. Me aseguré primero y vi que iba sola.

Rolf los interrumpió:

—Carla, ¿qué hace este hombre aquí?

Ella se levantó y, con lágrimas, le contó lo sucedido, incluyendo la confesión sobre el accidente de Tuva. Rolf enfureció al oír la explicación de su esposa y, sin pensarlo, se abalanzó contra Pavel, lo cogió del cuello de la camisa y lo levantó, golpeándole en el abdomen. A su vez, Carla gritó asustada, pidiéndole que lo dejara, pues estaba malherido, pero Rolf seguía atacándolo.

—¡Por favor, detente! ¡Suéltalo, Rolf! ¡Lo estás lastimando más!

Por fin pudo contenerse y lo dejó caer al suelo. Pavel se quejó del dolor tan intenso que experimentaba. Carla se arrodilló de nuevo junto a él y le revisó las heridas una vez más. Rolf estaba más calmado, aunque su furia no disminuía. Quería sacar al intruso lo más pronto posible de su propiedad, le causaba repugnancia.

—Llamaré a la policía. No puedo hacer otra cosa.

Pavel le lanzó una retadora mirada.

—Si me lleva la policía, tu esposa estará involucrada. ¡Piénsalo bien!

Rolf no comprendió de qué manera Carla podría estar comprometida en semejante barbaridad, pero no quiso indagar. Confiaba demasiado en ella, mas no entendía que le pidiera calma en semejante situación. Sus razones tendría. Más tarde y a solas le pediría una explicación.

—Es mejor que te largues cuanto antes. No quiero verte aquí —lo amenazó.

Carla intervino:

—No podemos dejarlo ir, estaríamos en problemas también. Al menos yo.

Ella estaba nerviosa y muy asustada. Decidió contarle todo lo sucedido a Rolf una vez más, desde el día en que se encontró en el café con Pavel y Tuva apareció.

20

Rolf se enteró al fin de lo sucedido ese día que Tuva la enfrentó en el restaurante, esta vez con todos los detalles y la conversación que llevó a Pavel a que actuara de forma tan desastrosa.

Pavel explicó que la recordó el martes que ella llegó al taller para reservar lugar, quería que examinaran su auto. Fue cuando la reconoció, era la mujer que atormentaba a Carla, y planeó algo para ayudarla, algo para desaparecerla para siempre como ella deseaba.

El viernes en la mañana, el día que Tuva llegaría con su auto, él entró temprano al taller y desayunó con sus compañeros. Anduvo distraído todo el día, pensando en la mejor forma de hacerlo para que pareciera un accidente. Entonces, ofreció su ayuda al compañero que trabajaba en el auto de Tuva, pero estaba todo en muy buenas condiciones, ya que siempre acudía a las revisiones en el tiempo preciso —era bastante rigurosa en eso—.

El día transcurría y nada se le ocurría. Tenía que ser una avería cuyo efecto no sucediera de inmediato, pues no deseaba que al salir del taller fallara su auto, eso lo delataría. Y no podía producirse tampoco a largo plazo, no podía permitir que las niñas sufrieran las consecuencias.

Finalmente, decidió esperar hasta que volviera para recoger su coche. Al ver que iba sola y cuando su jefe pidió que le entregaran el auto, Pavel le pidió al compañero unos minutos ya que estaba seguro de haber dejado unas herramientas dentro del carro. El compañero se extrañó un poco, pero le pidió que entonces él lo entregara y se dirigió de nuevo al vehículo que reparaba.

Pavel se apresuró y, con suma destreza, hizo unos agujeros en los canales que transportan el líquido de los frenos hasta las llantas. Eran muy pequeños y estaban en ambos lados, así cada vez que frenara el líquido chorrearía y poco a poco los cilindros se quedarían vacíos. Después de algún tiempo los frenos no responderían y ella perdería el control, la colisión sería inevitable.

Carla y Rolf lo escuchaban boquiabiertos. Ella lloraba, estaba muy arrepentida de haber expresado semejante deseo. Por su parte, Rolf maquinaba la forma de librarse del intruso cuanto antes.

Pavel les explicó lo sucedido con Cyryl el día en que lo asesinaron en Oslo y cómo había estado esquivando a los agresores los días posteriores, pero desafortunadamente reconocieron a Aleksy y lo siguieron sin que se diera cuenta.

El día anterior, alguien llamó a Aleksy, explicando que era un gran amigo de Cyryl, a quien Cyryl ayudaba a reparar el auto en su tiempo libre. Agregó que ahora que no lo encontraba —ya que había oído que se había regresado con su familia a su país—, necesitaba con urgencia ayuda, pues su auto no andaba bien, no sabía lo que tenía ya que era muy malo para la mecánica. Le aseguró que Cyryl le había hablado de él, recomendándolo en caso de emergencia. No obstante, Aleksy dudó al no tener idea de quién era su interlocutor, pero al final pensó en que ganaría un extra, pidió la dirección y prometió que iría al siguiente día, como a eso de las once de la mañana.

Convenció a Pavel de acompañarle, argumentando que esos trabajos Cyryl los cobraba bastante bien. Y por supuesto le rogó que no lo dejara solo, pues temía que los asesinos los anduvieran buscando todavía.

Así fue como, ese domingo, salieron hacia una bodega en Sadnes, cerca de Stavanger. Esta vez, al llegar en el auto de Aleksy, Pavel sugirió que él bajaría y hablaría con Dimitri, supuestamente el hombre que lo había llamado el día anterior —ya que Pavel aseguraba que era un nombre falso—.

Condujeron hasta llegar a un área con almacenes, todos cerrados pues no trabajaban los domingos, que estaba totalmente desierta. El almacén de la dirección señalada tenía los portones abiertos y había tres autos estacionados, todos con vidrios oscuros y placas extrangeras. De inmediato, Pavel sospechó que se trataba de una trampa. Le pidió a Aleksy que se calmara, pues se veía intranquilo, y que esperara en el auto con la marcha encendida. Sin embargo, no confiaba mucho en él, era bastante nervioso y perdía el control con facilidad.

Pavel se bajó del auto y se dirigió al interior de la bodega. Aparentemente no había nadie adentro. Seguía internándose, no se oía ningún ruido ni había movimiento, lo que aumentó su preocupación. No sabía si entrar y gritar para conseguir respuesta o detenerse donde estaba, pues así le sería más fácil llegar al carro en caso de necesitar salir corriendo.

—¡Adelante! ¡Adelante! —vociferó alguien que surgía de la oscuridad de lo que parecía una oficina.

Pavel se detuvo y sintió un leve temblor en las rodillas al ver al hombre, al que reconoció de inmediato. Era el que manejaba la camioneta desde la que dispararon a Cyryl. Nunca olvidaría esa cara: era muy blanco, con cejas espesas y despeinadas, los ojos pequeños y una burda cicatriz que iba de la comisura de la boca y subía hasta mitad de la mejilla del lado izquierdo. Lo acompañaban otros cuatro hombres que caminaban detrás de él.

—Es una lástima que Cyryl haya regresado a su país. Ahora que tenemos tanto trabajo para él —lamentaba el hombre a medida que se acercaba a él.

En ese momento, no le quedaron más dudas a Pavel, sabía que eran los asesinos de su amigo. No sabía cómo reaccionar, eran muchos para él solo, imposible salir con vida de ahí. Tenía que pensar rápido, comprendía que no tenía mucho tiempo.

Llevaba una pistola bajo el cinturón con seis balas, suficientes para todos ellos, el problema era que necesitaba ser mucho más veloz que sus contrincantes. Además, ahora que temblaba un poco tal vez no diera en el blanco. No había tiempo para planear, tenía que actuar y cuanto antes, mejor, debía sorprender a sus adversarios.

El hombre seguía hablando sobre asuntos que Pavel no entendía, no prestaba atención. Todos rieron de algo que dijo y ahí, en ese momento que no lo esperaban, sacó de inmediato la pistola y empezó a dispararles.

El primero en caer fue el hombre de la cicatriz, con una bala que le entró por la frente y le salió por la parte de atrás de la cabeza, cayó desplomado enseguida. Después, el de la derecha y el que estaba a su izquierda, fueron derribados al instante, no les dio tiempo de reaccionar. Continuó con el otro que estaba al lado. Fue todo muy rápido, disparaba y caían al instante, inertes. Pero el último que quedaba reaccionó y se le echó encima, sacando un cuchillo con el que lo hirió en el muslo. Pavel se desplomó y soltó la pistola, el hombre lo golpeó y lo acuchilló de nuevo en el costado derecho. Forcejeaban sobre el suelo, Pavel sentía mucho dolor y su atacante estaba decidido a no dejarlo escapar.

Aleksy se bajó del auto al oír los disparos. Entonces, al ver que su amigo no podía deshacerse de su agresor, cogió la pistola y le dio dos disparos en la espalda. Pavel se sentó, jadeante y adolorido, turbado todavía por el incidente.

—¿Qué vamos a hacer? ¿Estás malherido? ¿Te llevo al hospital? —propuso con nerviosismo Aleksy.

Pavel quiso calmarlo. Aseguró que la ropa gruesa que llevaba impidió que las heridas fueran profundas.

181

Comprendía que no debía ir al hospital, mucho menos llamar a la policía. Así que cerraron el portón, se pusieron guantes y limpiaron la sangre de Pavel que había caído al suelo y que estaba también sobre el hombre que lo había atacado, por lo que decidieron quitarle las ropas. A los otros cuatro no los movieron, los dejaron tal y como habían caído sobre el suelo.

Después de borrar su rastro, Aleksy condujo a Pavel a la cabaña, pues estaba completamente seguro de que ahí estaría Carla.

—¿Y si alguien los siguió hasta aquí? ¡No quiero estar involucrada en semejantes líos, Pavel! —gritaba Carla, escandalizada.

Rolf la abrazó, intentando sosegarla, pidiéndole que se controlara.

—Dimos muchas vueltas antes de llegar hasta acá, Carla. Nadie nos seguía, estate tranquila. Esperamos hasta que oscureció y Aleksy no regresará ni me buscará. Sabes que no te involucraría en semejante problema.

—¡No estoy tan segura de eso! Ahora me doy cuenta de que no te conozco absolutamente nada —lo interrumpió. Le costaba reprimir la ira y el miedo que sentía.

—Yo no seré tan perfecto como tú, Carla, pero te aseguro que asesino no soy. No todos tenemos la suerte de tener dinero de sobra, tampoco de contar con tantas posibilidades en nuestras vidas. Tú no sabes lo que es la pobreza, nunca lo entenderías —reprochaba con tristeza, quería hacerle comprender que lo que había hecho fue solamente un acto de sobrevivencia.

Ella no dijo más, recordó lo que su madre le había platicado, todo aquello que ella ignoraba. Suyan le rogó que no la juzgara, sabía que le sería difícil comprender. Ahora entendía que la mayoría de las veces es imposible discernir qué lleva a una persona a actuar de tal modo. ¿Acaso ella se creía mejor que los demás? Pavel tenía razón.

—Es mejor que no perdamos la cordura —interrumpió Rolf—. Busquemos soluciones.

Sus interlocutores asintieron con la cabeza.

—No podemos arriesgarnos a llevarte al hospital, tendrás que convalecer aquí —reconoció Rolf.

Carla no refutó su propuesta, era lo más conveniente, en eso estaba de acuerdo.

—¿Cuánto tiempo necesita para recuperarse? —preguntó a su esposa.

—Mínimo cinco días, las heridas no son muy profundas, pero hay que evitar una infección —contestó con seguridad.

Rolf sugirió llevarlo adentro, aunque le repugnaba, no lo podían dejar en el garaje, así pues, ocuparía el cuarto de visitas. Lo ayudaron a levantarse y lo acomodaron en la habitación. Rolf le prestó ropa y, aunque era más bajo y más delgado que él, le quedó bastante bien. Pavel comentó que nunca había usado ropa de tan buena calidad.

Carla le dio un sedante y le preparó unos emparedados, él aseguró no tener hambre, pero ella le aconsejó comer algo, ya que deducía que no había probado bocado en todo el día. Cuando ella lo mencionó él asintió y, obediente, comenzó a comer.

Rolf y Carla se sentaron en el sofá después de cenar. Él insistió en deshacerse de Pavel en cuanto se sintiera mejor. Ella estaba bastante preocupada de que la policía diera con él y la involucraran en el accidente de Tuva. Rolf intentaba sosegarla.

—¡Eso es imposible! No creo que Pavel te inmiscuya en ese accidente. Ni siquiera creo que lo mencione si lo detienen, sería un crimen más en su expediente. No lo creo tan tonto, solo quiere asustarnos. Si lo buscan, ya tiene suficiente con lo de Cyryl y los negocios turbios en los que andaba metido.

—¿Y entonces? ¿Por qué me asustó con semejante disparate?

—Precisamente por eso, para intimidarte y conseguir tu ayuda. Tal vez imaginó que le curarías las heridas y saldría caminando por su propio pie, no contaba con que debes hacer curaciones y cambiar vendajes. De todos modos, no debemos dejar que la policía lo atrape. Por si decide involucrarnos. No podemos arriesgarnos.

Ella se abrazó a él. El miedo y la angustia no la dejaban en paz.

21

Después de mucho cavilar sobre lo ocurrido y la situación en la que se encontraban, Rolf se convenció de que lo más idóneo era sacar a Pavel del país. Era una solución arriesgada, pero percibía la angustia en su esposa, el terror que sentía solo de imaginar que Pavel pudiera involucrarla en el asesinato y la posibilidad de que estropeara su vida. Deseaba erradicarlo de sus vidas para siempre.

En los diarios y los noticiarios mencionaban la masacre ocurrida en las bodegas. Estaban conscientes de que la policía ya contaba con información de lo acaecido, pero aún no ventilaban la averiguación sobre los posibles responsables por razones de seguridad, como era habitual en estos casos. Al mismo tiempo, continuaban pidiendo el testimonio de las personas que vieron algo sospechoso ese día. Ahora bien, Pavel aseguraba que no pasó ni una sola persona esa tarde por ahí, además, los difuntos eran

185

conocidos en el medio criminal, los que los frecuentaban sabían que tarde o temprano encontrarían un destino fatal.

No obstante, Rolf le aconsejaba que no estuviera tan confiado, que en la actualidad los investigadores contaban con instrumentos especializados capaces de descubrir sangre en los lugares de los que había sido cuidadosamente retirada y lavada.

—Lo dices solo por molestarme, ¿verdad? —replicó Pavel mirándolo con recelo.

—No, en lo absoluto. Hace algunos meses, estaba viendo un programa de detectives en el que trataban el caso de una asesina que lavaba cada mancha y gota de sangre de sus víctimas, pero gracias a un aparato descubrieron los restos, aun después de un tiempo. Espera, déjame buscarlo en Google —dijo mientras hurgaba con los dedos sobre la pantalla de su móvil—. Aquí está, te lo voy a leer: "Es una solución química especial, Luminol, extremadamente sensible, que puede detectar sangre que ha sido removida con agua o inclusive con detergentes y cloro. Es un químico fluorescente que, cuando se rocía sobre una superficie que contiene o puede contener sangre, hace que las partículas de hierro se vuelvan luminosas. Para efectuar esta prueba los investigadores forenses necesitan completa oscuridad", etc., etc., etc., ¿ves?, no miento, ya no es tan fácil salir libre de un homicidio.

—Pero eso lleva mucho tiempo, ¿no? Para cuando lo descubran ya no me encontrarán, ya estaré muy lejos de aquí. —Pavel lo observaba inquisitivo, necesitaba oír que todo saldría bien.

—Eso espero, por el bien de todos —contestó Rolf en voz baja.

Carla no quería ni imaginar que las cosas podrían resultar mal. Decidió llevar la conversación por otro lado.

—Tus heridas van muy bien, ya casi están cerradas, lo importante es que ya no sangran y no hubo infección —comentó mientras hacía la curación de rutina.

186

Él contestó que, si no hubiera sido por ella, tal vez no estaría vivo. Les dio las gracias una vez más por la ayuda recibida.

Por las noches a Carla le era imposible dormir. No era temor por Pavel, eso no la turbaba, sino terror por la forma en la que ella se comportaba, se extrañaba de su propia conducta. Fue un gran impacto para ella el averiguar que, por un deseo expresado, Tuva perdiera la vida. Pero al mismo tiempo sentía alivio, era lo que la aterrorizaba, que no experimentaba ningún cargo de conciencia, al contrario, se sentía liberada. Era una sensación que no se atrevía a comentarle a nadie.

Más tarde, cuando tuvo la ocasión le preguntó a Pavel de dónde había sacado el arma con la que disparó en la bodega. Él respondió que era una de las que Cyryl tenía en el departamento.

—No te preocupes. Aleksy y yo recogimos todos los casquillos y borramos las huellas y las manchas de sangre, envolvimos la pistola en bastante periódico y la depositamos en uno de los contenedores de basura, en una zona de departamentos donde sabemos que viven muchos foráneos, en su mayoría hombres solos —aseguró él.

Ella insistió en que tal vez alguien pudo verlos. Él reiteró que no, que él se quedó en el auto, estacionado a varias cuadras del lugar y Aleksy caminó y depositó el paquete sin que nadie lo observara. Además, sabían que el martes pasaba el camión recolector y para ese entonces estaría rebosante de basura, resultaba imposible que alguien descubriera el contenido. También le contó que no confiaban en el hombre que llamó ese sábado, no había duda de que se trataba de una trampa. En consecuencia, decidieron empacar algunas de sus pertenencias, las esenciales, y no dejar ninguna evidencia que pudiera inculparlos en caso de que las cosas salieran mal y se vieran obligados a no regresar.

—En ese maletín cargo solo un poco de ropa y mis papeles, algo para mi higiene personal y algunas fotos. El resto lo dejamos para que no sospecharan que nuestra idea era

187

escapar. Todo lo que pertenecía a Cyryl ya lo habíamos echado fuera. Solo conservamos el arma y las seis balas.

Carla seguía con el temor de que los hubieran seguido y Rolf la confortaba explicando que sabían lo que hacían, que habían sido cuidadosos de no enredarse directamente con los amigos de Cyryl y eran lo suficientemente listos como para no verse involucrados en ese medio.

—Podríamos decir que son los ladrones buenos, los que solo buscan un poco de plata para llevar a su familia —defendió Rolf.

Y eso, igualmente, la preocupaba, la actitud tan relajada de Rolf. Le llamaba el ladrón bueno, sin importar que hubiera cometido algunos delitos graves e incluso que hubiera asesinado a varios hombres. La asustaba esa tolerancia que crece y crece hasta el punto de que ya casi nada nos sorprende y nos vuelve insensibles ante ciertos hechos: los asesinatos, los maltratos, las crueldades cada vez más grandes y cada vez más aceptados.

Igualmente, en la cama, mientras batallaba para conciliar el sueño, repasaba una y otra vez el plan. Para empezar, Rolf llegó a la conclusión de que la mejor solución era sacar a Pavel del país, llevarlo hasta Polonia. Y tenía que ser manejando, pues no querían dejar rastros fáciles de seguir. Por un lado, no estaban seguros de cuánto sabía la policía de los hechos. Las declaraciones siempre eran las mismas, por lo que creían que en realidad las autoridades no poseían la más mínima pista de lo ocurrido: cinco cadáveres de hombres que contaban con un sinfín de enemigos, sin huellas dactilares, sin casquillos de bala ni armas —un ajuste de cuentas entre pandillas, lo más probable—. Por otro lado, pensaban que Pavel no tenía antecedentes criminales, era simplemente un hombre hacendoso que no se metía en problemas, esa era la apariencia que daba en los lugares en que trabajaba. Si alguien pedía una descripción de él, dirían que se trataba de un empleado y un padre responsable, que se dedicaba a trabajar y cumplir con su deber para enviar sustento a su familia, que dependía económicamente de él. Esos serían los comentarios de todos los que lo conocían. Carla había checado su Facebook y mostraba fotos de su esposa y sus hijos que ella le enviaba. Mostraba la imagen de ser un hombre de familia responsable y amoroso. «Otra vez la incongruencia entre la realidad y lo que nos empeñamos en demostrar», pensó.

Rolf preguntó si los contactos de Cyryl lo habían visto, él negó una vez más. Cyryl hacía las negociaciones y las entregas, Aleksy y él solo manejaban o lo acompañaban, siempre sin dar la cara. Únicamente en Oslo: él lo había acompañado hasta la puerta y los que lo vieron ya estaban muertos.

—Y estoy cien por cien seguro de que en esa ocasión ni siquiera se dieron cuenta de mi presencia, yo ya me había metido al auto cuando ellos llegaron disparando, y arranqué enseguida. Llovía torrencialmente, por eso no lograron seguirnos —explicó con aplomo y Rolf le creyó.

Pavel le parecía un hombre enigmático —Carla estaba de acuerdo con él—. No era un hombre malo, pero podía llegar a serlo si se le provocaba. Por una parte, amaba a su familia, pero se arriesgaba demasiado, tal vez debido a ese inmenso amor que les tenía y no reparaba en los peligros con tal de sacarlos adelante. Por otra parte, se trataba de un hombre leal, al grado de deshacerse de Tuva por el aprecio que profesaba a Carla y, además, ayudaba a Aleksy y Cyryl, arriesgando su vida. En resumidas cuentas, en la superficie se mostraba como un hombre tranquilo y pacífico, pero interiormente podía llegar a los extremos. Negaba ser un asesino, pero si las circunstancias así lo requerían, podía convertirse en uno. Era de esas personas que van por la vida creyendo que el fin justifica los medios.

Lo que le sorprendía a Rolf era que aun sabiendo lo que había hecho, Carla parecía no temerle, incluso aparentemente lo apreciaba. Ella le contó que lo conoció en la escuela y que parecía un chico atento y servicial, que siempre fue amable con todos en clase y que todos los días, sin excepción, andaba de buen humor aun pasando por problemas económicos serios. Mientras escuchaba su explicación, él encogía los hombros y negaba con la cabeza, sin comprender.

Y esto volvía a perturbar la tranquilidad de ella. ¿Por qué no le temía a Pavel? ¿Por qué lo apreciaba después de oír las atrocidades que cometió? Tal vez porque se sentía en deuda con él por haber quitado a Tuva de su vida, ¿sería posible? Y seguía cuestionándose la actitud de Rolf, el ofrecerse a ayudarlo era como darle las gracias por lo que había hecho. Tal vez en el fondo le agradecía que liberara a Alex de esa mujer que lo estaba destruyendo poco a poco, algo que él hubiera deseado hacer, pero a lo que jamás se hubiera atrevido. Un deseo oculto, como cuando ella confesó que le gustaría desaparecerla, sin embargo, nunca lo hubiera hecho ella misma. Su madre solía advertirle: "Ten cuidado con lo que deseas porque puedes conseguirlo". Y cuánta razón tenía, pensó.

El martes en la mañana, Rolf les comunicó su idea y entre los tres concretaron una estrategia.

Por lo pronto, Pavel se dedicaría a descansar y a recuperarse en cama. Carla y Rolf ayudarían a Alexander con las niñas y el funeral, que se llevaría a cabo al día siguiente.

Rolf le recordó a su esposa las ganas que siempre tuvo de viajar en una casa rodante, así que aseguró que el momento oportuno había llegado. Comprarían una casa móvil equipada, ese mismo día. Ella se emocionó, pero no alcanzaba a comprender por qué entonces. Él aclaró que resultaba la forma más segura de transportar a Pavel: no quedaría registro en los aeropuertos y podría seguir recuperándose y ella curándolo sin problemas.

Pavel externó su preocupación de viajar por Oslo y Dinamarca, tal vez alguno de los conocidos de sus víctimas lo reconociera, ¿qué tal si lo andaban buscando? Aunque creía que no lo habían visto nunca, siempre cabía la duda, uno nunca podía estar seguro en esos ambientes.

Rolf sugirió que la mejor ruta era atravesar Suecia y llegar hasta Karlskrona, donde tomarían el ferri hasta Gdynia, en

Polonia. Era el más viable, ya que operaba dos veces al día y en diez horas con treinta minutos ya estarían en Polonia. Ahí, Pavel tomaría el tren o el autobús hasta su casa y él se marcharía con su esposa a algún otro lugar. Ese destino no lo reveló, no quería dar más información de la necesaria. Ya había discutido con Carla la posibilidad de viajar a Gdansk, ahora lo podrían hacer. A pesar del peligro que el plan representaba, ella se sintió emocionada. Pavel exclamó que Rolf era un genio.

Los días trascurrieron sin problemas. En un momento dado, Aleksy reportó que estaba en Dinamarca, Pavel se alegró por él, le deseó la mejor de las suertes y le pidió que no lo contactara más. Aleksy lo comprendió y estuvo de acuerdo, aun así, se despidió con tristeza, estaba muy agradecido con él, ya que sabía que estaba vivo gracias a Pavel.

Así mismo, Pavel llamó a su esposa y le hizo saber que no se comunicaría con ella por un tiempo. Le informó que iría al norte por un trabajo que le ofrecieron y que su móvil no funcionaba bien, pero de momento no podía hacer un gasto extra, por lo que en cuanto pudiera la llamaba. No quería revelarle que iba para allá, no deseaba alarmarla y, además, no era el momento de dar explicaciones —ya se lo contaría cuando la viera—. Por lo pronto, era mejor no levantar sospechas.

El día del funeral, Carla le dio un tranquilizante a Alex. Fue una ceremonia sencilla y pequeña, solo las personas más allegadas. Cuando terminó, Bente los invitó a comer en su casa. Los padres de Tuva también asistieron, siempre aprecieron a Alex, no le recriminaron absolutamente nada, contrario a lo que él esperaba. Las niñas estaban más tranquilas y Bente se había suavizado con la tragedia. Julio y Elin también acudieron, estarían solo un par de días, aunque hubieran querido permanecer más.

Lo que sorprendió a todos fue la presencia de Sofie, la exnovia de Alex, en la ceremonia. Carla y Rolf la saludaron y expresaron el gusto de verla a pesar de las circunstancias. Bente se portó amable con ella y hasta la invitó a su casa, pero ella se disculpó respondiendo que tal vez en otra ocasión.

Mientras comían, Carla y Rolf les informaron sobre la compra de la casa móvil y expresaron su deseo de irse unos días de viaje.

—Salimos el viernes, no sabemos con exactitud nuestro destino, pero son solo un par de semanas, un cambio de aires simplemente —anunció Rolf.

Nadie replicó, entendieron que con lo sucedido tal vez Carla recordaba de nuevo la pérdida de su madre, así que todos coincidieron en que era una buena idea.

Esa noche, Julio y Elin se quedaron con ellos en la casa de Tananger, pues Pavel seguía en la cabaña. Rolf les mostró la casa móvil, ellos estaban encantados con la nueva adquisición y Julio externó su deseo de comprar algo parecido, aunque más pequeño. Por su parte, Elin estuvo de acuerdo. Al día siguiente se despidieron y Carla le pidió que manejara con cuidado. Julio rio, asegurando que era un conductor bastante precavido y que ella lo sabía bien. Sin embargo, su madre replicó que nunca estaba de más un recordatorio. Además, Julio se ofreció a cuidar de Drago mientras viajaban y ellos coincidieron en que era buena idea. Cuando se marcharon, Carla y Rolf cerraron la casa y se dirigieron a la cabaña: él, en la casa móvil y ella, en el auto.

Al llegar, Pavel mencionó que había pasado muy bien la noche, que se sentía recuperado y con mucho ánimo. Además, comentó que le hacía mucha ilusión volver con su familia. Aun así, Rolf le recomendó que fuera cuidadoso, incluso le aconsejó que se mudara de ciudad con su familia. Pavel estuvo de acuerdo, el único problema que veía era que, en una ciudad más grande, las oportunidades de encontrar un trabajo eran menores; al menos para él, que no contaba con una carrera universitaria.

Rolf mencionó que tal vez en Varsovia le darían trabajo, una ocupación que al menos le permitiera estar con su familia y ganar lo suficiente para su sustento. Pavel confesó que, después de esos últimos días, ya no tenía deseos de seguir escondiéndose.

Además, Carla le dio varias tarjetas prepagadas con un valor total de mil euros. Él no las quiso aceptar, consideraba que no lo merecía. Pero ella argumentó que necesitaba ese dinero mientras encontraba trabajo.

—Todos queremos una nueva oportunidad, Pavel, pero en nosotros está el hacernos merecedores de ella. Piensa en tu familia y en el futuro de tus hijos, no les falles.

A él se le salieron unas lágrimas, incapaz de controlar la emoción, les dio las gracias de nuevo y prometió que no les fallaría.

22

El día de partir comenzaba, todos despertaron temprano, más que de costumbre y también más de lo previsto.

—Desde las cinco estoy despierto. ¡Le gané a la alarma por media hora! —comentó Pavel con orgullo.

—Yo no dormí placenteramente, es más, ¡no dormí! —confesó Carla en un refunfuño.

Rolf rio.

—Tus ronquidos demostraban lo contrario, querida —la embromó.

—Bueno, tal vez un par de horas sí dormí, pero la pasé mal —se disculpó ante la risa de sus oyentes.

Se sentaron a la mesa y desayunaron. Los hombres estaban relajados, en cambio, ella se encontraba un poco tensa, no lograba serenarse, siempre pensaba en que el plan no saliera como esperaban.

—¡Relájate, mujer! Todo va a ir bien, ya lo verás —intentó animarla Pavel.

Ella le sonrió con desgana, consideró que era un descarado, todo lo que hacían se debía a él, al lío en que los había metido y, aun así, él estaba muy quitado de la pena. Quiso contestarle, pero decidió callar. De pronto, pasó por su mente algo que no había pensado antes y se estremeció.

—¿Y qué diremos si detienen a Pavel? ¿Por qué anda de viaje con nosotros? —Los miró con preocupación.

De nuevo sus oyentes rieron. Eso la irritó.

—¿Acaso todo es una broma para ustedes?

—¡No! No te enojes. Es que eres demasiado cerebral. Tranquila, ya tu marido y yo hablamos de eso. Todo está bajo control.

El martes, mientras ella se bañaba, Pavel y Rolf estudiaron las posibles salidas en caso de que lo detuvieran. Rolf estaba seguro de que era imposible, ya que no creía que estuviera bajo sospecha para la policía.

Pavel sugirió utilizar un pasaporte falso, no obstante, Rolf supuso que no era buena idea. Lo que acordaron fue que viajarían juntos en la casa móvil. Pavel permanecería siempre adentro, no había necesidad de que bajara para nada. Él haría todas sus comidas en la cocineta, Rolf y su esposa comerían de vez en cuando en restaurantes para evitar sospechas y ser vistos como una pareja más de tantas que viaja en su casa rodante.

Saldrían hacia Kristiansand y de ahí irían a Larvik, donde buscarían un lugar para aparcar y pasar la noche. Al siguiente día continuarían hacia Fredrikstad y cruzarían la frontera con Suecia hasta llegar a Karlskrona, donde tomarían el ferri hasta Gdynia, en Polonia.

Los hombres confiaban en que todo saldría bien, no había nada que temer, aunque Carla no se sentía tan segura, siempre imaginaba que un imprevisto podría suceder.

—Tenemos que ser positivos y concentrarnos en el objetivo, debemos relajarnos y disfrutar el viaje —comunicó Rolf una vez que estuvo frente al volante.

Carla iba en el asiento del copiloto y Pavel se sentó en el sillón frente a la mesa. El inicio resultó ameno, oían música, platicaban y bromeaban todo el tiempo. Fueron pocas las veces que se detuvieron y Pavel, como habían acordado, nunca se bajó del vehículo. Procuraban estacionar en lugares solitarios para evitar miradas curiosas y cuestionamientos. Pero Carla seguía nerviosa, no lograba relajarse y preguntó una vez más qué dirían si alguien señalaba que viajaban con Pavel.

Rolf le pidió por enésima vez que no se preocupara, que contestarían que ellos dos iban en el viaje que habían planeado al comprar el tráiler y que a él lo encontraron por casualidad mientras regresaba a su país. Como lo conocían bastante bien por los trabajos que había hecho en su casa y la cabaña, además de ir al curso de noruego con ella, lo invitaron a viajar con ellos para que se ahorrara ese dinero, ya que iban al mismo destino. Ella admitió que era un argumento bastante creíble y, de inmediato, se tranquilizó, aunque dudó en eso de decir que lo conocían bastante bien.

No percibieron el paso del tiempo, a la una de la tarde llegaron a Kristiansand, decidieron aparcar para bajar y estirar los músculos y comer algo. Rolf comentó que llevaban un excelente ritmo y que en unas tres horas llegarían a Larvik. Aseguró que alrededor de las seis estarían estacionados y descansando después del primer día de viaje.

Al pasar Larvik, se pararon en un lugar para acampar y pasar la noche. Escogieron un lugar en el que no había nadie estacionado cerca de ellos. No había muchos tráilers, no era época alta, así que no tenían que preocuparse por vecinos incómodos.

Pavel se ofreció para preparar la cena, hizo pasta con carne molida y salsa de tomate y una ensalada verde. Todos se mostraban muy optimistas y platicaban animadamente mientras comían.

Carla comentó haber visto a la madre de Kevin un día que paseaba con Drago y que la saludó, pero ella solo inclinó la cabeza y se dio la media vuelta rápidamente. No se explicaba cómo podía existir gente a la que le resultara tan difícil brindar una sonrisa.

—Como quien dice, somos vecinos, ¿no? Entonces, ¿por qué me niega un saludo?

Rolf intentó calmarla.

—Tiene sus razones, siempre ha sido así. Trabajaba para mi madre y después de muchos años empezó a platicar con ella. En un principio solo llegaba, daba los buenos días y se dedicaba a trabajar, solamente hablaba lo indispensable y mamá se olvidaba de su presencia, hasta que preguntaba si necesitaba algo más porque ya había terminado su trabajo.

—Sí, la recuerdo, cuando llegábamos solo nos saludaba. Más bien susurraba un saludo y se daba la media vuelta y no la volvíamos a ver más —recordó Carla.

—Mamá tampoco la presionó —continuó Rolf—, imaginaba que debió de haber tenido una vida muy dura. Y, poco a poco, empezó a tomarle confianza y a conversar.

—¡Uy! Yo no podría ser así. Si no hablo en un par de horas, me vuelvo loco —bromeó Pavel.

—Tú no aguantarías ni un par de segundos callado —confirmó   Carla soltando una carcajada y él se cubrió el rostro con la servilleta.

—Estoy de acuerdo contigo, Carla —agregó Rolf—. Pero tenle paciencia a Aina, tal vez en un futuro se anime a platicar contigo.

De pronto, Carla sintió curiosidad.

—¿Sabes tú por qué es tan callada?

Rolf pensó un poco antes de contestar.

—Mamá me contó su historia. Pero ¡no la puedo revelar!

Carla insistió, secundada por Pavel, hasta convencerlo. Rolf admitía que no recordaba haber prometido que guardaría el secreto, pero insistía en que eran asuntos personales que había que respetar.

—Es una historia muy peculiar y bastante extraña. Hablemos de otra cosa —insistió él.

Pero eso solo incrementó la curiosidad en sus oyentes, que lo seguían presionando para que contara lo que sabía. Y fue tanta la insistencia que supuso que si no cedía no lo dejarían en paz. Consideró que era buena alternativa para pasar el tiempo y evitar conversacion seria y personal con Pavel.

—Está bien, está bien. Les contaré lo que me dijo mamá. Pero yo solo repito lo que oí, nada de cuestionamientos. Mucho menos, burlas, ¿está bien? —propuso con algo de pena.

Pavel y Carla se miraron extrañados, admirados por lo que acababan de oír y prometieron guardar silencio y no hacer preguntas. Antes de empezar, Rolf sirvió vino en las copas mientras Pavel recogía los platos de la mesa y Carla sacaba otra botella de vino.

—El abuelo de Aina, la madre de Kevin, bueno, déjenme decirles que ellos provienen de un pueblo muy pequeñito, al norte de Noruega, llamado Storvaagan. Es una población de pescadores que fue muy importante en aquellos tiempos.

«Mi padre decía que la gente llevaba una vida bastante dura y fatigosa. No contaban con los actuales barcos modernos y con toda la tecnología, ¡nada de eso! Eran barcas sin motor que unos seis hombres conducían con remos. Ya imaginarán lo duro que debía de ser navegar en medio del mar y trabajar a la intemperie soportando el frío y otras inclemencias del tiempo, pasar el día echando las redes para, después, recogerlas cargadas de pesca.

Ola, el abuelo de Aina, enviudó y se quedó solo, todos sus hijos ya estaban casados, entre ellos Rune, el padre de Aina, que llevaba apenas un par de meses con su esposa. Rune también era pescador al igual que sus hermanos y, entre el trabajo y los hijos, no tenían tiempo para dedicarle al pobre hombre.

Ola se sentía muy solo, tenía casi sesenta años, pero parecía más viejo de lo que era debido a la vida tan agotadora que había soportado. Se sentía tan solo que se dedicó a beber y beber, la mayoría de las veces hasta quedar inconsciente.

Él era dueño de varias barcas, era un pescador experimentado y muy astuto, además, tenía una gran intuición para pronosticar el tiempo. Todos acudían a él antes de echarse a la mar. Cuentan que salía de su casa y con solo mirar al cielo, de un punto cardinal para el otro, sabía lo que se avecinaba. Si anunciaba que los acompañaría buen tiempo, se alegraban y se despedían gustosos, no obstante, cuando auguraba tormenta y veía las caras de desencanto de sus compañeros, les contestaba que era simplemente su humilde opinión, la cual todos, sin excepción, respetaban.

Sin embargo, cuando empezó con sus problemas de alcohol, su reputación empezó a empeorar hasta el punto de que ya nadie lo consultaba ni tenía en cuenta su opinión. Eso, al mismo tiempo, lo hizo sentirse más aislado, más triste.

Cierto día, ya no aguantó más y se subió a una de sus barcas en medio de una tempestad, en la oscuridad de la noche, y se echó a las aguas. Era tan poco el contacto que tenían con él que hasta dos días después se dieron cuenta de que no estaba en su casa, imaginaron que había salido o que tal vez había desaparecido. Sus hijos, que eran cinco hombres casados, empezaron a preguntar si algún vecino lo había visto, pero nadie sabía nada de él. Eso alarmó al pueblo entero, no había señales de violencia en la casa por ningún lado —era una comunidad bastante pacífica—. El padre de Aina se dio cuenta de que faltaba una de las barcas y supusieron que se habría perdido en el mar.

Hicieron una ceremonia en su honor, el pueblo estaba entristecido y sus hijos, muy apesadumbrados, experimentaban un gran cargo de conciencia por haber desatendido tanto a su padre. Los cinco estuvieron de acuerdo en limpiar la casa y venderla.

Esa noche Rune no podía dormir, pensaba en todos los elogios y enaltecimientos que su padre recibió de los asistentes, que fueron bastantes, en la ceremonia. Estaba parado junto a la ventana, miraba la casa de su padre a lo lejos, alumbrada tan solo por la débil luz de la lamparilla de gas sobre la puerta de la entrada. Llevaba largo tiempo con la mirada clavada en el umbral de la vivienda cuando, de repente, le pareció ver a dos personas que entraban por la puerta. Estaba lloviznando y había mucha niebla, era difícil distinguir las dos figuras, además, era muy entrada la noche, ya las luces de todas las casas estaban apagadas. No dudó ni un instante y corrió para averiguar lo que sucedía.

Llegó a la casa de su padre completamente mojado y tiritando de frío. La puerta estaba cerrada con llave, así que sacó la copia que tenía en el bolsillo de su pantalón y la abrió. Prendió la lámpara de la entrada y alcanzó a distinguir un rastro de agua, indudablemente dejado por las dos personas que acababan de entrar. Se dirigió adentro muy cuidadosamente y vio luz en la segunda planta que provenía del cuarto de su padre.

Sin dudarlo, se dirigió para allá y casi soltó un grito al ver a su padre acompañado de una hermosa joven. Él buscaba algo entre los cajones y la chica estaba sentada sobre la cama, completamente desnuda.

—¡Padre! ¿Es usted? —gritó el amedrentado chico.

El viejo casi saltó del susto y la muchacha se levantó de la cama y se escondió detrás de él. Entonces, Ola les pidió calma a los dos y los presentó: a él como su hijo y a ella como una amiga. Rune se extrañó, como era de esperar, pero Ola le pidió discreción y que, por favor, se marchara, que ya después le explicaría. Rune se negó, no saldría sin saber lo que había pasado y quién era esa chica. Ola rechazó su petición y le rogó una vez más que se retirara. A lo que el chico de nuevo se negó. Finalmente, Ola comprendió que no le quedaba otra salida más que contarle a Rune lo sucedido.

Rune era el menor de los cinco, en ese entonces acababa de cumplir los dieciocho años. Ola sacó algo para que se secaran, ya que todos estaban empapados todavía. Le prestó una de sus camisas a la chica y a su hijo, algo de ropa para que se quitara la mojada, al mismo tiempo, cogió alguna prenda para él mismo. Lo llevó a la cocina y se cambiaron las ropas, antes de hablar sirvió un poco de vino para los dos, en cambio, ella permaneció en la habitación.

Antes de que comenzara con su historia, Rune le confesó que le alegraba verlo y saber que seguía vivo. Ola no entendió muy bien, no sabía que lo habían dado por muerto tan pronto y que habían llorado por su muerte, pero se animó al sentir la alegría sincera de su hijo. Levantó su vaso, brindaron y se tomó todo el contenido en un solo trago. Aun así, Rune sintió algo de temor, no quería ver que su padre se emborrachaba una vez más, pero no dijo nada. Él también se tomó el vino de un sorbo para entrar en calor y, sobre todo, para reponerse de la impresión, y se dispuso a escuchar.

Ola confesó que esa noche estaba tan harto de su existencia que decidió salir y aventurarse en el mar, seguro de que no sobreviviría a esa tormenta. Comentó que esa noche en particular se sentía muy solo porque extrañaba mucho a su esposa. Aseguró que era una mujer muy callada y dócil, parecía que su existencia era imperceptible, sin embargo, su presencia era tangible, llenaba toda su existencia, y parecía habérsela llevado con ella el día que murió. Tanto así la echaba de menos.

Explicó que había salido en la barca, sin nada, pues no tenía intención de sobrevivir. Solo una garrafa llena de vino era su compañera, pues quería embriagarse hasta quedar inconsciente y no sentir la agonía de la muerte.

No supo cuánto tiempo naufragó su barca bajo la tormenta, él se bebió todo el vino que llevaba y se quedó dormido hasta que el siguiente día sintió el frío. Afortunadamente, llevaba ropas gruesas y abrigadoras, más la chaqueta. Se frotaba las manos para calentarlas cuando se percató de la presencia de una hermosa chica, que lo miraba con curiosidad sentada frente a él, no daba crédito a lo que advertían los ojos. Era la joven más hermosa que jamás había visto, tanto que imaginó estar en el paraíso.

—¿Estoy muerto? —le preguntó a la chica y ella negó con la cabeza.

Miró a su alrededor y confirmó que estaba en medio del mar, no había nada más que agua a su alrededor. El sol era débil y se abría paso entre las abundantes nubes. Ella no se movía ni decía nada, lo seguía observando con curiosidad.

Ola la examinó detenidamente: tenía un castaño cabello rebosante y muy largo, que le llegaba hasta debajo de la cintura y que por delante caía de tal manera que le cubría los pechos desnudos; la piel era blanca y aterciopelada, percibía que debía de ser sumamente suave; las facciones eran finas y los ojos, grandes y azules, eran claros y muy brillantes, con abundantes y espesas pestañas; su figura era pequeña y delicada.

Se preguntó de dónde habría salido, pensó que tal vez se escondía en la barca y con la borrachera ni cuenta se dio de que llevaba una pasajera. Pero al ver su cuerpo desnudo, ya no supo qué creer. Le preguntó su nombre y ella no contestó, solo le ofreció una tímida sonrisa. Le preguntó si podía hablar y ella afirmó con un leve movimiento de cabeza.

—¡Pues tendrás que decirme quién eres! —exigió él un tanto desesperado.

Pero la chica no contestó y bajó la mirada, parecía apenada, pero luego supuso que tal vez tenía miedo de hablar. Le pidió con suave voz que le revelara quién era, pues si estaba con él en medio del mar, era claro que necesitaría su ayuda para regresar a tierra. Le preguntó dónde vivía y ella, sin hablar, extendió el brazo derecho por el borde de la barca y señaló hacia el fondo del mar.

—¿Vives en el fondo del mar? Pero, ¿me tomas por un tonto? —Le disgustó la respuesta, no estaba para bromas en ese momento—. ¡Anda, pues regresa a tu hogar! —gritó poniéndose de pie, se acercó a ella para echarla de la barca. Y en ese momento ella gritó desesperada con un fuerte: "¡No, por favor!".

Él se quedó pasmado al oír su voz, era como una cascada de aguas cristalinas, como un dulce y melodioso canto. Comprendió que esa voz no podía pertenecer a una persona y le vinieron a la cabeza las historias que tanto había escuchado a su padre de los pescadores que se habían perdido por acudir al llamado del canto de las sirenas. Se quedó inmóvil, tuvo miedo de convertirse en una presa de sus compañeras. Ella le aseguró que no temiera, que no le haría daño, al contrario, necesitaba su ayuda».

202

—Y creo que hasta aquí lo dejamos el día de hoy —terminó Rolf.

—¡No, no, no! No puedes detenerte. ¿Qué sucedió después? —preguntó Carla.

—Yo no soy muy instruido, pero reconozco que hay muchas cosas en este mundo que nunca acabaremos de entender —comentó Pavel, un tanto pensativo.

—De niño leía muchas historias y cuentos, crecí con un sinfín de creencias y supersticiones. Mi abuelo era un gran cuentista, yo me deleitaba oyendo sus historias, que él aseguraba que eran posibles. Me pedía que no dudara de todo aquello que no pudiera ver, pues no por eso no existía —agregó Rolf.

—Pues en mi familia también somos muy supersticiosos y no dudamos de la existencia de toda clase de seres fantásticos —confesó Pavel.

Carla no decía nada.

—¿Y tú?

—Por favor, Rolf, tú sabes que yo soy realista. No me gusta enredarme la cabeza con tonterías.

—Lo sé. Eres un ejemplo de entereza y determinación. Y no lo digo como crítica, sino como un halago. Sabes que admiro eso de ti —aseguró su marido.

Ella no contestó y sonrió. Era algo que ella se negaba a admitir. Le fastidiaba que la consideraran un ser perfecto, sin ninguna clase de defectos, siempre con las reacciones correctas y las respuestas adecuadas.

—Yo también admiro eso de ti. Recuerdo esa frase que afirma que hay aves que no ensucian su plumaje al pasar por los pantanos y así eres tú, Carla.

—¡Por favor, Pavel! No soy el prototipo de virtudes que ustedes se empeñan en ver, tengo muchas debilidades y cometo muchos errores. ¿De dónde viene esa imagen que se hacen de mí?

—¡No te enojes! Es solo esa apariencia de calma y de que tienes todo bajo control —contestó Pavel sorprendido.

—Es verdad, Carla. Parece que nunca pierdes la compostura, que por muy grande que sea el problema sabes que no tardarás en encontrar la solución.

Esa declaración de su marido la impactó.

—Pero tú sabes que tengo miedos y que lloro por tristeza, que me puedo deprimir y hay veces que no encuentro la salida. ¿Cómo puedes pensar eso de mí?

—¡Sí! Pero siempre, invariablemente, sales adelante. Nunca te dejas vencer por las circunstancias, no hay problema que no resuelvas ni tragedia que no superes —afirmó Rolf.

Ella decidió no decir más. Era inútil acabar con ese concepto que todos tenían de ella. Tal vez era eso lo que proyectaba, pero no era lo que había en realidad en su interior. Ella sentía miedos y dudas, como todos, y creyó que posiblemente tenía dificultad para expresar sus emociones.

Rolf no pudo contener un bostezo e indicó que ya era tiempo de descansar. Terminaron de recoger los trastos. Pavel se ofreció a lavarlos, pero Carla le sugirió hacerlo al día siguiente, pues ya era tarde. Se despidieron y Rolf y su esposa se retiraron a la pequeña habitación.

23

Un extraño sonido despertó a Carla, quien de inmediato movió a Rolf para que abriera los ojos. Le preguntó qué sucedía y ella le puso la mano sobre la boca para que callara, haciendo señal de que oyera.

Era un sonido raro, como el de una tetera que anunciaba que el agua estaba hirviendo, pero débil e intermitente. Él soltó una risotada y le pidió que volviera a dormirse porque se trataba solamente de los ronquidos de Pavel. Ella también rio, se le había olvidado que tenían compañía. Miró su reloj: las cuatro y veinte de la mañana. Se volvió a acomodar en la cama y cerró los ojos, pero esos ronquidos no la dejaban dormir.

Tenía ganas de levantarse y prepararse un té, pero intuyó que solo despertaría a los dos, no le pareció justo, ya que

Rolf estaba cansado de tanto manejar. Así que se puso a repasar lo que había escuchado de Aina y su familia.

Pensaba en cómo juzgamos a la gente y nos hacemos imágenes irreales de las personas. Como a ella, a la que la gente percibía como una fuerte y determinada mujer, aunque ella se sentía un tanto cobarde y bastante temerosa. Reflexionaba sobre si eso era en realidad una cualidad que admirar o, como ella repetía, un defecto. Se preguntaba si la ausencia de su padre habría influido en sus miedos, al igual que el hecho de saber que su madre estaba sola y que no quería darle problemas ni pesares. Supuso que su carácter era fuerte porque nunca vio a su madre quejarse de nada y porque siempre le aseguraba que todo tenía una solución, menos la muerte.

Recordó la situación en que se encontraban: llevaban a Pavel a su país por miedo a verse involucrada en problemas y para liberarse de él para siempre, lo que revelaba que no era tan perfecta como los demás defendían. Al fin y al cabo, eso demostraba que también sentía temor, que era igual a todos los que la rodeaban.

Pasaban por su mente todas estas reflexiones cuando oyó que Pavel se levantaba y lavaba los trastos. El reloj marcaba las seis de la mañana, sospechó que ya no podría dormir, así que decidió vestirse y salir para poner la cafetera y ayudarle a secar los platos.

Después del desayuno continuaron con su recorrido. Esa noche, Pavel tomaría el ferri hacia Polonia. Habían acordado que él compraría el pasaje del barco en la casilla y embarcaría enseguida, en cambio, al día siguiente, ellos dos tomarían el barco en la mañana —Rolf ya había comprado los boletos en línea—.

Carla se sentía confiada y estaba segura de que nada podría salir mal. Los dos hombres se mostraban de muy buen humor y el viaje fue ameno y relajado. Atravesaron la frontera hacia Suecia y, una vez en terreno sueco, decidieron adentrarse un poco y escoger un lugar para descansar. Rolf decía que una de las ventajas que más apreciaba de viajar en casa móvil era la de tener libertad para detenerse y dormir donde ellos decidieran, su esposa estaba de acuerdo con él.

Al pasar Gotemburgo se detuvieron y Carla decidió hacer unos emparedados porque era mediodía, lo que ellos le agradecieron infinitamente.

Rolf sugirió que se tomaran su tiempo, ya que faltaban alrededor de cuatro horas para la salida del ferri que Pavel abordaría a las nueve de la noche. Antes de llegar a Karlskrona él se bajaría y ya no lo volverían a ver.

Carla se estremeció, en vez de experimentar algo de tristeza, se sintió aliviada. Se alegró de que ya no los pudieran relacionar con él de ninguna manera. Pero decidió no cantar victoria hasta el momento de despedirse y verlo alejarse de ellos.

Mientras almorzaban, Pavel le pidió a Rolf que, por favor, terminara la historia de Aina porque le había gustado muchísimo y que no lo dejara a medias en el relato. Carla lo apoyó y aseguró que no podía esperar más para oír la continuación. Rolf se sirvió más café y confesó que no tenía la menor idea de lo mucho que despertó su interés la historia. Sus oyentes también llenaron sus tazas con más café y, en silencio, esperaron a que él continuara.

Rolf comenzó:

—Al parecer, Ola seguía sin reaccionar, estaba petrificado ante la hermosa mujer. Ella le pidió que se tranquilizara, que se sentara y escuchara lo que tenía que decirle. Una vez que él retrocedió y se sentó frente a ella, le contó que su comunidad sufría cada vez que ellos arponeaban y dejaban trampas para los peces grandes, ya que muchas de ella habían sido mutiladas de gravedad por dichos objetos.

«Confesó que ella había sido escogida para encontrarse con una persona y solicitar ayuda, tenía un mes para regresar, no podía vivir más tiempo entre la gente porque eso la mataría.

Ola no sabía qué hacer, no estaba seguro de poder confiar en ella, pero, al mismo tiempo, parecía sumamente indefensa. Recordó que, efectivamente, los pescadores usaban objetos más agresivos para capturar mayor cantidad de peces, y más grandes.

—Aunque sea mi intención ayudarte, yo ya estoy retirado, ya nadie confía en mí, niña —admitió un poco avergonzado.

Ella no se dio por vencida, argumentó que alguna influencia podría tener todavía, le rogó que la ayudara, pues era su misión y debía cumplirla o, al menos, intentarlo.

Él seguía indeciso.

La chica se veía ansiosa, quería convencerlo. Le dijo que se llamaba Awan, eso le dio un poco de confianza a él y le dijo su nombre también.

—Y dime, Awan, ¿por qué yo?

Ella contestó que nadaba hacia el pueblo, aterrada, buscando la mejor manera de infiltrarse y mezclarse entre la gente, pero que no encontraba una buena forma de hacerlo. Entonces, se alegró al ver su barca naufragando y, sobre todo, de que solo hubiera un hombre en su interior.

—Al principio pensé que no había nadie, pero, al asomarme cuidadosamente, te vi dormido. Pareces un buen hombre y no encuentro una mejor manera de acercarme a tu gente —aseguró ella.

Ole comentó que en realidad se trataba de una población pequeña y que todos se conocían, por lo que le hubiera sido muy difícil entrar sin llamar la atención de todos.

Awan le rogó que la hospedara por un mes, después volvería al mar. Prometió que no lo metería en problemas y que lo obedecería y cuidaría de él el tiempo de su estancia. Resultó una promesa muy tentadora que no pudo resistir. Así que se pusieron a navegar de vuelta al pueblo. No faltaba mucho, mientras él dormía, ella remaba.

Durante el trayecto acordaron que la historia la cambiarían un poco: dirían que ella naufragaba y él, por casualidad, la encontró y la rescató; que ella era de más al norte y escapaba de un matrimonio arreglado con un hombre que ella detestaba; y que su intención era ir al sur del país —de ese modo, no levantaría sospechas el día que regresara de nuevo al mar—. Lo mejor era llegar al pueblo muy entrada la noche, para evitar a los curiosos y entrometidos.

Cuando Ola terminó de hablar, Rune seguía mirándolo sin decir nada.

—¿Y bien? —preguntó su padre un poco impaciente.

—No sé. Es algo inaudito. Insólito. Solo porque estoy seguro de que no eres mentiroso y porque la vi sin nada de ropa, me cuesta creerlo, pero no puedo dudar de ti.

Ola lo notó inseguro.

—¿Perooo?

—¡Pues que sospecho que los demás no te creerán! —contestó el chico con algo de pena.

—¡Eso ya lo sé! Lo que espero es que tú me ayudes a concretar lo que diremos. Así tus hermanos pronto nos creerán y nos respaldarán. Solo tú sabrás la verdadera historia, con eso me basta.

Rune estaba seguro de que sería una tarea difícil, pero aceptó apoyar a su padre. Se despidió y se marchó a casa.

Al día siguiente, la gente no disimulaba su gran sorpresa al ver que Ola paseaba por las calles y saludaba. Sin embargo, lo que más llamaba su atención era la hermosa chica que caminaba a su lado, tomada del brazo.

Awan llevaba un vestido que le quedaba un poco largo y grande que Rune le prestó y que había pertenecido a su esposa. Así que lo primero que hizo Ola fue llevarla a la modista para comprarle ropa a su medida. Y allí empezó a contar la historia que habían acordado. La dueña del comercio era temida por la rapidez con la que divulgaba lo que escuchaba, así que no dudó que sería el sitio adecuado para difundir la noticia. Estaba seguro de que en la noche ya la población entera conocería la historia de Awan.

A lo largo del día, no faltaron jóvenes atraídos por la inigualable belleza de la chica y algunos estaban decididos a conquistarla. Pero ella parecía tener ojos solamente para Ola, lo que despertó la envidia de los más seducidos por su hermosura.

Al siguiente día, sus cinco hijos fueron a buscarlo a su casa, exigiéndole una explicación del rumor que circulaba por el pueblo. Ola contestó con la versión acordada, la que ya habían escuchado. Ante el escepticismo de sus hermanos, Rune les pidió que lo apoyaran, que era una historia increíble, pero que no había nada de malo, que la chica solo estaba de paso y no había necesidad de alarmarse. Les rogó que fueran amables con ella y no hicieran las cosas más difíciles para su padre, quien tenía que lidiar con los liosos y cizañeros del poblado.

No estuvieron conformes con la explicación, pero acordaron que lo apoyarían para acallar las habladurías. Pues algunos decían que se robó a la chica; otros, que la había comprado; y no faltaban los que aseguraban que era solo una oportunista que esperaba a que muriera el viejo hombre para quedarse con su fortuna. Al menos, les tranquilizó constatar que se quedaría por unos días solamente.

A partir de entonces, Ola intentaba no mezclarse mucho con los vecinos: procuraba permanecer en casa el mayor tiempo posible o visitaba la casa de alguno de sus hijos. Awan no salía si no iba con él. Los hijos le llevaban despensa y cosas que necesitara, así evitaba rodearse de curiosos en la tienda. Por un lado, para nadie pasó inadvertida la apariencia de Ola, que desde el primer día lucía más jovial y feliz. Se veía sonriente y ya no era el desaliñado borrachín que descuidaba su apariencia, ahora iba bien vestido, peinado y con ropa limpia. Por otro lado, a todos extrañaba que nadie había oído a la chica decir una sola palabra, se preguntaban si sería muda, tal vez sorda o ambas cosas. Tampoco nadie la había visto comer, pues solo se alimentaba de peces pequeños y crudos durante la noche, cuando estaban seguros de que nadie la observaba —siempre había jóvenes merodeando, buscando la oportunidad de acercarse a ella, sin lograrlo—.

Las dos primeras semanas pasaron sin contratiempos, únicamente recibían las miradas curiosas de las personas, pero no llegaban a más y se mantenían al margen.

Sin embargo, la tercera semana empezaba y varios vecinos del pueblo insistían en hacer una fiesta en honor de la chica, para darle una formal bienvenida. Cuando esto llegó a oídos de Ola, él se negó rotundamente y exigió a sus hijos que los disuadieran de semejante tontería. El mayor de sus hijos opinaba que era una grosería de su parte el oponere a la bienvenida vecinal. Rune pidió que respetaran la decisión de su padre y que no hicieran un problema de algo tan insignificante. Después de todo, Rune era el único que estaba a favor de su padre, los otros tres seguían al mayor de sus hermanos. Finalmente, Ola pidió una vez más respeto por su privacidad y que terminaran los cuestionamientos.

Al despedirse y después de que se retiraron, Ola quedó intranquilo, sabía que las cosas se complicarían. No entendía por qué su relación con la chica causaba tanto revuelo. Unos días antes ni siquiera le dirigían el saludo y, de repente, todas las miradas estaban sobre él. Se quedó sentado junto a la mesa y Awan se acercó.

—¿Qué sucede? —preguntó ella tímidamente.

Él sacudió la cabeza, no quería angustiarla. Así pues, le dijo que todo estaba bien, que no se preocupara, pero ella no le creyó.

A las pocas horas, el hijo mayor regresó solo y entró sin tocar a la puerta, lo que incomodó a Ola y, hasta cierto punto, lo disgustó. Él seguía sentado en la cocina, acompañado por Awan. El muchacho le exigió que le confesara la verdad pues, de no ser así, no contaría con su ayuda. Esto decepcionó a su padre y, con pesadumbre, le reveló los hechos reales.

Su hijo se rio de él con grandes carcajadas una vez que terminó el relato.

—¡No seas grosero con tu padre! —lo reprendió Awan con su cantarina y dulce voz.

El chico se calló inmediatamente al oír esa hermosa e inigualable voz y, al instante, vinieron a su mente los relatos de tantos hombres que se habían perdido en el océano al dejarse seducir por el hermoso canto de las sirenas. No dudó de su padre y le pidió disculpas por no confiar en él desde el principio.

211

—Hijo, claro que te perdono. Pero no puedo andar contando la verdad a todos los que preguntan. No sabemos cómo reaccionará la gente, ya sabes que siempre somos renuentes a las cosas que no comprendemos, eso que nos asusta. Lo hago por el bien de Awan y porque debemos ayudarlas.

Aunque Ola ya era retirado, su hijo se encontraba entre los más prestigiosos pescadores del momento y prometió actuar cuanto antes para que dejaran de cercenar su comunidad, con el fin de que ella se marchara también lo más pronto posible.

Awan preguntó en cuánto tiempo dejarían de acercarse a su grupo y él aseguró que desde el día siguiente su ruta sería diferente, lejos de ellas. Awan se puso de pie y lo abrazó emocionada, no se cansaba de agradecerle su ayuda. Él respondió que no era nada, un poco turbado por tanta devoción, y, antes de retirarse, le recordó que se fuera esa misma noche.   Ella asintió.

Ola se alegró al saber que su hijo se encargaría del asunto y le pidió a ella que no dudara de su hijo, pues era un hombre de pocas palabras, pero de gran corazón. Sin embargo, se sintió compungido al comprender que ya no la vería más.

—Te voy a extrañar —confesó ella afligida.

Él apretó los labios con fuerza, no fue capaz de responder. Habían sido dos semanas de completa alegría. El tener a alguien con quien hablar o el simple hecho de sentir su presencia en casa daba sentido a su existencia.

—No te vayas —balbuceó Ola.

Pero ella respondió que, si permanecía más tiempo, moriría, pues su hábitat se encontraba en el mar.

—Nos iremos a otro lugar donde no haya más habitantes, solo tú y yo, para que puedas entrar y salir del mar como te apetezca. No más gente entrometida ni miradas de censura, ¡solo nosotros dos!

Ella negó suavemente con la cabeza.

—Sabías que tendría que regresar, mi lugar no es entre ustedes.

Ola no insistió más, ella se sentó junto a él.

—Esta noche, mientras los demás duermen, me iré.

—Yo te llevaré, no puedes irte sola, una desgracia podría sucederte y no me lo perdonaría jamás.

Ella aceptó su oferta y continuaron sentados, ella disfrutaba oyendo las anécdotas de su vida como pescador. Siguieron esperando a que el día terminara para subirse a la barca.

Llegado el momento, en medio de la oscuridad, él la condujo al pequeño desembarcadero donde aguardaba la barca que su hijo había dejado lista para su partida. Caminaron en completo silencio por las callejas desiertas y neblinosas. Ella cogida a su brazo y él, con paso seguro, la guiaba por las callecitas que tan bien conocía. Ola sentía unas ganas inmensas de detenerla y hacerla desistir, pero estaba consciente de que eso acabaría con su vida, así que con gran pesar seguía su trayecto.

Al llegar al lugar de partida, él volteó a todos lados para asegurarse de que nadie los seguía. Cuando estuvo seguro de que solo estaban ellos dos en aquel lugar, la ayudó a subir a la barca y la acompañó, quitó los amarres de las cuerdas y, remando con calma, se adentraron en el mar.

Awan le pidió que no avanzara demasiado, ya que ella no tenía problemas en nadar hasta su hogar y, sin embargo, podría ser peligroso para él. Ola aceptó, más que nada porque sabía que mar adentro sentiría esa soledad y desasosiego que reconcome por dentro. No muy lejos del muelle él se detuvo y ella se quitó las ropas, lo besó en la mejilla y con rapidez se tiró al mar. Ola no la volvió a ver más, sus ojos derramaron lágrimas, no obstante, se quedó inmóvil por unos minutos y, al constatar que ella no regresaría, se sentó de nuevo y empezó a remar hacia el pueblo, llorando en silencio.

Al día siguiente, muy temprano en la mañana, los gritos y golpes en la puerta de una multitud enardecida lo despertaron. Se asustó, imaginó que alguna desgracia había ocurrido en el pueblo o, peor aún, a alguno de sus hijos, así pues, se levantó de un salto de la cama para averiguar lo que sucedía. Bajó apresurado las escaleras y, tallándose los ojos, abrió la puerta.

 Entonces, lo empezaron a empujar y le gritaban:

—¡Asesino! ¡Bestia! ¡Monstruo!

El pobre hombre fue liberado y dirigido hacia adentro por su hijo mayor, que cerró la puerta tras de sí. Lo llevó a la cocina para que se sentara y se repusiera de la impresión. Cuando estaba un poco más calmado, le explicó que unos chicos que merodeaban por su casa lo siguieron en la noche y vieron a lo lejos cómo golpeaba a la chica y la tiraba al mar.

Ola se defendió y negó semejantes acusaciones. Le explicó cómo habían sucedido las cosas en realidad. Su hijo le creyó, pues ya sabía que Awan iba a marcharse, y le sugirió que lo mejor era salir del pueblo lo antes posible. Rune y su esposa lo acompañarían, en cambio, los demás intentarían seguir con sus vidas, ya que pensaba que, si toda la familia abandonaba el pueblo, sería como darles la razón.

Ola se negó, no había hecho absolutamente nada malo y no pensaba huir si era inocente. Pero su hijo lo convenció, la gente estaba acalorada y eran capaces de hacer alguna tontería. Le prometió desmentir lo que los chicos afirmaban, diría que en la oscuridad no se dieron cuenta de que viajaban en dos barcas y ella siguió remando hacia el sur, como era su deseo. Sus hijos eran respetados y queridos, sintió que tal vez era la mejor opción. Quedaron que entrada la noche Rune y su esposa lo buscarían y juntos saldrían hacia el sur.

Esa noche, cuando el pueblo dormía, Rune y su mujer caminaron a la casa de su padre, él abrió la puerta con la llave y se sorprendieron al ver la casa completamente oscura, no había signos de que su padre estuviera ahí. Rune lo buscó por toda la casa, pero Ola no apareció. Todas sus pertenencias estaban en su lugar. No se explicaba su ausencia. Se dirigió a la casa de su hermano mayor, que era quien vivía más cerca. Lo despertó y le comentó lo sucedido. Volvieron a la casa de su padre y corroboraron su desaparición.

No comprendían lo ocurrido, no había señales de asalto o robo, tampoco de violencia. Rune imaginó que tal vez se había ido con Awan y sus compañeras o que estas, sabiendo que estaba en peligro por haberlas ayudado, se lo llevaron con él. En cambio, su hermano imaginó que, para no causar molestias, había decidido huir solo. Se hacían muchas conjeturas, pero nunca supieron la verdad.

Rune y su mujer se mudaron a las pocas semanas al sur del país, él era el más apegado a su padre y le resultaba doloroso continuar en el lugar que tantos recuerdos le traía. El no saber con certeza lo que le había ocurrido lo atormentaba. Por lo tanto, Rune decidió poner tierra de por medio y así se estableció en Bergen. Era un pescador y navegador experimentado a su corta edad y tuvo un próspero futuro, finalmente, se convirtió en capitán de esos barcos que llevan turistas por las costas noruegas.

Tuvieron cuatro hijas, Aina es la menor, conoció a su marido un día que él iba de paso por Bergen y, después de tres años, se casaron. Dicen que tuvo varios abortos y el único hijo que logró sobrevivir fue Kevin. Cuando este cumplió diez años el esposo murió. Por ese entonces, llevaban ya tiempo viviendo en esa gran casa, que pertenecía al hermano del padre de Kevin y, como nunca se casó ni tuvo hijos, les dejó seguir viviendo ahí. Desde hace tiempo Kevin trabaja duramente para comprarle la casa a su tío, aunque no creo que tome el dinero».

—Ahora sabes por qué Aina es tan reservada, por qué su espíritu es tan inescrutable, porque no le gusta platicar sobre el pasado de su familia. La sombra de Ola siempre los persiguió y muy pocos saben su historia — finalizó Rolf.

Carla y Pavel continuaban callados.

—Ya conocen la historia completa, como mamá me la refirió —comentó Rolf ante sus anonadados espectadores.

—¡Vaya que es interesante! —dijo Carla al fin.

—Yo sí creo que existen seres que no sospechamos, si no, ¿de dónde vienen todos esos cuentos que se han ido repitiendo a lo largo de tantos años? No me ha tocado ver nunca un hecho extraordinario, pero no dudo de su existencia —aseguró Pavel.

—Es una historia difícil de juzgar. Como les mencioné ayer, yo crecí casi en un mundo de fantasía, así que, cuando mamá me relató esto, no vacilé en aceptar que sucedió. Para ser sincero, a mí siempre me da cierto temor el mar, ¿cuánto habrá allá abajo que ni siquiera imaginamos?

Carla se sobresaltó.

—¿Y se te ocurre decir esto justamente cuando estamos a punto de subirnos a un barco? ¡Me asustas, Rolf!

Pavel rio.

—Bueno, bueno, viajaremos rodeados de mucha gente, no creo que algo así nos pueda suceder —intentó calmarla su esposo.

—Pero yo, ¿qué me dicen a mí? Imaginen que camino solo por los pasillos y una creatura me intercepta. O me espera en mi dormitorio. ¡Presiento que no voy a poder dormir!

—Esperemos que no sea así —comentó ella y pidió cambiar de tema.

—Les agradezco mucho lo que han hecho por mí —repitió Pavel—. En verdad les prometo que lo más pronto posible me mudaré con mi familia y cambiaré mi estilo de vida. Nunca había estado tan temeroso como en estas últimas semanas.

—Me alegra oír eso. Debes pensar en tus hijos y su futuro, dependen totalmente de ti a esta edad. Pronto tendrás trabajo fijo y tu esposa puede obtener un trabajo también, pueden conseguir un buen futuro —comentó Rolf.

Carla también le rogó que fuera sensato y siguiera por el buen camino, le recordó que contaba con una esposa maravillosa que lo amaba y unos hijos que merecían una buena oportunidad en la vida. A continuación, Rolf les aconsejó que continuaran con el recorrido, pues no era muy dado a las despedidas. Ellos estuvieron de acuerdo, tomaron sus respectivos asientos y emprendieron de nuevo la carretera.

24

El trayecto transcurrió tranquilo, sin inconvenientes. Al llegar a Karlskrona, se detuvieron para que Pavel se bajara y continuara su camino —le sugirieron tomar un taxi que lo llevara al desembarcadero—. Carla y Rolf no se bajaron del vehículo, pues ya se habían despedido, solo lo vieron marchar frente a ellos. Pavel avanzaba despacio, llevaba una gran mochila sobre la espalda y un enorme velís con ruedas que arrastraba con la mano izquierda, a unos diez metros de ellos se volteó y les sonrió. Ellos le regresaron la sonrisa. Entonces, Pavel le guiñó un ojo a Carla y, con la mano derecha, hizo un ademán como si disparara con una pistola imaginaria formada por el dedo pulgar y el índice, sonrió por última vez y siguió su camino.

Ella no se explicaba por qué una extraña sensación le recorrió el cuerpo por ese singular gesto de Pavel. Rolf le palmeó el muslo izquierdo y ella le sonrió, intentando olvidar ese momento un tanto desagradable.

Buscaron un lugar para pasar la noche, que no batallaron en encontrar, y se estacionaron —esta vez no les importó el tener vecinos cercanos—. Más tarde, Rolf destapó una cerveza y ella se sirvió vino, se sentaron a la mesa y platicaron. La conversación se centró en Pavel. Ella aseguró que la aliviaba saber que él ya no iba con ellos, así mismo, él confesó que se sentía igual. Admitieron experimentar algo de remordimientos, ella en especial, creía que Tuva había muerto por su culpa. Él le pidió que se quitara esos pensamientos de la cabeza, ya que fue solo una tontería lo que dijo y que no imaginó nunca que Pavel lo tomara como un deseo tan anhelado.

Ella decidió hablar con Julio y preguntar cómo le iba con Drago, por su parte, Rolf llamó a Alexander para averiguar cómo se encontraban. Por un lado, Julio aseguró que todo iba de maravilla con Drago y con Elin, que estaban felices con el perro y que había sido una excelente idea cuidarlo mientras ellos andaban de viaje. Y, por otro lado, Alexander se encontraba más tranquilo y las niñas también estaban mejor.

Carla anunció que tenía hambre y él contestó que era buena hora para cenar. Ella preparó pasta y pollo, además de una ensalada verde. Terminaron de comer y él sugirió salir a caminar un poco.

Al regresar al vehículo, ella puso la cafetera. Él sirvió nieve sobre una rebanada de pastel de chocolate en dos platos y los puso sobre la mesa. A continuación, ella sirvió el café en las tazas.

—¿Hay algo que te preocupa? —preguntó él.

—Es más bien temor. Ese extraño saludo que Pavel hizo al final, no sé, me asusta un poco. Tal vez estoy paranoica, pero lo traigo muy presente, no me da buena espina. Me intranquiliza.

—Creo que fue una especie de broma, ¿no?

—No lo sé. Si te pones a analizar bien las cosas, te darás cuenta de que en realidad no lo conocemos. No sabemos en verdad nada de él, solo lo poco que nos dijo, mas no podemos estar seguros de nada, ¡de nada!

Él jugueteó con la cuchara entre los dedos.

—Y lo más aterrador es que lo tuvimos en casa y viajamos con él aunque sabíamos que asesinó a varias personas.

—¡Eso es lo que más me asusta! —lo interrumpió ella—: que lo amparamos y lo tratamos como si fuera un gran amigo de toda la vida. ¡Qué horror!

218

En ese momento, le pasó por la cabeza aquella vez que platicaba con Mónica y Jetta acerca de una madre que defendía y protegía a su hijo, quien acababa de asesinar a su novia. Carla aseguraba que ella hubiera entregado a su hijo de haber cometido un delito semejante. En cambio, Jetta admitió que no sabría qué hacer. Al final, Mónica les advirtió que no era lo mismo hablar que actuar porque la perspectiva cambia totalmente al vivir una situación parecida. Aun así, Carla reiteró que no ocultaría un crimen así si se tratara de su hijo o su esposo. Mónica contestó que no prometiera nada, pues uno se sorprende de sus propias acciones en dichos momentos.

Ahora pasaba por uno de esos momentos y, efectivamente, se sorprendía de su reacción. Intentaba pacificar su conciencia repitiéndose que ella no había ordenado la muerte de Tuva. Se aferraba a ese pensamiento, con el que su esposo estaba totalmente de acuerdo.

Pavel había malinterpretado su comentario y cometió un delito que nadie le pidió porque supuso que ayudaría a su amiga. Una amistad que no era tan íntima ni tan profunda como él imaginaba.

—Me da mucho gusto oír a Alex más sereno. —El comentario de Rolf la devolvió a la realidad.

—A mí también me alegra saberlo, eso ayuda mucho a las niñas —contestó y se puso de pie abruptamente.

—¿Qué pasa? ¿Qué te sucede? —preguntó Rolf sorprendido.

Ella se veía inquieta y agitaba las manos en el aire.

—¡Hay algo! ¡Hay algo! No puedo dejar de pensar en ello —contestó bastante alterada—. Como mi madre repetía: "En la confianza está el peligro, ¡en la confianza está el peligro!"

Él también se puso de pie sin entender lo que ella quería decir. Carla se dirigió al lugar donde Pavel durmió, extendió la cama y empezó a buscar un tanto desesperada por debajo de la colcha, por debajo de la almohada, entre las sábanas y por debajo del colchón. De repente, se quedó quieta y volteó hacia su marido.

—Carla, ¿qué sucede? —insistió, un tanto impaciente.

219

Ella levantó la mano derecha y le mostró un arma: la pistola que acababa de encontrar debajo del colchón.

—¡Esto! Sabía que algo no andaba bien. ¡Desgraciado! ¿Cómo pudo hacernos esto? —Estaba furiosa.

Él intentó calmarla, pero también sentía rabia. ¿Por qué viajaba con un arma y cómo fue capaz de dejarla en el vehículo? No alcanzaban a comprender ese comportamiento, se sentían engañados y decepcionados.

—¿Y qué vamos a hacer con esto? —preguntó Carla con voz temblorosa, ni siquiera podía llamarla por su nombre.

Rolf intentó tranquilizarse y se sentó a la mesa, se talló la frente con ambas manos tratando de encontrar una solución.

—No se me ocurre nada, no la podemos llevar con nosotros, tampoco la podemos tirar en un cesto nada más, es un arma inculpatoria y nos traería problemas. Tampoco podemos ir a la policía.

—No, eso no, ¡por favor! —lo interrumpió inmediatamente.

Él seguía sumido en sus razonamientos. Pensaba en la seguridad de acceso al barco, no tenía idea de con qué se encontrarían.

—La tenemos que ocultar, por lo pronto, debajo del colchón de la cama que él utilizó, tal vez ahí no busquen si es que examinan el vehículo. Después buscaremos la forma de deshacernos de ella. Pero, ¡qué maldito! Sabía que para cuando nos diéramos cuenta él ya estaría muy lejos.

Carla todavía estaba muy nerviosa.

—Sí, ya es casi medianoche, hace varias horas que salió su barco. Y ahora no estoy muy segura de que en realidad se vaya a su país, tal vez se quede aquí en Suecia para seguir haciendo fechorías.

—Ese ya no es nuestro problema, si quiere seguir con ese estilo de vida, buscando dinero fácil, no nos incumbe. Lo que me alegra es que ya no lo volveremos a ver, ¡nunca más! —comentó Rolf.

Ella esbozó una leve sonrisa, como si dudara de lo que su marido aseguraba. Presentía que no se librarían tan fácilmente de ese hombre.

—Es mejor que descansemos, a las ocho de la mañana debemos estar abordando.

Ella asintió y lo acompañó.

Como habían planeado, a las ocho de la mañana ya estaban en el barco. Había muchos vehículos y el suyo no fue inspeccionado, eso les alegró y Carla se tranquilizó. Subieron a su habitación, que era un sencillo camarote, pues como viajaban de día no creyeron que fuera necesario pagar por una *suite*. Se recostaron por un par de horas y, después, decidieron bajar y sentarse en un área al aire libre para disfrutar del sol y del buen tiempo que tenían ese día.

Eran casi las doce y él comentó que era mejor ir a comer, pues sentía que su apetito crecía.

—Sí, pero antes iré a recoger algo que olvidé en la casa móvil —contestó ella, refiriéndose a la pistola. Habían decidido aventarla en el mar.

Él asintió y se adelantó para buscar una mesa disponible.

Poco después, Rolf encontró una mesa, se sentó y pidió una cerveza. Tomaba su bebida sin preocupación, pero ya cuando estaba por terminarla sintió que Carla tardaba demasiado. Se puso de pie para ir a buscarla y en ese momento su móvil timbró, le sorprendió ver que era ella quien llamaba.

—¿Sí? ¿Dónde estás? Ya iba a...

Ella lo interrumpió:

—Ven al camarote, no me siento bien —solicitó y colgó de inmediato.

Él se alarmó y, al mismo tiempo, consideró que era una situación bastante extraña. Sin embargo, se apresuró en ir a su lado.

Abrió la puerta con impaciencia y se sorprendió al verla sentada en la cama junto a Pavel, que con una mano sostenía una pistola —la misma que ella había ido a recoger— y apuntaba a Carla en la cabeza, con la otra mano le hizo señal de que cerrara la puerta.

—¿Qué es esto? ¿Qué haces aquí? —Rolf no salía de su asombro.

—Necesito dinero, algo que ustedes tienen de sobra —contestó Pavel en un tono antipático mientras cogía el brazo de Carla y lo apretaba con fuerza.

Ella lanzó un quejido.

—¡Suéltala! No la lastimes porque eso no lo voy a permitir —le advirtió Rolf con aplomo—. ¿Cuánto dinero quieres?

—¡No tan rápido, hombre! Ya te diré lo que haremos. —Sonrió con cinismo.

Eso enardeció aún más a Rolf.

—Dime cuánto quieres para terminar esto de una vez.

—Tranquilo, con calma, que no hay prisa. Cuando lleguemos a Polonia iremos al banco y veremos lo que puedes hacer.

Rolf sintió que tenía que actuar de inmediato, pues si llegaban a su país no lograría deshacerse de él sin que se saliera con la suya. No se iba a dejar chantajear por ese mequetrefe. Veía a Carla, que cerraba los ojos y lloriqueaba, sabía que estaba muy asustada.

—¡Déjala ir! Esto es entre tú y yo, ella no es peligro para ti, lo sabes.

Pavel soltó una insolente risotada.

—Pero sé muy bien que ella es tu gran debilidad, así que es mi única garantía de que no intentarás alguna estupidez.

Carla temblaba, se sentía culpable porque sabía que estaban en esa situación por su culpa. Seguía llorando con la mirada clavada en el suelo, no se atrevía a observar a su esposo.

Él mencionó que necesitaba ir al baño pues se había tomado dos cervezas y no aguantaba más. Pavel le ordenó que orinara con la puerta abierta y que no intentara pasarse de listo, pues una pendejada de su parte y su esposa moriría.

Rolf asintió y levantó las manos al aire, entró al baño y, mientras vaciaba la vejiga, ideaba alguna artimaña para liberar a su esposa. Sabía que tenía ventaja sobre él ya que era más alto y corpulento que su agresor. Al terminar se acercó al lavabo y, mientras se enjuagaba las manos, recordó su navaja en el cajón del lado izquierdo. Tenía que tomarla y atacarlo. No había otra solución.

—Apúrate, tardas demasiado —gritó Pavel.

—Ya salgo —contestó mientras se secaba las manos con calma, mirando por el espejo, esperando que Carla volteara. Y al fin lo hizo, él abrió los ojos en señal de que lo distrajera y ella fingió un estornudo.

—¡Cuidadooo! —gritó Pavel y la soltó para limpiarse la saliva que le cayó sobre el rostro.

Rolf tomó la navaja rápidamente y salió corriendo echándosele encima a Pavel, que soltó la pistola con el inesperado impacto. Rolf lo abrazó con fuerza sujetándole los brazos para que no lo golpeara, sin pensarlo dos veces, lo apuñaló repetidamente en el costado, hasta que dejó de forcejear.

—¡Está muerto! ¡Está muerto! —gritaba Carla asustada.

Rolf lo soltó y lo vio caer al piso, abrazó a su esposa y le susurró al oído que se calmara, que ya todo había terminado. Un gran alivio lo invadió, comprendió que en ese momento se habían liberado de Pavel y la pistola para siempre.

Llamó al capitán y le informó lo sucedido. Mientras llegaban al camarote, Carla y Rolf se pusieron de acuerdo en lo que explicarían.

Hubo un extenso interrogatorio. En primer lugar, aseguraron que lo conocían muy poco porque ella fue su compañera en clases y porque les ayudó en la cabaña por un corto tiempo, con un par de trabajos pequeños. En segundo lugar, negaron tener gran amistad con él, simplemente, cuando se encontraban por casualidad en el centro, él comentaba que andaba apurado económicamente y por eso ellos le ofrecieron esos dos esporádicos trabajos. Declararon también que no sabían dónde vivía ni de dónde era y que deducían que al visitar la cabaña y ver sus autos, tal vez imaginó que tenían mucho dinero.

El capitán y el jefe de seguridad del barco les preguntaron si era casualidad que Pavel viajara en el mismo barco que ellos y contestaron que sí, que no tenían idea de que

223

estuviera a bordo. De hecho, las cámaras habían captado cuando interceptó a Carla saliendo del vehículo y la llevó al camarote. La expresión de sorpresa y temor en ella demostraba que su presencia la sobresaltó, si hubiera sabido que él andaba por ahí, no hubiera puesto esa cara de susto al encontrárselo.

Los agentes estuvieron de acuerdo en que había sido un ataque en defensa personal y no los acusaban de nada.

El capitán insistió en que era un delicado y vergonzoso incidente para su compañía y no se explicaba cómo pudo el agresor viajar con un arma sin haber sido detenido antes de abordar el ferri. También, encontraron varios pasaportes y licencias falsas entre sus pertenencias. Al investigarlo confirmaron que tenía varios delitos en su historial y era bien conocido por la policía. Finalmente, les pidió discreción y les aseguró que su silencio sería recompensado, pero ellos se negaron, le informaron que no querían ninguna retribución, que en todo caso se la dieran a su familia, si tenía. El capitán prometió que así sería.

Cuando llegaron a Gdynia y salieron del barco, se alojaron en un hotel céntrico, por sugerencia del capitán. Habían comunicado que se quedarían ahí por un par de días, en caso de que tuvieran que presentarse ante las autoridades para declarar.

Esa noche casi no pudieron dormir. Por una parte, Carla pensaba en la esposa y en los hijos de Pavel, en el trágico final que tuvo. Quería ayudarlos, pero no se le ocurría cómo. Se sentía culpable en cierta forma por haberse dejado llevar por esa imagen de buen chico que demostró ante ella. Sin embargo, caía en la cuenta de que ella así lo quería ver, como un hombre de buenas intenciones. Su madre ya se lo había mencionado, que le gustaba ver solo lo bueno en las personas, aunque ella aseguraba que no, que era cien por cien realista, ahora sabía que no era así. Como decía Mónica, hay tres versiones de cada persona: lo que los demás ven en nosotros, cómo nosotros creemos ser y la persona que en realidad somos. Por otra parte, Rolf nunca imaginó que sería capaz de asesinar a alguien, incluso en un acto de defensa personal. Lo que más le preocupaba era que ni siquiera lo pensó, actuó sin titubear, quería deshacerse de él. Se preguntaba si sería cierto eso de que hay un asesino en potencia en cada uno de nosotros. Algo que lo atemorizaba. Así pasaron la noche en la cama del hotel, a oscuras, cada uno sumido en sus cavilaciones.

Al día siguiente, el capitán los llamó para avisarles de que el caso ya estaba cerrado y que había sido un acto de defensa personal. Al examinar su historial, descubrieron que estuvo involucrado en varias pandillas y asaltos, que le adjudicaban varias muertes, pero que viajaba de un lugar para otro, sin dejar rastro. Dedujeron que Pavel y su grupo eran asesinos organizados, de esos que estudian a la víctima, la siguen y planean el ataque. Aseguró que posiblemente ellos eran sus próximas víctimas, ya que sabía que iban a un país donde nunca habían estado, pero que él conocía bastante bien. Les pidió discreción una vez más y que intentaran seguir con su vida y olvidar lo ocurrido.

Al terminar la conversación, Rolf miró con perplejidad a su esposa. No comprendía la ligereza con que cerraban algunos casos de asesinato. Rolf supuso que de haber sido un hombre importante las cosas serían diferentes y harían un gran aspaviento por el crimen que acabó con tan ilustre persona; pero en el caso de Pavel, un pobre diablo que nadie conocía, resultaba tal vez un alivio el contar con un delincuente menos.

Carla le rogó que, por favor, ya no mencionara lo sucedido, que quería olvidarse de todo y que deseaba salir de ese lugar cuanto antes. Le pidió que no comentara nada a nadie y que cerraran ese oscuro y desagradable capítulo para siempre. Rolf estuvo de acuerdo, él más que nadie deseaba borrar el día anterior de su vida.

Empacaron sus pertenencias y decidieron bajar a desayunar. No obstante, antes de salir de la habitación la detuvo.

—¿Estás segura de que no quieres hablar ya más de lo sucedido? Una vez que salgamos por esa puerta ya no se sacará jamás el tema —le recordó mirándola a los ojos seriamente.

Ella lo pensó por unos segundos.

—No —negó agitando la cabeza—, ya no quiero hablar de eso nunca más —contestó con aplomo y se adelantó a salir.

Pasearon por la ciudad antes de dirigirse a Gdansk. Era una ciudad muy bonita. Cuando se detuvieron en un café para almorzar, escogieron una mesa al aire libre para disfrutar del lindo día.

Mientras ordenaban los platillos a la mesera, el teléfono de ella timbró. Era Julio, que preguntaba dónde andaban y cómo les iba. Además, los puso al tanto del buen comportamiento de Drago y de que todo marchaba a la perfección. Ella contestó que la pasaban de maravilla, que disfrutaban de la hermosa ciudad y él pidió que le enviara algunas fotos del lugar. Ella le aseguró que así sería y se despidieron.

Cuando llegó la mesera con lo que habían pedido, Carla le preguntó si les podía tomar una foto a los dos. La chica respondió que sí y al tomarla le devolvió su móvil.

Carla estudió un poco la imagen antes de enviarla y percibió un leve escalofrío que le recorrió todo el cuerpo. Observó la imagen de ellos dos: él le pasaba un brazo sobre los hombros y ella recargaba levemente la cara sobre la mejilla de su esposo; Rolf se veía un poco despeinado por el viento y ella tenía el pelo recogido en una cola de caballo; a sus espaldas se desplegaba el cielo azul y claro mientras ellos miraban a la cámara, con los rostros enmarcados por los lentes de sol y las amplias sonrisas que irradiaban felicidad.

FIN